范军 著

最三国

第壹卷

【草莽精英共出道】

最新修订版

中国发展出版社
CHINA DEVELOPMENT PRESS

图书在版编目（CIP）数据

最三国．第1卷．草莽精英共出道／范军著．—北京：中国发展出版社，2014.7

ISBN 978-7-5177-0154-5

Ⅰ.①最… Ⅱ.①范… Ⅲ.①《三国演义》—人物形象—小说研究 Ⅳ.①I207.413

中国版本图书馆 CIP 数据核字（2014）第 086279 号

书　　　　名：	最三国．第1卷．草莽精英共出道
著作责任者：	范　军
出 版 发 行：	中国发展出版社
	（北京市西城区百万庄大街16号8层　100037）
标 准 书 号：	ISBN 978-7-5177-0154-5
经　销　者：	各地新华书店
印　刷　者：	三河市东方印刷有限公司
开　　　　本：	700mm×1000mm　1/16
印　　　　张：	20.5
字　　　　数：	346 千字
版　　　　次：	2014 年 7 月第 1 版
印　　　　次：	2014 年 7 月第 1 次印刷
定　　　　价：	40.00 元
联 系 电 话：	(010) 68990625　68990692
购 书 热 线：	(010) 68990682　68990686
网 络 订 购：	http://zgfzcbs.tmall.com//
网 购 电 话：	(010) 88333349　68990639
本 社 网 址：	http://www.develpress.com.cn
电 子 邮 件：	fazhan@drc.gov.cn

版权所有·翻印必究

本社图书若有缺页、倒页，请向发行部调换

目　录

第一章　曹刘孙们的乱世机会

公元184年人与事　　2
刘备的奔走　　5
当上县尉　　7
刘陶和陈耽之死　　11
何进入局　　14
意见领袖曹操　　16
机锋处处的夜晚　　18
变局　　20
枪杆子里面出政权　　22
何进笑了　　25

第二章　诛董过程中的那些笑脸与变脸

董卓进京　　30
何进之死　　32
董卓的游戏规则　　34
这一剑杀鸡儆猴　　37
董卓没辙　　40
吕布的选择　　42
反对者袁绍　　44
曹操笑了　　46
信任还是怀疑　　48

陈宫遭遇曹操	50
吕伯奢之死	52
有参与，才有可能	55
温酒斩华雄	57
当孙坚遭遇传国玉玺	60
迁都	63
分裂	65
被利用的公孙瓒	68
袁术的私心	71
孙坚的意外死亡	74
活下去	77
王允用计	79
三角关系	82
杀不杀董卓	84
悲怨交集	86

第三章　徐州内外：出局者与入局者（刘备篇）

王允以身饲虎	90
献帝成了专职书记员	92
贾诩的智商和眼界	94
陶谦的飞来横祸	97
陈宫说服曹操未遂	99
他不是一般人	101
刘备的江湖名声	104
首鼠两端	106
世上最大的赌注是什么	109
郭嘉出场	111
一双肉手	113
自恋狂吕布	115
孤独者陈宫	118

有些深情　有些绝望	120
也多疑　也冒险	123
谁有先见之明	125
刘备的徐州	127
曹操的底线问题	130
选择性失明	133
总以为还有下一个	136
人这个动物太善变	138
感恩就要报恩	141

第四章　徐州内外：出局者与入局者（吕布篇）

吕布的徐州？	144
谁占便宜	146
献帝的痛苦	148
李榷手中的人质	151
命运是人世间最大的秘密	153
谋士贾诩的功力	155
中国往哪里去？	157
杨奉为什么要跑	160
漂一代皇帝	162
二虎竞食	164
仁慈的力量	166
张飞守徐州	168
张飞误徐州	171
刘备的信心	173
吕布什么都没有得到	175
失去是为了得到	177
孙策的梦想	179
人生烦恼此玺始	182
换一个角度看问题	184

玩的就是心跳	186
政治，让爱情走开	188
抓住机遇	190
反革命家属	192
忍一时容易忍一世难	194
刘备的迷茫	197

第五章　徐州内外：出局者与入局者（曹操篇）

曹操接纳刘备	200
张绣	202
投降吧	204
睡一个女人的代价	207
死里逃生的曹操	209
陈登的新选择	211
最多疑　最单纯	213
世事多乖张	215
信仰经不起质疑	217
比语言更重要的	219
孙策与袁术	221
团结就是力量	225
寿春战役的一个难题	226
老实人王垕	228
曹操的变脸游戏	230
再征张绣的一次意外	232
曹操再一次败于自信	235
要不要相信常识？	238
一种感觉	241
心思与转机	243
谁成气候	245
心领神会是圈套	247

失去徐州的吕布	250
下邳人事	252
缩头乌龟吕布	254
嘴皮子和刀把子之间	256
最柔软的东西最锋利	259
吕布之死	261

第六章 刘备们的蛰伏：从青梅煮酒到千里走单骑

杀人易，听心里话难	266
曹操与天子挨得太近	268
仇恨的重量	270
刘备纳了投名状	275
青梅煮酒	278
雅趣的开头 惊悚的结局	280
输不丢人，怕才丢人	282
能哭 敢哭 善哭	286
温柔地杀你	289
史上最强的谋士辩论赛	291
辱骂与恐吓才是战斗	293
出来混，就不是为了和平	295
狂人祢衡	298
一个不合时宜的人死了	301
刘表的"芳心"	303
要野心，更要秩序	304
有条件 好商量	307
曹操手中的关羽	310
坚持的代价	312
不再见不走	314
千里走单骑	315

第一章　曹刘孙们的乱世机会

公元184年人与事

公元184年是怎样的一个年头？

是中国阴历甲子年（鼠年），东汉光和七年，也是中平元年。

在遥远的罗马帝国，不列颠尼亚的安东尼长城于这一年被宣告永久废弃。这座兴建于142年，耗时约12年建成的"安东尼长城"在仅仅存在了20年后就寿终正寝，似乎说明世事苍茫，不合时宜者死，与时俱进者生。

这一年二月，黄巾起义爆发。

其实从建宁元年（168年）到中平元年（184年）的10多年内，类似的民变已不下十几起。有一个人为此忧心忡忡。

郎中张钧。

四月，此公上书说："窃惟张角所以能兴兵作乱，万民所以乐附之者，其源皆由十常侍多放父兄、子弟、婚亲、宾客典据州郡，侵掠百姓，百姓之冤，无所告诉，故谋议不轨，聚为盗贼。宜斩十常侍，县（悬）头南郊，以谢百姓，遣使者布告天下，可不经师旅而大寇自清。"

但是，十常侍的人头没有落地，张钧自己的人头却落了地。

因为汉灵帝得此奏疏大怒，他一边下旨命宦官照常视事，另一边将张钧下狱，随后以"私通张角"的罪名处死。

正所谓世事苍茫，不合时宜者死。

其实，184年的凶险在此之前已有征兆。

《资治通鉴》记载：两年前的孝灵皇帝中光和五年（壬戌，公元182年），"二月，大疫。""四月，旱。""五月，庚申，永乐宫署灾。""秋，七月，有星孛于太微。"

一年前的光和六年（癸亥，公元183年），"金城河水溢出二十馀里"，"五原山岸崩"。

虽然皇帝在这两年的春天都宣布大赦天下，但凶险却愈演愈烈。

有凶险，便有生机。这是世事的辩证法。

这一年虽然有很多人死了，但也有很多人出生，比如孙坚的三子孙翊。

在此之前，孙坚已经拥有了两个日后鼎鼎大名的儿子孙策、孙权，当然在以后的日子里，他还会拥有一个知名度不低的女儿孙尚香。这是后话，暂且不提。

这一年孙坚29岁，正在与中郎将朱儁一起剿灭黄巾军。

这个杭州市富阳县人意气风发、踌躇满志，史书说他"容貌不凡，性阔达，好奇节"，显示前程远大。

他当时的官职是别部司马、议郎兼长沙太守，接下来的日子里，他将很快参加诸侯联合讨伐董卓之战。

毫无疑问，孙坚是个有一定江湖地位的人。但是他不知道，自己的人生此时已进入倒计时：八年后，他将被刘表部将黄祖射死。诚为憾事。

孙权这一年才两岁，人生刚刚开始。16年后，他将目睹哥哥孙策的去世，聆听他死前的谆谆教诲："内事不决问张昭，外事不决问周瑜"。24年后，孙权将与刘备联盟，大败曹操于赤壁，从而成为三国著名人物。

诸葛亮这一年3岁，看不出任何发达的迹象。

这个草根出生的人儿不像孙权那样，号称兵法家孙武的22世后裔，父亲仪表堂堂，自己日后也长得"紫髯碧眼，目有精光，方颐大口。形貌奇伟异于常人"。

毫无疑问，诸葛亮是要靠自己奋斗的。

不过他的命运实在是惨了点。6岁时，父亲诸葛圭去世。13岁时，由叔父诸葛玄收养。16岁时，诸葛玄病故，少年诸葛亮只得和弟妹一起惶惶然投奔荆州刘表，后定居隆中草庐，开始躬耕于卧龙岗，成为乡野之人。

如果从那时算起，诸葛亮要在10年后才等来刘备三顾茅庐，开始其人生的新篇章。

刘备在公元184年也混得一般般。

靠着中山富商张世平、苏双等人的资助，他拉起一支形迹可疑的队伍，跟随邹靖讨伐黄巾军，好不容易立下一点上不了台面的战功，才被任为中山安喜尉，连个副县长的级别都够不上。

这一年刘备24岁，虽然出身听上去灿烂辉煌——汉景帝第九子中山靖王刘胜之子刘贞的后代，但他父亲刘弘早在刘备少时就已逝世。

刘备有很长一段时间是靠和母亲卖草鞋、草席为生，基本上也算得草根人物了。

之所以说刘备拉起来的队伍形迹可疑，是因为他的追随者多关羽、张飞这样的人物。

这一年关羽22岁，这个山西运城人早年是运盐队的护卫，后来因犯事逃离家乡，是一名不折不扣的逃犯。

张飞17岁，虽然身高1.85米，却是桃园结义中的老三。

屠夫张飞以杀猪卖肉为生，很显然，他对自己的职业前途没有信心，这才跟着刘备、关羽一起混。

从这时算起，他的人生将演绎长坂坡当阳桥头上一声吼，吓退曹操五千精骑，入川义释严颜，分定州县，率精兵一万多人败张郃大军等重要桥段，可谓精彩绝伦。

曹操这一年29岁，刚被朝廷任命为骑都尉，前往颍川镇压黄巾军。

曹操出生在官宦世家，养祖父是宦官曹腾，历侍四代天子，父亲曹嵩官至太尉，说起来曹操是官三代了。

此人从小就不规规矩矩地谋生做事，行为放荡不羁，以侠义自任，很多人觉得曹操没什么出息。

但是桥玄、何颙、李瓒和王俊等认为曹操是非常之人，将来一定可以安邦治国。名士许劭给曹操的评价充满玄机："治世之能臣，乱世之奸雄"。公元184年的曹操便充满玄机地出现在世人面前，积极入世，踌躇满志，欲与天公试比高。

当然，184年最著名而又最无奈的人物当属灵帝。

这一年是他继位的第16个年头，也是公开卖官的第六个年头，离他去世还有5年时间。两年后，这个皇帝将在西园修建千间裸游馆，和裸体宫娥们快意人生，但此时，他不得不面对张角领导的黄巾大起义。局势在悄悄失控，而这一年他只有28岁。

28岁的皇帝，一塌糊涂的江山，怎么办？无人知晓。

刘备的奔走

刘备不知道自己可不可以做一个英雄。虽然他左张飞右关羽,屁股后面还跟着五百个来路可疑的乡勇,但是在这样的时代,他毫无疑问只是一个小虾。

从小虾到大侠,究竟要走过多少千山万水,刘备不知道,也没人知道。的确,人生的很多时候,所谓的前途都是闭着眼睛往前走,走到哪里算哪里。功成名就了,那叫前途一片光明;身败名裂了,那叫没前途。

重要的是往前走。

不过对刘备来说,往前走没问题,有问题的是前方在哪里。虽然他有一个听起来吓死人的出身,但也有一个听起来吓死人的职业——卖草鞋的。在政府军主导的正面战场上,刘家军缺少一个冲锋陷阵的空间和方向。

他只能带着五百乡勇依附于政府军,以一种可怜的力量证明自己可怜的存在。

事实也的确如此。桃园三结义之后,刘备和他的兄弟们开始了依附生涯。先是跑到幽州太守刘焉那里效力,接着又跑到青州太守龚景那里效力,再接着又跑到广宗卢植处,试图在这位中郎将手下讨生活。就是在这里,刘备和曹操历史性地擦肩而过。这是一个小虾和另一个稍大一点小虾的擦肩而过,他们甚至没有照面,更没有对话,有的只是相同的欲望和乱世称雄的野心。

在关羽看来,刘备没有欲望,也没有野心,有的只是和他一样的漂泊。漂泊者是无根的。关羽对这一点非常有体验。刘焉、龚景、卢植都不是他们的根。卢植接下来的遭遇更是生动地说明了这一点。

他被抓起来了。不是被张角抓的,而是被灵帝派人抓走的。

事实上,灵帝也不想随便派人抓走一个抗敌将领,但是黄门左丰不同意,因为他的欲望没得到满足。黄门左丰的欲望说起来是这个世界上最稀松平常的欲望。

他要钱。向卢植要钱。这个被现代法律定义为索贿的行为就发生在抗敌前线。只是卢植将军漠视了这个朝廷小公务员的欲望。虽然左丰同志有一个钦差的背景在里头。

很快，卢植就为自己的漠视付出了代价。左丰回去后以向灵帝打小报告的方式让卢植明白了这样一个道理：在这个世界上，小人是不可以得罪的。

代替卢植职位的是中郎将董卓。这个后来将一个王朝搞得分崩离析的人物此时有些心不在焉地看着被装进囚车的卢植，一言不发。

很傻，很天真。这是董卓对卢植的评价，但他不会说出来。一般来说，董卓不说没用的废话，也不对执迷不悟的人进行劝导。董卓的人生是杀伐决断的人生。语言对他来说是多余的。

张飞也认为在这个世界上语言对他来说是多余的。这个曾经靠屠刀说话的男人现在靠丈八点钢矛说话——他要上前砍死那些押送的军人。

刘备拦住了他。

虽然从世俗的意义上说，这是一个前卖鞋人对前杀猪人的阻拦，但是从未来学的意义上而言，它说明了"小不忍则乱大谋"的意义。

同样都是乱世浮萍，刘备却难得地具备了大局观。他告诉张飞，卢植被捕这件事，朝廷自有公论，咱没必要卷进去，还是再找人投靠要紧。关羽就是在此时才明确知道，刘备虽然有一个听起来吓死人的出身，但毫无疑问，他们有的只是同样的漂泊。

作为一个资深漂泊者，关羽给出了一个"兄弟们不妨漂泊到涿郡去"的建议。这差不多是一个从终点再回到起点的建议。刘备很感慨：在这样的世道，要成一点事真的很难。

哪怕是想找一条一百年不动摇的大腿来抱都不可得。

但是，他们注定回不了涿郡了。因为董卓宿命般地赶过来与他们遭遇。当然历史的真相应该是：董卓被张角赶得满世界乱跑，最后跑到了刘备们的回乡之路上，想不遭遇也难。

张飞的丈八点钢矛这次真正发挥了作用。董卓在钢矛的掩护下死里逃生。

当董卓惊魂未定地出现在刘备面前时，后者只对他身体的一个部位感兴趣。

大腿。

虽然当此时也，董卓的大腿还有些动摇，不过刘备相信，n 分钟之后，董大腿将坚固无比，将毫无疑问地成为一条一百年不动摇的大腿。

刘备小心翼翼地靠近这条大腿。他向董卓表白了自己的出身,希望对方重视一下自己。

董卓没有重视。因为董卓一向以来重视的不是历史,而是现实。现实情况是:所谓的刘皇叔只是个卖草鞋的,而他身后的五百乡勇与其说是在除暴安良倒不如说是在四处搞串联,是社会的不稳定因素。

董卓决定,收起自己的大腿,严防刘备的靠近。

张飞怒了。在张飞眼里,董卓的大腿跟猪大腿没什么区别,他本能地抡起钢矛,试图制造一起东汉末年骇人听闻的谋杀案。

刘备再次拦住了他。心情复杂地拦住了他。

不错,刘备是很痛苦。没有一个人在被他人忽略时会有好心情,但刘备的痛苦说到底是一个有大局观者的痛苦,这一点再次体现了他和张飞之间的区别。

刘备当时冷冷地瞥过董卓,再冷冷地瞥过董卓的大腿,认定眼前这个傲慢的男人到底没什么大出息。

一个无视历史的人不可能拥有将来。刘备收拾旧心情,带着他的全部家底匆匆奔向下一个目的地——中郎将朱儁所部。

他们之所以不再回涿郡理由很简单:涿郡在董卓防区,这一干人等不可能再为此人效力了。

绝不。

当上县尉

历史总是风云际会。

在接下来政府军与反政府军的博弈中,那些后来注定要影响历史的人儿开始闪亮登场。曹操跟着皇甫嵩混,在曲阳让张角、张梁停止了呼吸。为此,曹操被提拔为济南的地方行政长官。先后担任过盱眙、下邳两县副县长的孙坚也复制曹操的人生道路,带着一千五百多人下海杀敌,试图建功立业。事实上孙坚还真是有所收获。在与中郎将朱儁所部合围黄巾军余党的战斗中，孙坚同志身先士卒，率先登城，一个人砍死了二十多个敌人。他，也被朝廷提拔为一个郡司马。

但是刘备一无所获。

虽然刘备和他的追随者杀敌不可谓不英勇，但是这又能怎样呢？起点太低，朝中无人，这是刘备的致命伤，也是这个时代的致命伤。因此在接下来的很多时候，刘备和他的追随者闲站于洛阳街头，茫茫然不知所之。

直到有一天，一个叫张钧的郎中遭遇了他们。

这是一次致命的遭遇——三天之后，张钧死了。不是刘备杀的，当然也不是张飞杀的，而是灵帝杀的。灵帝其实不忍心杀张钧的，但是这样的时代，一个人要杀另一个人，理由太多了。在所有的理由中，忍心或不忍心是最无关紧要的。紧要的是，被杀者是否识趣。

在十常侍看来，张钧是太不识趣了。因为他敢跟十个人对抗，跟当时世界上腰杆最粗的十个人对抗——当其时也，张钧在听完刘备声泪俱下的哭诉后，怀着满腔的革命热情进宫见灵帝。张钧面见灵帝，一方面痛说刘备家史及其悲惨遭遇，另一方面将矛头指向十常侍。张钧说："十常侍卖官鬻爵，非亲不用，非仇不诛，以致天下大乱。今宜斩十常侍，悬首南郊，遣使者布告天下，有功者重加赏赐，则四海自清平也。"

张钧说这番话时慷慨激昂、大义凛然，一副为大汉江山舍生取义的神情，灵帝却表情复杂，默不作声，一副首鼠两端的神情。

不是他不想杀十常侍，而是他——杀不起。

杀这十个世界上腰杆最粗的人，是要付出代价的。而且要命的问题还在于，灵帝不知道这代价究竟是什么——这是真正的可怕之处，的确，在我们过往的生命体验中，一个人最大的恐惧不是知道了最坏的结果，而是不知道结果有多坏。

所以，灵帝不想冒这个险。

不错，大汉的江山是岌岌可危了，但是再怎么岌岌可危，那也是一种真实的存在啊。正是在这个意义上说，灵帝不想做这个王朝的终结者——他对张钧的慷慨激昂按下不表。

十常侍没让他按下不表。他们找到了灵帝，然后在他面前齐刷刷地跪下了。十常侍让灵帝做一道选择题：或者杀了他们，或者杀了张钧。二选一，没有第三条道路。

灵帝选择杀了张钧。

这实在是一个不得已而为之的选择。张钧到底太年轻，为自己的慷慨激昂付出了代价。灵帝则继续默然不语，看一个王朝在苟且偷生的道路上愈行愈远。唉，这样的时代，谁能够真正地人定胜天呢？灵帝知道，那个人肯定不是他。

一个月后，刘备的人生中迎来了第一个正儿八经的官职。

定州中山府安喜县尉。在帝国的官阶序列中，这是一个小得不能再小的官职，差不多属于最后一阶了。

没有人知道朝廷是出于什么原因要给刘备这么一个小官做。也许没有原因，也许张钧之死让灵帝突然觉得应该有一个象征性的结果，也许是十常侍的权宜之举，总而言之言而总之，没人给刘备一个答案。

刘备也不需要答案。毕竟在这个世界上，越是重要的人物才越需要答案，此时的刘备名不见经传，凭什么要朝廷给他一个答案呢？

他只有接受。就像曾经接受命运给他所有种种"好"与"不好"的因果一样，"接受"是他的宿命。刘备走马上任了。

四个月后，刘备忧伤地发现，他的公务员生涯竟然快走到头了。

不是他做得不好，而是朝廷下了一个文件：凡是因为军功而擢升为官员的，一律淘汰下来。

刘备这才明白，敢情四个月的公务员生涯是朝廷对有军功平民的一次官方奖赏——让你过把瘾就走人，根本没打算用一辈子。

不过忧伤之余，刘备心里却还存了一些幻想：自己好歹是中山靖王刘胜之后，汉景帝的玄孙，朝廷应当另眼相看吧。也许这小小的县尉还能继续做下去？

但是很快，刘备的幻想被另一种担心所取代——流落民间这么多年了，皇宫对他的皇亲关系是否有存档呢？要是没有，他又如何证明自己？

自此，刘备开始逢人便说自己是中山靖王刘胜之后，汉景帝的玄孙。在他看来，这是证明自己具备皇亲关系的一种有效途径——口口相传，也许有朝一日，这话会传到宫里去，被皇上听到呢？这样的假设让刘备对自己的未来稍微有了一些信心。

但是皇上没听到，另一个人听到了。

督邮。

这督邮是个不大不小的官，代表太守督察县乡，宣达政令兼司法等工作。当时的督邮大人正在安喜县考察工作，刘备亲自接待了他，然后习惯性地跟督邮说自己是中山靖王刘胜之后,汉景帝的玄孙。

督邮没有正眼看他。督邮的眼睛眯起来,看向无限远的某处,似乎在等待着什么。刘备不知道他在等什么,他想了一下,又跟督邮汇报说自己和弟兄们与黄巾军战斗三十余次,"颇有微功",因此才做了这县尉。

"颇有微功"四个字刘备说得意味深长,既有自炫之意,也有委屈之情。他希望督邮能听懂自己的意味深长。

但是很遗憾,督邮没能听懂。他甚至破口大骂,骂刘备伪称皇亲、谎报军功,正是朝廷接下来要淘汰的"滥官污吏"。督邮破口大骂的时候张飞就在旁边,张飞从来没见过一个人可以这样肆无忌惮地骂另一个人,就像骂自己的孙子一样。张飞怒了。

一般来说,张飞在愤怒之后是要出手伤人的,只是这一次和上次一样,他依旧未遂。不是刘备拦他,而是刘备晕倒了。

被督邮骂晕过去了。

张飞只得出手救人。他伸出自己粗大的食指猛掐刘备人中——一刻钟后,刘备悲愤交加地醒来,长叹一声:我真是中山靖王刘胜之后,汉景帝的玄孙啊,督邮他……他怎么不信呢?!

客观地说,在这个世界上,一个人相信另一个人,有时候很难,有时候很容易。

对督邮来说,他的相信标准是银子。或者说,他只相信银子——有银子,刘备说什么在他听来那就是什么,哪怕是把自己说成汉景帝本人都没问题;没银子那就对不起了,说什么偏不是什么——晕过去也没用。别跟我来这一套,这年头,晕过去太容易了,双眼一闭往地上一躺就行——可这,有银子金贵吗?

为了银子,督邮决定来一招狠的。他把县吏捉了去,严刑拷打,让他诬告刘备害民。

县吏没有诬告。因为刘备在安喜县处处以爱民如子的皇叔标准来要求自己,吃的还不如他县吏好,他实在是不忍心诬告。

督邮于是加大了拷打的力度。如果说在此之前,督邮搞倒刘备是以敛财为目的的话,那在此之后,则纯粹是以泄愤为目的了。什么中山靖王刘胜之后,汉景帝的玄孙,我要让你乖乖求上门来叫我爷爷。

督邮做如是想。

但是他失望了。何止失望,简直是痛苦。因为找上门来的是张飞。

张飞没有叫他爷爷,而是他叫张飞爷爷。

第一次，细皮嫩肉的督邮知道被严刑拷打是如此的痛彻心扉，更何况拷打他的那个人是屠夫张飞。督邮晕过去了。真晕过去了。在张飞看来，督邮的晕姿一点都不飒爽。很臃肿，臃肿得像一头肥猪。

应该这么说，张飞这一顿毒打不仅改变了他自己的命运，也改变了刘备和关羽的命运。他们再也不能在安喜县待下去了。毒打督邮那是要被问罪甚至问斩的，作为张飞的结拜兄弟，县尉刘备也难辞其咎。

他们只得又上路了。

似乎，在这个时代，"在路上"已经成为一个常态，特别是对梦想追逐者而言。与此同时另一个严酷的事实正在发生，定州太守在获知安喜事件后，很快就向刘关张三人发出了通缉令——厄运，再一次如影随形。

刘陶和陈耽之死

谏议大夫刘陶哭了。在灵帝最欢乐的时刻。

当时的灵帝正在自家后花园里与十常侍对酒当歌，人生几何，真真一副欢乐颂的表情。当然，没有人知道灵帝心里是真欢乐还是假欢乐，但起码从表面上看，是欢乐的。

十常侍也认为理当如此。因为历史的经验告诉他们，灵帝在他们面前不敢不欢乐——哪怕是强作欢颜，也要做好陪吃、陪聊、陪笑工作啊。

刘陶却在这样喜气洋洋的时刻，哭了。

他倒不是哭灵帝的"三陪"行径，而是为国势而哭。"国势不可为"不是一日了，自十常侍以天下为己任之后，很多对黄巾军作战有功的军官们痛苦地发现，自己的下岗已是指日可待——因为他们无意间得罪了十常侍。

在这样的时代，其实没有多少人愿意得罪十常侍的。十常侍之所以有被侮辱的感觉，仅仅是因为索贿未遂。

不错，朝廷是下令嘉奖有功人员，但随后十常侍授意出台补充文件：凡是因为军功而擢升为官员的，一律淘汰下来。

毫无疑问这是一份意味深长的补充文件，其意味深长就在于，不能从正面去解读，只能从反面去理解——要想不被淘汰，拿银子说话。

有人拿银子说话了，他们的官职得以保留；有人不肯或不屑于拿银子说话，结果只能是下岗。刘备就是在这样的背景下下岗的。皇甫嵩、朱隽等官员也在这样的背景下下岗了。

帝国官场的黑暗让谏议大夫刘陶悲从中来。更让他悲从中来的是帝国局势。长沙的区星反了，渔阳的张举、张纯也反了。张举自称天子、张纯自称大将军，很有和帝国分庭抗礼的意思。谏议大夫刘陶闭上那双忧国忧民的眼睛，一个成语"唰唰"地跳入他脑海——星星之火，可以燎原。

现在的国家形势，那就是燎原的形势啊。可要命的问题则在于，皇上不知道帝国大厦火势又起——十常侍隐匿了所有的告急奏章，只告诉灵帝天下太平，当前压倒一切的头等政治任务就是喝酒。且把酒言欢，看人生几何。

刘陶终于痛哭流涕地跪倒在灵帝面前——他实在是不忍目睹了。悲愤交加的刘陶向灵帝指出了两个事实：一、天下危机，当前的形势不是小坏，而是大坏，帝国大厦火势正熊熊燃烧，都快烧到屁股了；二、十常侍祸国殃民，不杀不足以平民愤。

灵帝面无表情地听罢，把酒樽重重一摔，心里忍不住一声长叹：又一个张钧出现了。现如今，帝国怎么到处泛滥着廉价的慷慨激昂——这究竟是爱国还是害国？灵帝无法判断。

十常侍逼他作出判断。他们又一次在他面前齐刷刷地跪下了。

灵帝举起酒樽，呵呵笑了，笑得那叫一个声泪俱下。笑完，他把酒樽一扔，喝令手下，让刘陶停止呼吸。

但是很意外，刘陶没有停止呼吸。

因为，司徒陈耽出手了。司徒陈耽在行刑手即将动粗的时刻，出手制止了其野蛮行径。

当然了，这只能算是一次短暂的行刑意外，因为如果没有灵帝的最终首肯，行刑手随时可能再次动粗。

陈耽便正气凛然地去见灵帝，然后说了几乎和刘陶说过的一模一样的话。说这话时，陈耽可谓一脸的慷慨激昂。陈耽以为，任何人都会被自己的慷慨激昂所打动，只要他还是一个人。

但是几天之后，当陈耽在牢里陪着刘陶一起喝下断魂酒时，他才突然明白，皇上不是人，是天子，天子不可能明白人间的喜怒哀乐……

唉，人生的很多时候，要成一件事，看来仅有慷慨激昂是不够的。有时候，慷慨激昂非但不能救人，还能害人。陈耽大彻大悟。

只是这样的大彻大悟，来得太晚，也太沉重。晚到他都快停止呼吸，沉重到他以生命做抵押——真是令人不胜感慨、唏嘘之至。

就在这一系列事件的发生如电光石火般转瞬即逝时，刘备的命运也在机缘巧合中发生着逆转。

自从被定州太守通缉后，刘备带着关羽、张飞二人惶惶如丧家之犬般东奔西走，试图找到一个落脚点。但是定州已无他们的藏身之所。百般无奈之下，他们逃到了代州，躲在代郡太守刘恢家里静观时局发展。

时局发展的过程其实就是人头落地的过程。陈耽死了，刘陶死了，无数反对十常侍的人都死了。刘备将这一切看在眼里，觉得人生真是机锋处处，出头者必死。

刘备便韬光养晦，不再出头。任张飞如何地蠢蠢欲动，拍桌子骂娘，刘备是我自岿然不动——直到有那么一天，刘备终于等来了命运的转机。

那是朝廷终于知道了帝国大厦火势凶猛的消息，灵帝也第一次悍然地拍案而起，号令政府军出兵征剿。幽州牧刘虞带领人马杀气腾腾地奔赴渔阳，准备一举将张举、张纯拿下。刘备趁机混迹其间，一脸的精忠报国。

这里交代一下，刘备之所以有机会效力于幽州牧刘虞，应归功于刘恢。是刘恢向刘虞推荐了刘关张三人，希望可以让他们有一个立功赎罪的机会。刘虞答应了。刘虞认为，这样的时代，是为我所用的时代，他没有理由不答应。

接下来的事实活生生地证明，刘虞的选择是正确的。在渔阳大战中，刘关张三人可谓立下汗马功劳——张举、张纯都死翘翘了，渔阳重新歌舞升平。

在一片歌舞升平中，刘备欣喜地发现，他人生的又一春来临了。因为战功卓著，他受到了朝廷嘉奖，从一个在逃通缉犯摇身一变为别部司马，守平原县令。

这别部司马到底是干什么的？简单地说相当于军中一个营的营长，非县团级干部，而平原县令严格说起来也到不了县团级，最多算个副处。总之，这时的刘备还称不上七品芝麻官。但也不错了，毕竟进入了国家干部的序列。

不过，此战最大的受益者当属刘虞，他被封为了太尉。

基本上可以这么说，这是一次两个审时度势者选择的胜利、眼光的胜利。因为不管是刘备还是刘虞，他们都提交了一份正确的答卷，并且还都获得了一个不错的分数。

何进入局

中平六年的四月，灵帝百感交集地死了。之所以说百感交集是因为他的帝王人生太过微妙、扭曲，令其不堪重负。

但是很多人却还活着，各怀鬼胎地活着。

毫无疑问，灵帝的死不是帝国危机的结束，而是一场更大危机的开始。

有一个人汗流浃背了。

何进。

何进是大将军。一般情况下，他只让别人汗流浃背。因为他有这个权力。更重要的一点还在于他的妹妹是皇后，并且生了皇子辩，可谓权重一时。

何进原本也以为，他的人生将从此顺风顺水，扶摇直上九万里，前程那叫一个不可限量。但人世间的事情，往往是电光石火，一不留神，因缘就会阴错阳差，前程万里转眼就成泡影，就会坠入万劫不复的境地。

起因是灵帝在拥有了皇子辩后的若干年，又有了皇子协——要命的是，后者不是何皇后所生，更要命的问题还在于，皇子协获得了灵帝他妈董太后的欢心。

所以，尽管何皇后在得知自己有了竞争对手后怒从心头起恶向胆边生地鸩杀了皇子协他妈王美人，但一切已无济于事。

不仅无济于事，反而让事情变得更加糟糕了——董太后一边含辛茹苦地替含冤死去的王美人抚养皇子协，一边深刻地体会到了何皇后的毒蝎心肠。

这样的体会对何皇后来说是致命的。因为董太后将其体会心得一一告诉了灵帝，而渐有所悟的灵帝在其生命的最后时刻，终于做出了一生中最重大的决定：改立皇子协为太子。

事实上灵帝为这个决定用尽了生命中的最后一丝力气。他气若游丝地宣何进进宫，称有要事交代。

何进满怀希望地进宫了。他理解灵帝口中的要事当是向他托付江山社稷：作为当朝第一大将军，又是皇子辩的亲舅舅，他不保驾护航谁保驾护航啊？

不为别的，就为他手中握有重兵。但是何进不知道，灵帝并没有看中他手握重兵，而是害怕。害怕他手握重兵。

奄奄一息的灵帝难以想象当皇子协荣登大宝时，何进会放下屠刀，立地成佛。在灵帝看来，这个屠夫出身的大将军将永远和刀在一起，和他不可告人的欲望在一起。

因此去势成了灵帝的不二选择。去何进大将军之势，换而言之就是去除他的兵权。但这几乎是不可能完成的任务。因为在这个世界上，没有一个人会心甘情愿地放弃自己的既得利益。何进也不例外。

灵帝夜不能寐了。

准确地说他咽不下最后一口气。这个一生不能自主的男人在尝试着最后时刻为自己做一把主时悲哀地发现：枪杆子里面出政权，而他手头缺少的，正是枪杆子。

中常侍蹇硕却认为，枪杆子从来没有离开过灵帝。何进拥有的只是枪杆子的使用权，但所有权永远属于灵帝。蹇硕通俗易懂地告诉灵帝，你只是把枪杆子借给了何进，他要是不还，宰了他不就完了吗？

灵帝幡然醒悟。是啊，这个世界上有规则，也有潜规则。一件事情要是按照规则走不通那就按潜规则来。总而言之言而总之一句话——何进必须离开枪杆子，不管是死是活。

暗杀何进由此被提上议事日程。蹇硕充当了此次暗杀行动的总指挥官，灵帝则是幕后旁观者和——

诱饵。

灵帝躺在龙床上给何进发出一道有诱惑力的指令，请他速来宫中商谈要事。与此同时，刀斧手于宫中隐蔽处埋伏，一旦何进靠近，立马让他人头落地。

何进满怀希望地向宫中走。就像这个世界上的很多人，遐想着前方有一个诱人的大蛋糕在散发香气，吸引他前行。

毫无疑问，这种前行的脚步是坚毅而不容置疑的，充满了百折不挠的意味，似乎没有任何人任何力量可以阻挡。所以一般情况下要是不出意外，何进必将人头落地。

但是，意外的情况还是出现了。正当这个牛哄哄的大将军在赴死之路上撒腿狂奔的时候，一个叫潘隐的司马于宫门处拦住了他，并将如此惊天大阴谋以耳语的形式告诉了他。

何进马上悬崖勒马，紧接着以迅雷不及掩耳之势撒腿狂奔。当然这回的方向是反的，他狂奔回府，急招近臣密友商议趋福避祸之策。

意见领袖曹操

曹操杠杠地站了出来。

虽然曹操屡立军功，眼神里充满了不可一世的光芒，但何府在座的很多人还是藐视了他的存在。

因为此时的曹操只是一个典军校尉。在高官云集的何府内，一个典军校尉是没有什么发言权的。

不过曹操打定主意要当一个意见领袖。在任何场合下，争先恐后地成为意见领袖，这其实是成功人士之所以会成功的重要因素。

曹操就具备这样的因素。所以，很多年后他成功了。

当很多年后，何府在座的很多人都成了历史的过客或者云烟后，只有曹操成为了影响中国政局走向的重要人物。细究起来，应与他此时在高官云集的何府内杠杠地站出来有着千丝万缕的联系。

曹操站出来是反对众人意见的。众高官在此前经过紧急磋商后一致认为，宦官们蠢蠢欲动，必须先下手为强，把他们全都消灭了，否则，人为刀俎我为鱼肉，只能任其宰割。

曹操大声说"不"。曹操认为，宦官们蠢蠢欲动不是一两年的时间了，要是很容易就能消灭他们，早干吗去了？如今十常侍已然坐大，宦官群体遍布朝廷，此时妄议消灭，只怕到时候被消灭的不是他们，而是我们自己。

何进的脸马上就变绿了。

在他看来，这不是真理之争，而是尊严之争。曹操是个什么东西，敢以一人之言否定集体智慧，这不是藐视大家伙儿的智商吗？何进很快以一个大将军的口气告诫这个年轻人，在这个世界上，有两件事情是很重要的：

一是知道自己的身份；二是知道自己的智商。

曹操笑了，笑得声泪俱下——见过幽默的人，没见过如此幽默的人，曹操以为何大将军可以兼职当笑星了。

但是何进不笑。他的脸越来越绿，在场的某些人开始为曹操的命运而担忧，因为传说中何大将军在杀人之前，脸色会绿得像只绿毛龟。而此情此景，傻子都看得出来，一只绿毛龟正在何进的脖子上缓缓成型。

曹操最终却安然无恙。

不是他服软了，而是世界乱套了。因为从这一刻开始，随着某个人呼吸的停止，何进的命运开始进入倒计时。他被迫不与曹操为敌，而与命运为敌了。

灵帝死了。

在等待何进等得望眼欲穿却始终不见人影之后，灵帝幽怨而寂寞地死了。以蹇硕为首的十常侍面对灵帝的遗体，突然间顿悟了一个人间真理：从来就没有什么救世主，一切都要靠自己。

靠自己的双手去——

杀人。

第一个要杀的人当然是大将军何进了。蹇硕矫诏再宣何进入宫，以定后事。

当然了，没有人知道这既是灵帝的后事，其实也是何进的后事——蹇硕再一次磨刀霍霍向何进，意欲重演请君入瓮的戏码。

不过，何进还是知道了这一切，因为线人潘隐在第一时间向他做了汇报。潘隐跑进何府气喘吁吁地说，何大将军如再进宫，将会亲眼目睹皇子协在十常侍的拥护下隆重登基的盛况，然后就再也看不到什么了。

何进当然知道这"再也看不到什么"是什么意思。不过，他不知道的是，接下来该怎么办。很多人也不知道接下来该怎么办。

除了曹操。

此时的曹操似乎已被何进遗忘，也被众人遗忘。

虽然在四分之一炷香之前，何进一怒之下想杀了曹操这个狗娘养的，但是在四分之一炷香之后，何进只想杀了蹇硕这个狗娘养的。当然如果还有可能的话，何进愿意把剩下的九常侍也给杀了，以成一世英名。

只是，刀在手不等于头颅在手。大将军何进手握钢刀，不知道该如何取下那些他想要的首级。

曹操知道。

曹操不仅知道，他还再次杠杠地站了出来。因为他又要发言，又要充当意见领袖了——迎着何进及众高官们不屑与冷漠的目光，曹操开始侃侃而谈。

机锋处处的夜晚

曹操说，现在的问题不是和十常侍决一死战的问题。如果光看到这一层，那叫一叶障目、舍本逐末、缘木求鱼、南辕北辙……总之，现在的问题是纲举目张的问题。纲在哪里？在正君位。也就是说，君位问题是当前的首要问题，谁坐君位？是皇子辩还是皇子协？不把这个问题搞清楚，那是要人头落地的。诸位有没有想过，如果是皇子协继君位，我们此去，便是谋反！

一阵沉默。

这是含义复杂的沉默。虽然在场之人没有不认同曹操所说的，但谁也没公开站出来表示支持。这是自尊使然。当然这沉默还有更深的一层含义，那就是接下来该怎么办？谁都不知道。

或许曹操知道。可曹操要是不主动说出来，没有人会求他说出来。还是自尊使然。

曹操主动说了出来。无疑，这是一个成大事者的能屈能伸，也是一个意见领袖不放过任何机会的一次酣畅表达。

曹操说，当今之计，就是要先立皇子辩为君，然后奉旨诛杀十常侍等阉竖。这样做，才叫纲举目张、名正言顺。十常侍若负隅顽抗，那我们就问他们一个谋反罪！

曹操此言一出，一切似乎如水银泻地，水到渠成了。何进也终于对此人刮目相看。他采纳了曹操的建议。

不错，何进是个自视甚高的人。但是在自家性命与所谓的自尊心之间，何还是选择了前者。更何况曹操建议所带来的不仅仅是性命问题，还有荣华富贵问题。

有一个人则在此时当仁不让地粉墨登场了。

袁绍。

此时的袁绍只是个司隶校尉，差不多和曹操一样，也是个名不见经传的主。虽然他有一个当司徒的爹，但在高官云集的何府内，一个司隶校尉同样是没有什么发言权的。

袁绍便不发言。

他只行动。

乘曹操话音刚落，何进点头暗许之时，袁绍请战了。袁绍奋然表示，为了确保皇子辩继位为君，愿领精兵五千杀进宫去，强扶皇子辩上位。

在何进看来，这应该是一个时代的不由分说，也是一个人建功立业的开始。何进决定给他一个机会，也给自己一个机会——看看这样的时代，是不是还是枪杆子说了算。

枪杆子果然所向披靡。

在灵帝的灵柩前，被连夜叫起的文武百官们惊讶地发现，坐在龙椅上的那个人不是传说中的皇子协，而是惊魂未定的皇子辩。他看上去像是刚从被窝里被拉出来，又像是刚刚从噩梦中醒来，一脸的睡眼惺忪和茫然无措。

事实上也正是如此。此前的皇子辩其实已做好"人生不过如此"的心理准备，因为十常侍的势力实在是太大了——如果不被他们看好，苟全性命于乱世已属万幸，哪还敢有什么非分之想。

但是在这个机锋处处的夜晚，一切都已改变。枪杆子在一瞬间改变了皇子辩的人生轨迹，他被不由分说地按在了龙椅上。文武百官们也被不由分说地责令向新天子山呼万岁。一个新时代貌似在这个诡异的夜晚开始了它的序幕部分。

有欢乐，必有悲凉；有加冕，必有血泪。蹇硕的人头很快落地，杀他的人不是袁绍，而是中常侍郭胜。

这郭胜说起来也是十常侍之一。但是他识时务，知进退。眼见得袁绍领五千人马团团围住宫中，皇子辩在龙椅前心安理得地坐下，他便明白，该拿蹇硕开刀了。只有杀了此人，才能救自己。

不错，在这个世界上，所谓的划清界限一刀两断都是要真刀真枪去划的，不划出血来不作数，不划落人头不作数。

关于这一点，郭胜不仅明白，还身体力行。

同样明白这一点的人还有很多。比如蹇硕手下的禁军。他们集体向袁绍投降。投降仪式搞得很隆重，很有些弃暗投明的氛围。

宜将剩勇追穷寇。在革命形势一片大好的情况下，何进向袁绍下达了将革命进行到底的指令。对于这样的指令，曹操没说什么。虽然他先前反对将宦官们一网打尽，但那是基于当初的特殊情况不宜轻举妄动——现在形势完全变了。不是西风压倒东风，而是东风不由分说要压倒西风。

毕竟，现在的天子是何大将军掌控的天子，枪杆子是何大将军掌控的枪杆子，反动派除了惶惶不可终日外一无所有，凭什么还让他们继续呼吸？没理由嘛。

曹操凝神静观，看一场好戏如何圆满地收场。

变　局

剧情出现了意外。

何后出手了。在十常侍余下数人的脑袋岌岌可危之时，何后斩钉截铁地告诉她哥何进，革命的首要问题是要分清谁是我们的敌人，谁是我们的朋友。张让等人是我们的敌人吗？错，他是我们的恩人！没有他们，出身寒微的我们就不可能有今天的荣华富贵。想想吧，是谁把我们扶上马再送上一程的？做人，不能无耻到这个地步！

可是，想杀害我们的也是张让等人。何进的头脑还算清楚。

错，想杀我们的人已经死了。他叫蹇硕。何后的语气冷冷的。

真的只是他一人？

首恶必办，胁从不问。记住一句话，给人出路就是给自己出路。

那，好吧。何进妥协而出。

正所谓人世间的事没有无缘无故的爱，也没有无缘无故的恨。何后之所以要出手救张让等人，是因为他们在此前跪在了她面前。

当然，何后不是心软之人，她不是不知道放虎归山的道理。但现在的情势是，新天子是自己的儿子，大将军是自己的哥哥，总而言之一句话，天下就在自己的掌心中。何后以为，几个宦官杀与不杀，都无碍大局了。

所以她最后的选择是不杀。

就像她对何进所说的，给人出路就是给自己出路。笼络了十常侍的人心，也就笼络了天下人的人心，现在政局甫定，需要的是人心思定，而不是人心思乱。何后为自己"大手笔"的选择暗自喝彩。

袁绍也为其喝彩。但喝的是倒彩。

袁绍以为，天下人心不是妇人之心，更不是妇人之仁。老话说，斩草要除根，否则后果不是一般的严重。至于说到现在的天下人心，不是人心思定，也不是人心思乱，而是人心思杀——人人欲尽诛十常侍而后快。袁绍表情沉重地告诉何进，如果不斩草除根的话，恐怕我们今后都要死翘翘，死在这帮宦官手里。

何进笑了，笑得一脸阳光。他告诉袁绍，他的眼光要比他妹妹远大。因为他要杀的不是蹇硕一人，而是蹇硕全家，是他奶奶他的九族——什么叫斩草除根，这就是斩草除根！

袁绍还想说什么，何进用一个"你别烦，再烦我揍你"的手势让他闭嘴。袁绍一声长叹，觉得人生真是机锋处处，不知什么时候，命运的屠刀就会砍杀过来，而自己除了等待之外竟别无选择。

董太后永远的一脸威仪。在她感觉，那是母仪天下的意思。只是这一天，她的威仪看上去不大对头，有些慌张和虚弱。

这一点，被张让看出来了。张让明白董太后的慌张和虚弱，因为他自己刚刚经历过。两个人其实都需要面见对方，因为彼此都有这个诉求。

相见地点是在董太后宫中。

变天了。起风了。董太后无限感慨。

张让匍匐地上：天永远是大汉的天，风永远是大汉的风，太后永远是奴才的太后。

可惜，老了。是老太后了。

老太后也是太后。老太后胜过新太后。

是吗？这话你对新太后也说过？

奴才……没有。

为何没有？是不敢吗？

是。

呵呵，你倒也实诚。

奴才不是实诚，是痛彻心脾。

为何？

天下永远是大汉的天下，太后永远是奴才的太后。但是太后现在，没权了。奴才每念及此，真是痛彻心脾啊。

你也知道痛,看来还是个人。

奴才不是人,是狗。无限忠于太后的狗。

其实,现在需要的不是忠心,而是智慧。

奴才有智慧。

哦,说来听听。

……

第二天,朝堂之上,谁都没有预料到,几件大事会在一瞬间发生:张让等人重新参与朝政;皇子协被封为陈留王,国舅董重被封为骠骑将军;董太后宣布垂帘听政。

一切都发生得那么猝不及防,让何进和他的妹妹觉得天又变了。不错,龙椅上坐着的依旧是辩天子,但他基本上就是个傀儡,除了不知所措还是不知所措。要命的是董太后要当这个家了,骠骑将军董重则想从何进手中抢夺枪杆子以保家卫国。毫无疑问,在这过程当中,一定会伴随着人头落地、血流成河的,只是不知最后胜出者谁。有那么一刻,何后心里很有一丝悔意——看来,笼络十常侍人心这步棋算是走错了。

因为他们的心已经不是人心,而是狼狗的心。

枪杆子里面出政权

酒。

红酒。

像血一样红的酒。

比血还要红的酒。

捧在何后的手上,却没有捧在董太后的手心中。

因为董太后不屑于和何后干杯。

这是一桌丰盛的酒席,这酒席,是何后为董太后设的。虽说是酒席,座上客却只有二人。

何后。董太后。

这是两个女人。两个处在权力巅峰的女人。两个心怀叵测的女人。

她们的心思不在酒上，在对方的心里。她们彼此都想知道，对方心里装着什么，就像这个世界上的许多人，迫切地想知道他人心里的小秘密。

却是永远也不知道。

能够知道的，只是欲望。

所以，当欲望与欲望交锋时，酒就不再是酒。而是血。

何后看着杯中酒，不敢断定流淌在其中的是董太后的血，还是她自己的血，或者兼而有之。

董太后看上去一脸傲然，仿佛胜券在握。

一刻钟后，依旧端着酒杯向董太后敬酒却遭冷遇的何后幽幽地提出一个建议——让政治的归政治，女人的归女人。不如把酒言欢，共叙天伦之乐。

董太后无语。

何后举例说明：想想吧，吕后是怎么死的？自古以来，女人干政就没有好下场。

董太后终于端起了酒杯。但是，她没有喝下去，而是将它泼向了何后。

何后一瞬间拥有了一脸的酒水，以及酒水覆盖下的冷若冰霜。

你会付出代价的。何后抹去脸上的酒水，抹不去的依然是酒水覆盖下的冷若冰霜。

每个人都会付出代价。就像你说的，女人干政绝没有好下场。别忘了，你才是最大的干政者。董太后满脸沧桑地离去。

一桌酒席寂寞无主。

在这个世界上，因果轮回的报应真是屡试不爽。何后为她的一番话遭到了酒水上脸的报应，同样地，董太后也为自己的泼酒之举遭到报应。

只是她没想到，报应会来得这么快，这么狠。第二天，这个试图垂帘听政的女人惊讶地发现，她今后不仅不能问鼎政治，还失去了继续在宫中居住的权力。

不错，她是有一个当骠骑将军的兄弟。但是称号在手不如刀枪在手。何进何大将军以一次迅雷不及掩耳盗铃之势的行动告诉这个苍老的女人——一切都过去了，她以及她的时代，都随着灵帝的逝去而逝去。太后？老太后？称号而已。

重要的是枪杆子和刀把子。那句话是这么说的，枪杆子里面出政权，太他妈的牛叉叉了。

接下来董重死了。是自杀而死。这个只当了几天骠骑将军的男人死前终于明白这样一个道理：抓兵权要趁早，否则就会死翘翘。

两个月后，已被迁到河间居住的董太后也死了。是被杀死的。这个当了几十年太后和老太后的女人死前也明白一个道理：长江后浪推前浪，前浪死在沙滩上。一代人只能做一代人的事。

张让等人却还活着，只是不知道自己还能不能接着活下去。张让总结，他们之所以这么多年一直让脑袋立在脖子上不掉下来是因为每一次都捡最粗的大腿抱。

但这一次，张让认为自己看走眼了，以为这个世界上，董太后的腿还是一如既往地那么粗，却不知时移世易，董太后的腿已不是当年的腿。

不过，抱错腿没关系，重要的是下一次抱对就行。张让等人见董太后已经人间蒸发，顿时明白下一次切不可再表错情。

现在的大腿，还是何太后的粗。

但是，此时此刻，何太后的腿在张让等人眼里已然变成了凶器，他们不敢再轻易地抱上去——毕竟自己偷情在先啊——政治偷情是这个世界上最无耻的偷情。想当初何进磨刀霍霍向他们，是何后刀下救人，让他们得以苟延残喘。可自己怎么就干出有奶便是娘的勾当呢？

便忏悔。便将功补过。便另辟蹊径。

何进的弟弟何苗一夜间发现自己成了富贵中人，因为张让等人玩命地巴结他，向他贡献了数不清的金银宝贝。何苗明白，这是他们有求于他。这样的发现让他兴致勃勃，也让他跃跃欲试——敢情，自己还有这等价值，可以左右他人的生死。自此，何苗有空就往何太后处跑，为拯救张让等人的性命做出不懈努力。

何太后原本对张让等人的始乱终弃很有些幽怨情结的，恨不得诛之而后快，可禁不得何苗再三再四的软磨硬泡，也终于软下心肠来，饶了他们的性命。

但世间事，常常是天不杀人，人自取祸。在发现脖子上的脑袋安然无恙后，张让等人竟又干出一件足以让他们死上一百次的祸事来。而要命的是，这一回连袁绍也怒不可遏了，袁绍找到何进，慷慨激昂地表示——十常侍不杀，不足以平民愤！他是实在忍不下去了。

何进笑了

祸自口出。

张让不知哪根神经搭错了竟四处嚷嚷董太后是被何进派人杀死的,还扬言人世间的事横的怕愣的,愣的怕不要命的,不要命的怕不要脸的。何进不要脸了,所以天下无敌。

他张让比何进还不要脸,那叫至贱者无敌,赛过天下无敌。没有人知道张让等人为什么要这样说,就像没有人知道世上某些人为什么要找死。

袁绍拔出了他的宝刀,从刀头到刀尾细细看了一遍,只看到一片寒光。

但是刀没有砍下去。

如果袁绍年轻十岁的话,张让一万颗头颅都落地了。只是现在,袁绍明白,刀不是世界上最锋利的东西。比刀更锋利的是权力,比权力更锋利的是人心,比人心更锋利的……没了。

袁绍就找到了何进,开始慷慨激昂。何进没有表态。

一般来说,一个人不表态不代表他没有想法,而是太有想法了。想法太多,难以取舍,所以表态也难。

何进去见一个人。

何太后。

他以为,何太后会像他一样,出离愤怒,然后给张让等人一个世界上最恐怖的死法。

但是没有。何太后只给他一声轻叹:是不是在这个世界上,杀一个人是解决仇恨最快捷的办法?

太后以为他不该杀?

不。该杀。

那为何不杀?

有一天你会明白,即使你拥有最高权力,也不能想杀就杀。杀,不由自主;不杀,也不由自主。

不用等很久，何进很快就明白了，他的妹妹何太后原来是为所谓的天下考虑。给出的理由是先帝新弃天下，此时诛杀旧臣，不吉。

何太后这一番话说得慷慨激昂，就像人世间的许多事，在慷慨激昂的表述之后都可以穿上一件正义的外衣。

但是何进不知道的一个事实是，其实在一个时辰前，他的弟弟何苗曾火速赶到宫中，向何太后灌输了这一套理论。只是没人知道这一套理论的原创者是谁。何苗不会说，打死他也不会说。

何进黯然而出。这样的时刻，他终于和袁绍一样明白了，刀不是世界上最锋利的东西。比刀更锋利的是权力，比权力更锋利的是人心，可比人心更锋利的又是什么呢？

何进也不知道。

袁绍现在知道了。他以为，还是刀。更多的刀。

他建议何进，邀集天下英雄带兵进京，将十常侍乱刀砍死。如此，何太后将不会怪罪到何大将军头上。

何进点头。在他看来，这的确是一个两全其美的办法，既消灭了敌人，又开脱了自己，更重要的是堵住了天下人的悠悠之口。十常侍是天下人所杀，说明他们确实是天下人人欲诛之而后快的。

不过，有一个人却摇头了。

主簿陈琳。

因为他看到了刀。

主簿陈琳不仅看到了刀，还看到了隐藏在无数刀锋后面的人之欲望。在他看来，那是恶之花，是地狱之门，是一个摇摇欲坠王朝的难以承受之重。主簿陈琳声泪俱下地劝谏何进，现在的时代是天下英雄起四方，有枪便是草头王。这些英雄和草头王齐聚京城的话，他们看到的是什么？是一个王朝的软弱和忧伤、混乱和不堪啊。他们怎能不蠢蠢欲动，不有所作为？清君侧从来都是国之大忌，怕就怕君侧未倒君先倒，到时候悔之晚矣……

何进"哈哈"笑了。笑得很豪迈。何进以为，这是一个高智商者对低智商者的嘲笑。何进笑陈琳什么都想到了，却唯独有一人没想到。

他。何进。

他何进是什么人啊？是大将军，是一个帝国的最高军事统帅，还怕什么草头王和所谓的英雄。再说这世界上有英雄吗？没有嘛，真要有的话也只有一个，那就是他——何进何大将军！总而言之，在京城，不，在整个帝国，他何大将军都具备绝对的震慑力量。

何进怒目向陈琳，表情决绝而不容置疑。

就在这一片纷纷攘攘中，曹操再次出手了。曹操总是这样，在历史的紧要关头出手，试图改变历史前进的方向。历史的车轮向左走还是向右走，有时候似乎只取决于一个人的力量。曹操愿意做那最后的裁决者。

但是很显然，这一次，他没能做成。

因为何进的意志及其手中的权力制止了曹操的建议——曹操当时给出的建议是这样的：杀鸡焉用牛刀，要让宦官们死，找人暗杀就可以了。要没人的话，他愿意做那杀鸡刀。用不着召外兵进京，否则事未成，宦官们却早已知晓，"吾料其必败也"。

曹操没想到，正是自己最后这一句"吾料其必败也"让何进破釜沉舟要去干一件注定让这个帝国走向混乱的事情，因为何进要证明自己的智商。究竟曹操高还是他高，一切看结果。

曹操闭上眼睛，不想看结果。因为结果他其实早已经预料到了——在他看来，这个帝国走向分崩离析的日子，已是指日可待。

第二章　诛董过程中的那些笑脸与变脸

董卓进京

董卓突然觉得，天亮了。

公元189年（中平六年）四月，当汉灵帝刘宏在嘉德宫驾崩，少帝刘辩继位时，董卓正屯兵河东，将整个陇西纳入自己的势力范围。史书记载，这个陇西临洮（今甘肃省岷县）人"少好侠，尝游羌中"，"性粗猛有谋"。总之跟曹操一样，都是想有所作为的。

而且一直以来，董卓都有怀才不遇的感觉，虽然他并没有什么才。先前和黄巾军作战时，董卓的部队被打得满地找牙，而他则是满世界找窝。要不是张飞出手相救，董卓很有可能会在另一个世界怀才不遇了。

当然，说董卓一点才都没有也不对。虽然打黄巾军毫无战绩，但令人奇怪的是，董卓接下来竟然在仕途上平步青云，荣升西凉刺史，手下统领着20万西州大军，很有一方诸侯的感觉。

这其中的原因就在于，他总能在第一时间找到满足其欲望的快捷路径——董卓在其人生绝境处倾其所有，全力贿赂十常侍，以为其进步之梯。而十常侍也终于成就了他，让他从一个被问罪官员摇身一变为封疆大吏。正所谓各得其所。

但是现在，董卓却要拿十常侍开刀了。因为他隐约闻到了一丝混乱的气息。来自京城的混乱气息。虽然远在千里之外，董卓却认为，可以有所作为。不仅仅是有所作为，甚至可以大有作为。

因为作为他，董卓，本来的机会就不多。如果现在有一个机会可以浑水摸鱼的话，为什么不摸呢？不摸白不摸，摸了不白摸——他可不是别人，他是注定要让这个世界风生水起的董卓。

打黄巾军，我不行；搞政变，你们不行。董卓豪迈地做如是想。

天亮了，一如董卓的心情，亮得那叫一个意气风发。

大部队便意气风发地开拔。但是一双手伸了出来，拦住了部队前行的方向。

是李儒。

李儒是董卓最重要的谋士，也是其命运最重要的推动者。李儒一生的工作就是在人心与人心之间出牌，或者翻开对方的底牌。而这一次，他摸不透何进等人的底牌。

不错，何大将军是鼓励地方上的同志带兵进京保家卫国，可下的又是密旨。李儒以为，在这个世界上，最阴险肮脏的东西就是密旨了，因为它见光死。正所谓翻手为云覆手为雨，多少英雄豪杰成了密旨的牺牲品啊。所以，李儒给董卓的建议是缓行。

董卓却不想缓行。他看上去就像是一个赌徒，在将身家性命全都押上去时，任何反对意见对他而言都是耳边风——董卓推开李儒的手，继续他的意气风发。

李儒只得退而求其次，建议董卓上表，求一个名正言顺。

董卓这回同意了。因为他也明白，世界上的很多事情，其实怕就怕"名正言顺"四个字。只有名正言顺地带兵进京，才能免遭他人暗算——虽然董卓刺史是怀着一颗暗算他人的心带兵进京的，但是多给自己一把保护伞，只有好处没有坏处。

一封义正词严的表奏在马背上诞生了。表曰："窃闻天下所以乱逆不止者，皆由黄门常侍张让等侮慢天常之故。臣闻扬汤止沸，不如去薪；溃痈虽痛，胜于养毒。臣敢鸣钟鼓入洛阳，请除让等。社稷幸甚！天下幸甚！"

董卓与李儒相视一笑，觉得天下虽大，到底大不过一封表奏去。

这封表奏的杀伤力很快就体现出来了。侍御史郑泰弃官不做了。卢植也弃官不做了。甚至朝廷上大半的官员都望"表"而逃。

原因是何进在早朝时持此表慷慨激昂地表彰了董卓的耿耿忠心。他同时表示，要派人去渑池迎接董卓及其大部队的到来。

张让却没有跑。

因为他知道，在这个世界上，如果有人哭着喊着要你性命的话，以天下之大，想跑是跑不掉的。所以这样的时刻张让以为是鱼死网破的时刻，是先下手为强的时刻。他找了五十个刀斧手埋伏在长乐宫嘉德门内，准备再次实施暗杀行动。暗杀尚未成功，同志仍需努力。张让对刀斧手们谆谆教诲。

但是，还有一个最重要的环节没有完成。

请君入瓮。

怎样让何进尽快入宫，是关系到他脑袋能不能尽快落地的重要的环节。这似乎是一个不可能完成的任务，除非太后亲自召见他。张让苦思冥想，并最终决定游说太后。

太后竟然亲自召见了何进。在张让对其游说之后。这让张让觉得自己很有面子。

但其实，张让错了。

因为何太后不会给任何人面子。在这个世界上，所谓的面子从来就是给比自己地位高的人的，何太后位列至尊，她只会给自己面子。

张让不清楚的一点是，何太后之所以要召见何进，只是因为后者不听话。说了不许杀张让等人，却阳奉阴违，引外兵进京，这是不把她堂堂太后放在眼里啊。何太后因此要找何进问一个明白，在这个国家，究竟谁说了算?！

何进之死

但是，何太后注定见不到何进了。

事后想起来，在何进的赴死之旅中，充满了太多的诡异和决绝。何进事实上是在决绝赴死，但他自己却不以为然，以为步步是生机。

有三个人在何进的赴死之旅中曾经试图阻挡。

陈琳。袁绍。曹操。

此三人给出的见解惊人地相似，认为这是十常侍之谋，切不可去，去必有祸——正所谓英雄所见略同。但是何进却一以贯之地以其特有的豪迈鄙视了此三人的见解，义无反顾地朝宫中进发。

其实即便到此时，命运的无形刀也没有完全精准地对准何进。因为袁绍、曹操俩人见何进一意孤行，只得随其左右，佩剑护送。另外袁绍的弟弟袁术领五百精兵集结青琐门外，随时准备和十常侍的人马PK。应该说，准备是充分的，措施是得力的，何进的性命是有保障的。

变故却在长乐宫门口发生。

当何、袁、曹三人成"品"字形走到此处时，一个小小的黄门将他们做了一个切割：何进一人进去，袁绍、曹操留在外面。给出的理由是太后有旨，只见何进一人。

这真是世界上最牛哄哄的懿旨了。在场三人不敢怀疑其中有诈。

其实，即便这懿旨有诈，何、袁、曹三人也承受不了抗旨的代价。张让等人的伏兵正要为杀人找借口，毫无疑问，"抗旨闯宫"应是绝佳借口。

三人便眼睁睁地看何进进去，看他的背影消失在长乐宫门内。不知道为什么，曹操在此时突然听到了一声天籁之音。他分不清是自己耳鸣还是确有其声。曹操扭头看袁绍，袁绍一脸的茫然，像极了那个时代的表情。

几分钟后，何进走到了他生命中最后一个地点——嘉德殿门。此地离何太后寓所只有一步之遥，但何进注定是走不到那里去了。因为张让、段珪站在了他面前，蓄谋已久地站在了他面前。

他们笑了，笑得竟一脸正直；他们说了，说得竟一腔正气。张让、段珪说，他们一直以来，致力于国家的公平正义，社稷的连绵永祚。作为正义的化身，他们其实活得很累、很委屈，但是无怨无悔。因为他们现在要杀的这个人是窃国大盗。该窃国大盗手握重兵，害死董后，意欲谋国，是可死孰不可死?!

何进懵了。有那么一瞬间，他真以为此二人是正义的化身，来审判他了，但更多的时候，他却认为自己是正义的化身，此时在遭受小人的暗算。他正义？我正义？我正义？他正义？想到后来，何进头都大了。

不过到最后，何进终于想明白了——所谓的正义，往往捏在能决定他人生死者手里，说者浩浩，听者藐藐，当不了真的。只可惜，自己以前太当它是回事，以为自己真是正义的化身，临了才明白，都他奶奶的只是一场游戏一场梦，谁煞有其事谁傻逼。

张让、段珪宣判完毕后转身离去。伏兵们冲出来对何进执行死刑。何进在进行了一番无谓的抵抗后最终以一种很难看的方式死去。

他的人头落地。

在某种意义上说，何进的人头是重量级的。因为它的落地引爆了一场宫内外的大混战。

忠于何进的力量与宦官集团展开了规模空前的战斗。这场战斗波及到的著名人士有：

何太后——何太后先是怒气冲冲地在宫中等着何进进来给她一个说法。

但她没想到,进来的是张让等人。他们语气含糊地告诉她何进的手下造反了,赶快跑,不跑就没命了。在经过一番拉拉扯扯后,何太后被迫跟着张让等人跑路。不过没跑多远就被曹操拦下了。曹操恳请何太后收拾乱局,权摄大事,何太后这才重做威严状,表示一定要以国家为念,重整河山。

少帝刘辩与陈留王刘协——此二人在混战中随张让等人出走,很是吃了些苦头,后被寻回。值得一提的是在落难途中少帝与陈留王与董卓有过一面之缘。陈留王不知道,正是这一面之缘让他当上了傀儡皇帝,成为一个王朝数百年才出一个的末世皇帝——汉献帝。

张让等人——张让等宦官首领在混战和流亡途中全都死翘翘。

这基本上可以说是一个人头落地引发的朝廷变局,但事情走到这一步并不是结束而是开始。因为董卓来了,反客为主地来了,唯我独尊地来了。他的到来将传达一个信号。

好戏即将开场!

董卓的游戏规则

董卓到来时,洛阳城发生了一件大汉开国数百年来从未发生过的事。

传国玉玺不见了。

虽然这宝贝在 n 年后被证明不是董卓偷的,但它在此时诡异地消失,毫无疑问是个不好的征兆。

鲍信看到了二者之间的联系。

鲍信是东汉末年济北相,泰山平阳(今山东新泰)人。何进人头落地之前,鲍信受其征辟就任骑都尉,后回乡招募兵卒。但世事无常,当鲍信屁股后头跟了招募来的一千多士兵赶回洛阳准备有所作为时,何进已经死翘翘了,而董卓此时也已进京。

鲍信便对袁绍说,董卓这个人,怀有异心。不把他干掉的话,这个江山会变色啊。公元 189 年的袁绍和鲍信一样,颇有无根之感。因为他们的共主何进死了。但袁绍和鲍信不同的一点在于,他的出身很牛。

比曹操还牛。

从他的高祖父袁安算起，袁氏家族四世之中有五人官拜三公。袁绍父亲袁逢，官拜司空。叔父袁隗，官拜司徒。伯父袁成，官拜左中郎将。

此前一年也就是公元188年，曹操被任命为典军校尉，袁绍为中军校尉，开始进入青年军官序列；此后一年也就是公元190年，袁绍将被推举为反董卓联合军的盟主，与董卓交战。

但189年的袁绍却默然无语。他当然和鲍信一样，看到了董卓的异心，但其痛苦也在于此。

因为干不掉。

董卓他不是一个人，不是一个人在战斗。他的身后有千军万马，他的手中捏着少帝与陈留王——此二人是在落难途中落入董卓之手，然后被其"护送"回宫的。

在某种意义上说他们就是董卓的人质。所以袁绍徒唤奈何。

司徒王允也徒唤奈何。

当鲍信游说袁绍未果，转投王允寻求更高层的支持时，司徒王允向他很遗憾地摊了摊手。不错，他是贵为司徒，但又能怎样呢？这样的时代，连皇帝和太后都要逃难，命悬一线，区区一个司徒还能翻云覆雨不成？

王允这一年53岁，出身山西的名门望族，父祖一辈世代担任州郡的重要官职，算是官宦世家了。王允十九岁担任国家公务员，人到中年时做过豫州刺史。东汉汉灵帝时，州成为一级行政区域，而豫州的治所是谯县（今安徽省亳州市），辖区在河南东部和安徽西部，下辖颍川郡、汝南郡2郡，梁国、沛国、陈国、鲁国4国。因为刺史掌兵权，算起来，王允的管辖范围和权力还是很大的。

曾经年少轻狂，曾经意气风发，曾经踌躇满志，但王允也曾经怅然若失。因为在和中常侍张让的较量中失败，王允被迫去官隐居。他的五十岁生日是悄无声息度过的。直到何进掌权之后他才重新出山，做了从事中郎和河南尹，最后官居司徒。

由此王允悟出一个道理：时势比人强。要有所为，有所不为。如果世上事在此时都不可为，那就他奶奶的不为。司徒王允做如是想。

鲍信走了。翻着白眼走了。他的目的地是异乡。鲍信不屑于和这些患得患失的人在一起刨食。

董卓伸出一根手指头。

是大拇指。

他深情地看了半天，然后转过头，问一旁的李儒：谁做它比较好？这样的问题，一般人其实是回答不了的。但李儒不是一般人，他是董卓的影子，董卓心思的影子。董卓想什么，想到哪儿，他就跟到哪儿。

你。

李儒回答得干脆利落。

现在不行。不能那么赤裸裸。要含蓄。

那就让那个小皇帝继续做一段时间大拇指。什么时候时机成熟了，主公取而代之。

现在就取而代之。

什么意思？

小皇帝下，陈留王上。陈留王取代小皇帝坐皇位。

意义？

你说呢？

李儒没说什么，因为他很快就明白了。皇位中场换人这一招貌似无意义，实有深意存焉。从表面上看，皇位只在两个刘姓小儿中间做一个轮换游戏，仅此而已。但谁是幕后操纵者？谁是这个国家一言九鼎的力量？

只有董卓一人而已。

不错，在这个世界上，是有很多事情需要名正言顺，但他董卓不需要。因为他是董卓。比皇帝还牛的董卓，可以制造新皇帝的董卓。

董卓来到洛阳，就是给这个国家制定规则来的。李儒把这一切想得透透的。

万籁俱寂。只有呼吸声。很沉重的呼吸声。

这是董卓的家宴，却有百官来朝。

百官不敢不来朝。因为这既是给董卓面子，也是给自己位子——董卓来了，一切要重新洗牌。原来的官还能不能做下去，得巴结好董将军啊。

但是谁也没想到，董卓眼里没有他们的位子，只有皇帝的位子。趁着百官曲意奉承的当口，董卓高调提议，小皇帝下，陈留王上。乾坤需要颠倒一下。

万籁俱寂的场面由此造成。人人都在思考，自己该不该发声，该怎样发声。

不错，董卓现在对付的只是小皇帝，但是一朝天子一朝臣，皇帝换了，洗牌那是不可避免的。更严重的问题还在于，董卓此项提议要是获得通过，毫无疑问他将获得至高无上的权力。谁是这个国家今后制衡董卓的力量？中国，将往何处去？这都是绕不过去的大问题。

人人都在思考，却人人不敢发声。

直到一个其貌不扬的人悠悠忽忽地从座上站起，口齿不清地吐出两个字——国贼。

这一剑杀鸡儆猴

一个其貌不扬的人，中气必不充沛。这是表与里的关系。

但是此人却不然。

虽然口齿不清，可"国贼"两个字却送到了在场的每一个人耳朵里，中气之充沛由此可见一斑。

每个人都愣住了。

只有董卓例外。他没有发愣，而是——发狠。

因为说这话的人是执金吾丁原。

这丁原有两大特点：一、出身贫寒；二、会写文章。但乱世年代，会写文章并不意味着要靠文章吃饭。因为那样会饿死人的。

丁原没有靠文章或者说笔杆子吃饭。他靠的是枪杆子。丁原成年后做了一名县吏，史料记载，当有贼寇来犯时，丁原都会身先士卒，冲出追寇。

很有张飞的风格。

因为战功，丁原之后任并州刺史、武猛都尉。这武猛都尉其实是为他量身定做的。公元189年，汉灵帝驾崩后，武猛都尉丁原受何进的召唤，火烧孟津，一路带兵到洛阳来诛杀宦官，那个处事作风，更像张飞了。

何皇后对他很欣赏，拜他为执金吾。

这执金吾是个官名，又称中尉，是率禁兵保卫京城和宫城的官员。通俗地说类似于现代的中央卫戍部队司令。

但很显然，董卓不怕丁原。因为他是可以决定丁原命运的人。

剑就这样出手了，在丁原说出"国贼"两个字后不久。这是霸气之剑，是杀鸡儆猴之剑，带着董卓的欲望和野心，稳准狠地刺向丁原。

丁原却安然无恙。

不是董卓的剑不锋利，而是出现了意外——董卓收手了。董卓之所以收手是因为李儒眼里看见了一个人。站在丁原背后的人。此人卓尔不群。

在这个世界上，一个人是否卓尔不群有时候不需要做什么动作，只需往外那么一站就可以。一站定鸡鹤。所谓鹤立鸡群。丁原背后的这个人就将自己站成了鹤，而不是鸡。

因为他的眼睛。眼里有杀气。

一般来说，一个人眼里有杀气并没什么。譬如厨子，面对活鸡活鱼时眼里杀气毕露。但是此人不是厨子，他眼里的杀气不俗。

此人不杀则已，一杀则非常。这是屠龙之杀。

李儒怕了。

毫无疑问，如果他不出手阻拦，丁原肯定死翘翘。但与此同时，董卓肯定也死翘翘。死于此人之手，死于他手中拿着的方天画戟。

这个可怕的人物便是吕布。

此时的吕布精光四射，令人生畏。但李儒不知道，九年后的建安三年（198年），此人将在下邳被曹操击败并处死。

李儒也不知道，身为丁原部将的吕布很快会成为董卓的部将，甚至日后他也会为袁绍效力。虽然现在看起来，这个人忠心耿耿，一副富贵不能淫、威武不能屈的光辉形象。

所以还是那句话——性格决定命运，底线刻画人生。

的确，此时的李儒看不透这一点。他能看到的只是吕布的威猛。吕布的威猛吓死人，李儒不得不在第一时间加以阻拦了。

不过不是出手，而是出口。因为这样的时刻，口比手快。李儒给出的建议是今天大家只管喝酒，莫谈国事。有国事，到朝堂上去谈。

董卓听取了他的建议。

毫无疑问这是一个聪明的选择。它不在于李儒讲得有道理，而是因为董卓也看到了丁原背后的那双眼睛。那双令他不寒而栗的眼睛。董卓收手了，生生地将刺出的剑在半途中收了回来。

便继续喝酒，各怀鬼胎地继续喝酒。空气中弥漫着一股妥协和暧昧的味道。

有一个人却不愿意妥协和暧昧。

卢植。

这一年卢植 50 岁,官居尚书。但在世人眼里,比官职更重要的是他的学问。卢植师从大儒马融,又是大儒郑玄的同门师兄。跟大儒们一起混,自己也成了大儒。虽然他曾先后担任九江、庐江太守,但卢植更看重的是与马日䃅、蔡邕名流等一起在东观校勘儒学经典书籍,并参与续写《汉记》的经历。那是要名垂青史的呀,即便垂不了青史,也可以增加他在当下的话语权。

总而言之卢尚书是很正直的。比如他听闻董卓带兵来京,曾一度弃官不做,后虽得皇甫嵩之力复为尚书,但卢尚书一颗关心国事的心却始终没改变。这次他应邀来董府,不是来喝酒的,而是来战斗的。

作为一个战斗者,卢植以为姿态第一,胜负则在其次。

不错,董卓现在是一手遮天。但自古以来,一只手遮得了天吗?关键是要有人伸出自己的手,拨开那只遮天之手。

卢植站出来大胆说道:"……今上虽幼,聪明仁智,并无分毫过失。公乃外郡刺史,素未参与国政,又无伊、霍之大才,何可强主废立之事?圣人云:'有伊尹之志则可,无伊尹之志则篡也。'"

卢植这话虽然说得有些温文尔雅,但意思却和丁原说的一样,就两个字——国贼。

董卓这次是真生气了。他突然觉得自己进京后成了一个被侮辱与被损害的对象。他奶奶的自己还没怎么着啊,就征求一下意见却接二连三地被骂成国贼……有这么欺负人的吗?

一怒之下,董卓的剑又出手了。

这一次依然是霸气之剑,依然是杀鸡儆猴之剑,带着董卓的欲望和野心,稳准狠地刺向卢植。

李儒看到了这一剑,不过没有阻拦。他非但没有阻拦,反而乐见其成——是到了杀鸡儆猴的时候了。这一剑下去,这个国家的政治新秩序将从此确立,而卢植毫无疑问会成为政治新秩序的牺牲品。

最重要的是,这一次将不可能有任何意外发生。因为卢植背后没有眼里有杀气之人保护他,百官们慑于董卓之威也不会出手相救。卢植必死无疑。

卢植也认为自己必死无疑。事实上,他就是慷慨赴死来的。卢植想用自己的死,唤醒朝廷反董卓力量的迸发。

他闭上了眼睛,等着那把宿命之剑刺透其胸膛。

董卓没辙

宿命之剑拐了个弯。

因为董卓分神了。起因是他听到了一声叹息。叹息声很奇怪，充满了强烈的失落感。这让董卓很不爽。他只得收剑。

董卓做事，向来讲究酣畅淋漓。但他又是个疑心极重的人，在行事过程中绝不允许他人打岔，哪怕是发出一声叹息。在他看来，这叫作追求完美。

站出来。董卓头也不回地朝百官喝道。

议郎彭伯站出来了。

给个理由。

叹息无需理由。

天下事，事事都需理由。

董将军杀人有理由否？

大胆！

请董将军给个理由！

瞎眼了吗？没看到卢植在找死。

彭某以为，不是卢大人找死，而是将军找死。

是吗？我看你在找死。

杀卢植易，安天下难。

话说清楚点，什么意思？

卢尚书海内人望，今先害之，恐天下震怖。

有道理。卢植可不死，你必须死！

董卓说话间剑指彭伯，有意无意地将自己定格成了剑客形象。

局面骤然转变至此，有很多人突然忍不住笑了。

当然是在心里。因为他们知道，董卓慌了，心神乱了。

李儒也笑了，是苦笑。笑董卓，也笑自己。

今天的夜宴，他明了一个故事的开头，却不知道它的结局。

因为——无法收场了。

结局当然还是会有的。无非两个：结局一，董卓一剑下去，议郎彭伯死翘翘。如果董卓还不解气的话，再刺上若干人，让他们接二连三地死翘翘。结局二，董卓收回剑，彭伯继续维持呼吸，董卓尴尬收场。

这两个结局事实上都是无功而返的结局。因为不管是结局一还是结局二都不能保证文武百官们打心眼里赞同董卓废立君主的提议。在这个意义上说，杀人在某些时候还真不是解决问题的最好手段。

董卓没辙了。李儒也没辙了。僵局由此产生。这是一个历史的僵局，如果无人可解，历史似乎将不再往前推进。

有人尝试着想打破僵局。

这是个重量级的人物——司徒王允。

就目下的官阶来说，王允当在董卓之上，也在众多百官之上。但是在此之前，他却不发一声。不完全是怕董卓，而是在等待拐点。事情阴阳转换的拐点。

当其时也，董卓来势汹汹，以商议之名，行篡逆之实，并屡以杀人之举恫吓百官。王允以为，这是董卓气盛之时，不可强与之交锋。第一个拐点的出现当在董卓遭遇丁原背后的吕布时，董卓的气焰有所挫折，但王允却没有选择在此时出面，原因是董卓的气焰虽有挫折，锐气仍在，还需避其锋芒——直至董卓连续剑挑卢植、彭伯未遂陷入尴尬境地时，王允觉得，自己可以出面了。

因为此时的董卓也需要他人出面来替他解套。

王允提出的方案是各方面都能接受的方案：废立君主是大事，不可在酒后轻率定夺……不如另日再议。

董卓的剑收回去了，心平气和地收回去了。

百官们也长长地吁了一口气，如释重负。

夜宴乃散。

这个夜晚终究是个有惊无险的夜晚。但问题依旧存在。

对董卓来说，散去的夜宴其实不是问题的结束，而是开始。此后不久，丁原带兵向他挑战。这场小规模的战争以董卓的失败而告终。

不是董卓无能，而是敌人太强大。在董卓眼里，他的敌人当然不是丁原，而是时刻跟随其左右的吕布。这个穿着帅帅的战服一脸阴沉的年轻人简直成了董卓的噩梦。要安天下必须安百官，要安百官必须去吕布。董卓苦恼的是自己不知道如何才能除去吕布——对他来说，这几乎是不可能完成的任务。

李儒也没有什么好办法让吕布停止呼吸。在这个世界上，让某人停止呼吸有时很容易，有时又很难，关键是要找到一条有效的途径。

董卓手下的中郎将李肃以为，自己已经找到了这样的途径。

不错，要安天下必须安百官，但是要安百官不一定去吕布。如果能够安吕布呢？那可是化敌为友、如虎添翼的好事啊……

董卓看着自信满满的李肃，一脸的不屑。

吕布，有朝一日会跟他董卓勾肩搭背、称兄道弟？地球人都笑了！

但是李肃没笑，他看上去一脸严肃：主公错了，吕布日后绝对不敢跟你勾肩搭背、称兄道弟，他只会叫你一声——父亲！就像他现在称呼丁原为父亲一样。

吕布的选择

有一匹马注定要青史留名。

赤兔马。

这是董卓的赤兔马，但是它在此时出现在了吕布面前。就像一个面包出现在饿汉面前一样，吕布的眼神被牢牢地吸引住了。

另一个人的眼神则牢牢地落在吕布身上，若有所思。

李肃。

二人一马，在历史的乱局面前停顿了下来，似乎是为了演绎下一场即将到来的高潮戏在做准备和——

思考。

当然真正的思考者是吕布。因为他即将面临一个抉择：是认丁原为父亲还是认董卓为父亲？

李肃的建议是后者。这位吕布的旧友以一种感慨万千的口吻说，男人生于世间，能做的事无非两件：自己做英雄和先跟着英雄混，有朝一日自己再做英雄。这其中最重要的事情是认清谁是英雄，因为跟着英雄混和跟着伪英雄混，结局大不一样啊……

丁原不是英雄吗？吕布底气不足地问李肃。

是吗？

不是吗？

是吗？

不要那么认真，探讨一下嘛。还没问上几个回合，吕布的气就泄了。过了一会儿，吕布又问：董卓是英雄吗？

不是吗？

是吗？

不是吗？

一阵寂然。但是吕布心里却不平静。

因为他已经爱上了这匹赤兔马。这应该是一种不道德的爱了。爱义父丁原就不能爱赤兔马，不为别的，只因为这是董卓的赤兔马。可义父丁原与赤兔马孰轻孰重？义父丁原是真英雄还是伪英雄？跟董卓混有出息还是跟丁原混有出息？谁规定跟董卓混就是认贼作父跟丁原混就不是？认贼作父一次与认贼作父两次有区别吗？再有，一个人究竟是为他人的评价而活还是为心中的隐秘欲望而活？

所有这些问题的答案，吕布都要问一个明白。

李肃不可能给他答案。因为这都是些致命的答案，是来自灵魂深处的拷问。李肃的任务就是把董卓的赤兔马牵给他，把董卓的求贤之心亮给他，至于吕布何去何从，那就不是他能左右的了。

李肃走了。但是他相信吕布会再来的，因为赤兔马留下了。

这个夜晚，吕布的兵寨中传出一个男人压抑的哭泣声，像是风在呜咽，又像是受伤的野兽在低嚎。没有人能听清哭泣者是谁。第二天一早，兵寨中人唯一能明确的一件事情是一个人消失了，一个人倒在了地上。

消失的那个人是吕布，倒在地上的人则是丁原的残体，之所以说是残体是因为丁原的脑袋不见了。脖子上有了一个碗大的切口，切口处整齐划一，血流汨汨，令人触目惊心。

吕布出现在董卓面前的时候眼里已然没有了杀气，取而代之的是一种狂热的欲望之光。而他的手中，则拎着一个滴血的布袋，很有些邀功求赏的意思。事实上吕布确实在邀功求赏，因为那布袋里装的是丁原的脑袋。

董卓闭上了眼睛，倒吸一口冷气——一匹赤兔马，真的有如此能量，让一个人砍下他义父的头颅去向他曾经的敌人邀功求赏吗？这样的一个人，心中要有怎样的大无情才能做到这一点？

董卓不敢想下去了。他唯一能确定的一点是，他成功了，终于化敌为友了，代价仅仅是一匹赤兔马。可这样的成功似乎又代价太大：他是不是在引狼入室呢？吕布今天可以杀父求荣，明天为了更大的利益是不是也可以杀他求荣？

董卓不能确定。他只看见吕布手中的方天画戟，画戟锋利处血迹斑斑，似乎一个乱世的欲望之花正在上面怒放，诡异而艳丽之极。

反对者袁绍

夜宴又开始了。

只是这一回的气氛比上回更加肃杀。吕布领了上千士兵埋伏宫外，脸上看不出一丝表情。

此时他的身份是骑都尉、中郎将、都亭侯。当然他最重要的身份只有一个——董卓义子。从丁原义子转变为董卓义子，吕布只用了一天一夜的时间。

没有人敢评价他的这个人生选择，起码在公开场合下，人人保持沉默。人人保持沉默地从面无表情的吕布身边走过，从上千士兵的埋伏点走过，入宫接受董卓的训话。

不错，是训话而不是商议。正所谓时过境迁，当吕布都识时务者为俊杰，从丁原义子转变为董卓义子后，董卓觉得，再和这些失去抵抗能力的官员们讨论问题只能说明一个问题。

他弱智。

为了证明自己不弱智。董卓悍然宣布："今上暗弱，不可以奉宗庙。吾将依伊尹、霍光故事，废帝为弘农王，立陈留王为帝。有不从者斩！"

人人沉默。

虽然在这个世界上，沉默很多时候并不意味着赞同，但董卓以为，这就是赞同。因为无人公开反对。

但是，董卓到底还是错了。有人站出来公开反对。

袁绍。

袁绍雄赳赳气昂昂站出来公开反对的时候，有个人在心里为他发出轻叹。

曹操。

很多年后，当曹操在官渡之战中以少胜多打得袁绍对人生深感绝望之时，他并不知道，自己比袁绍强的地方其实就在这声轻叹里。

这是一声审时度势的轻叹。袁绍和曹操的政治智慧高下立判。因为曹操知道，在这个世界上，很多反抗其实都是无效的，比如这次，明显的力量不对等。反抗？那不找死吗？！

袁绍却觉得，未必。

袁绍以为，他不是一个人在战斗，他的身后，站着他叔太傅袁隗。今天这夜宴，是太傅袁隗领着百官来参加的。可以说他是领衔主演——董卓要想把戏继续演下去，领衔主演的面子不能不给。换言之，他董卓不能拿他袁绍怎么样。

但是，袁绍错了。

因为——董卓明摆着谁的面子都不给——今天这场戏，他董卓要当唯一的主角。谁他奶奶的想罢演，拿脑袋来说话。

董卓的剑拔出来了。袁绍的剑也拔出来了。一场 PK 一触即发。

太傅袁隗却冷眼旁观，似乎乐见其成。李儒见此，一个可怕的想法突然在他脑中浮现：这老头，莫非想以自己的侄子做牺牲品，以制止董卓的废立计划？

毕竟，当场杀死当朝太傅袁隗的侄子以迫百官就范，这样的政治冒险不是随便什么人都可以玩的。因为后果难以预料。李儒暗示董卓，要玩政治交易，不要玩政治冒险。

李儒所谓的政治交易是，放袁绍一条生路，以换取袁隗对董卓的政治支持。

董卓同意了。

他之所以会同意并非是因为他对李儒的计谋有多么认同，而是因为——吕布。

不错，是吕布。这个董卓的新义子在刚才董卓和袁绍的对峙中不发一言，立场暧昧，令董卓心里很不托底。他突然间明白，敢情今晚这场大戏的真正主角不是袁隗，也不是他董卓，而是吕布。

吕布统领伏兵，他倒向谁，谁就将胜出。虽然在名义上，此人已是董卓的义子,但是这样的年代,亲儿子都靠不住,一个刚刚投诚过来的新义子怎么靠得住呢?董卓不能不为自己留一手。

太傅袁隗也不能不为自己留一手。好处是明显的——侄子袁绍的性命可以保住。自己的官位可以保住。最重要的一点是可以赢得官心。因为百官们现在也看明白了,这天下,迟早是董卓的天下,强与之对抗,那叫以卵击石。虽然在某些时候,以卵击石可以获取政治清誉,但更可能失去脑袋。人,还是现实一点比较好。再说了,这江山原本也不是他们的江山,该着急的也不是他们,何苦操那份心呢?

对百官们来说,现在最需要的其实是找一个政治品格代言人,以代其受过,以换取所谓的良心安宁。而堂堂的太傅肯出头做这件事,怎不令他们感激涕零?!

太傅袁隗终于和董卓达成政治交易。

一切皆大欢喜。

在曹操惋惜的目光扫视下,袁绍带剑黯然离开了这场夜宴,成为一个毫无收获的出局者。

可以说,除了曹操外,人人对他视而不见。

的确,袁绍是试图为大汉江山证明些什么或保卫些什么,但是现在看来,这竟成了一个人的行为艺术,甚至是未获掌声的行为艺术。当然了,曹操是非常理解众人的鸵鸟心态的,只是可惜了袁绍,到底成了这场政治交易的牺牲品。曹操玩味再三,良久,他将惋惜的目光从袁绍身上收回时,却在无意间瞥见吕布正死死地盯着自己,似乎想看穿什么。

曹操心里一惊,觉得今后的天下,这个叫吕布的人,怕是要掀起一些波澜了。

曹操笑了

董卓成了相国。

在陈留王协被其以一个庄严肃穆的仪式推上皇位后,董卓成了史上最强悍的相国。

因为他可以带剑上殿。他的剑锋，常常有意无意地指着年仅9岁的汉献帝，令这位还不到青春期的小孩搞不明白一个人世间的常识——皇帝大还是相国大？

很多人也搞不明白。他们唯一能搞明白的是，有两个人死了。

少帝和何太后。

这两人其实是不想死的。即使被董卓赶下台后偏安一隅，他们也希望可以好好活。

也许，对很多人来说，好好活就是有意义。有意义就是好好活。但是董卓注定不让他们好好活了。因为董卓觉得，在这个世界上，有人好好活就会有人活不好。他不愿意做后者。

总而言之一句话：少帝和何太后必须死。没有任何借口。

董卓派人鸩杀的。这两人死时和董卓派出的鸩杀人员发生了一些肢体冲突，似乎对人间充满了无限的留恋。但是鸩酒的力量毫无疑问是强大的，它不容置疑地扼杀了这股不符合董卓意志的留恋，从而出色地完成了自己的使命。

少帝和何太后离开人世的时候有一个人在睡觉。

汉献帝。

这个喜欢睡懒觉的小皇帝是在几天后才知道，他这辈子再也见不到他们了。这样的事实让他不知所措。因为以他的年龄，他还不知道，什么叫死，就像不知道什么叫生一样。

司徒王允知道。

司徒王允不仅知道什么叫死，还知道什么叫死于鸩杀。

他害怕这样一个事实，就像害怕自己也可能遭遇这样一个事实一样。

不是没有这个可能，是太有可能了。董卓连少帝和何太后都敢鸩杀，还有谁不敢鸩杀的?!

所以他——落泪了。这眼泪，是半缘修道半缘君的眼泪，一半为大汉江山而流，一半为自己的前程而流。

很多官员眼睁睁地看着大名鼎鼎的司徒王允流泪。这是在他府上，众官员是为王司徒庆生而来，却没想到遭遇了如此这般的眼泪。

便不由得感同身受，一齐为之哭泣落泪。是啊，都是一条绳上的蚂蚱，谁的日子都不好过。

但很快，大家伙儿都不哭了。因为有人发笑。

在一片惊天动地的哭泣声中，夹杂着一阵更加惊天动地的嘲笑声，令人不忍卒闻。

是曹操。

他在座中笑得前仰后合，简直让人怀疑他就是个精神病患者。

但可惜不是。因为曹操头脑清醒得很，他甚至比在座的任何人都清醒。曹操知道，在这个世界上，一个人想要另一个人去死，哭是最愚蠢的办法。聪明的办法应该是暗杀。

不错，因为有吕布保护，暗杀董卓的技术难度是很高，但是曹操以为，暗杀一个人，最重要的不在于谁保护了被暗杀者，而在暗杀者以怎样的角度去接近被暗杀者。也就是说，要找到被暗杀者的命门。

而今天的曹操最得意的一点就在于此。因为他已经找到了接近董卓的命门，万事俱备，手中所欠缺的，只是一把刀而已。

司徒王允给了他这把刀，当然还有自己的信任。现在，他也和曹操一样，把自己的命运都交给了这把刀。可以说一把刀的命运和两颗人头甚至更多人头的命运紧紧地捆绑在一起。那么这把刀能够精确无误地飞向董卓的头颅，并让它落地吗？

司徒王允不知道。

曹操其实也不知道。虽然他有九成把握，但毕竟还有一层是天意。曹操不知道在这一回的暗杀行动中，天意会不会在自己一边。

信任还是怀疑

董相国府。

董卓手里握着那把传说中的七宝刀，睡眼惺忪。

站在他眼前的，是一脸诚恳的曹操。

董卓不明白曹操为什么选择在他昏昏欲睡的时候献刀。虽然近一个月来，由于曹操的曲意迎承，两个人已经好得像一个人一样。但是刀者凶器也，两个人再怎样好成一个人，曹操也不能趁其不备地献刀啊……

董卓有些幽怨。但是董卓没有把他的幽怨放在脸上，因为身边无人。

吕布刚刚奉命出去为曹操选马去了。说起来这也是董卓爱心的表现，董卓是这样的一个人——但凡对他有用之人，不惜代价地收买。

吕布是他用一匹赤兔马收买来的，曹操也不例外。

曹操不久之后得到的是一匹西凉马。当吕布将这匹西凉马牵到曹操跟前时，董卓看到了后者眼里露出的欣喜神情。

他有些失望。

不错，是失望。因为董卓原本想看到更多的神情。比如惊慌，比如彷徨。

但是曹操眼里只有惊喜。纯粹的惊喜。

这让董卓拿不定主意：这小子，刚才是真向我献刀呢还是暗杀未遂只得诈言献刀？性质的难以断定毫无疑问将影响接下来行动的展开。是嘉奖还是缉拿，董卓首鼠两端。

的确，人世间的事往往如此。结果只有一个，动机却是无穷。没有人知道他人的人心究竟是善是恶。抑或善恶交集。

董卓也不知道。虽然他牛哄哄地不把天下放在眼里，但是人心比天下还大，不是董卓一手可以掌控的。

经过一番长考后，董卓终于做出了这样一个决定：把刀交给吕布，把笑脸交给曹操。在嘉奖与缉拿之间，董卓选择了前者。不为别的，只为欺骗自己。只为在这样的时代，不自己亲手树立一个众叛亲离的形象。

因为有一个疑问董卓无法回答自己——如果曹操不可靠，吕布就可靠吗？曹操有七宝刀，吕布则有方天画戟，要是取他性命，其中任何一样都易如反掌。所以可怕的不是兵器。是人。

董卓断然决定，对曹操化敌为友，就像他曾经对吕布做过的那样。

李儒大声说"不"。

他是在曹操从容策马远去后才匆匆赶到相府的。

对董卓的故作大度、放虎归山，李儒痛心疾首。李儒认为，在这个世界上，化敌为友不是不可能，是太有可能了。但是有一种人是决不可化敌为友的。因为他们天生反骨。

比如曹操。

还有一种人也是不可化敌为友的。因为他们志在天下。

也比如曹操。

一个人，好好的县令不干，却在京城四处游走，在各种政治势力间寻找突破口，以图霸业。这样的人，怎么可以化敌为友呢？

对李儒的见解，董卓却不置可否。因为他觉得是大惊小怪。

不错，曹操是志存高远，但是光志存高远有什么用？枪杆子里面出政权，曹操单枪匹马，怎成霸业？

很快，董卓就不认为李儒是在大惊小怪了。

相反地，他认为自己是在大惊小怪。

因为曹操从洛阳东门策马远去后不是归隐南山，而是号召天下去了。据东门门吏传回的报告，曹操策马至此，为求出城，谎称"丞相差我有紧急公务"，然后便匆匆远去。李儒进一步分析道，曹操此举只能说明两点：一、他之所以献刀是暗杀未遂后的应激反应，否则的话，他大可安心回寓所，而不是心虚窜逃；二、曹操从洛阳东门出逃，目标直指其老家东留，定是图谋霸业去了。

董卓突然间觉得自己很傻很天真，因为他再也抓不住曹操了，曹操跑得太快。骑着他奉送的西凉快马一溜烟地跑了，跑出了洛阳，跑出了一个时代的惊天动地与他董卓的胆战心惊。

李儒没再说什么。事实上多说无益。现在他们能做的事只是亡羊补牢，在全国范围内通缉曹操。抓到了，大家的日子都好过；抓不到，那就要看这个叫曹操的年轻人到底能折腾起多大的浪花。不过，一想到已经在山东渤海招兵买马的袁绍，李儒的头就大了。他是真心替董卓着急啊——如果曹操、袁绍一拍即合的话，天下反董势力将凝成一股绳，这才是真正可怕的。

董卓也着急。他握着手中那把打制精巧的七宝刀，深感人生无常，盛筵必散，自欺欺人最可耻。

陈宫遭遇曹操

中牟县是一个默默无闻的小县。

它位于河南省中部，东接开封，西邻郑州，夹在两大著名古都之间，恰似光明身后的阴影，无人关注。

当然，中牟县的县令也是个默默无闻的县令。

但是这一天，一个人的到来让该县特别是该县县令变得赫赫有名起来。

来者是曹操。他一骑远来，直奔家乡而去，途经中牟县。

中牟县，似乎将与他路上所经过的无数小县一样，成为其来去匆匆的一个驿站。

却到底没有。

因为他在此落网了。曹操曾经以为，"天网恢恢疏而不漏"这句话只是人间噫语，更何况他干的是经天纬地的大事，行的是为国除奸的义举，怎么可能会被董卓发往全国的通缉令所制？

可事实确是如此。

原因只有一个，中牟县的政府工作人员太敬业，本着宁可错抓一千，绝不漏过一个的精神将曹操抓到了县衙门。

陈宫这个名字就此浮出历史的水面。因为他是该县县令。

陈宫不仅是中牟县的县令，在此之前他还见过曹操。

那是他在洛阳求官的时候，曾有幸一睹曹操尊容。

但曹操却不记得他了。

这个世界往往是这样，小人物对大人物过目不忘，大人物却只对更大的人物过目不忘。虽然曹操还谈不上是大人物。

曹操因此被关押了。事已至此，他的记忆力究竟怎样已无关紧要，紧要的是，陈宫记得他，这就够了。

但是陈宫关押了曹操并不意味着要杀了他。

也不意味着他要将曹操解往洛阳。

他什么都不为，只为心头一个疑惑找不到答案：曹操为什么要刺董？

曹操没有给他答案，只给他一句名言：燕雀安知鸿鹄之志哉？

曹操边说这句名言边笑，是那种居高临下的笑，也是寂寞向死之笑。在一脸笑意中，曹操终于明白，在这一回的暗杀行动中，天意到底没有在自己一边。

不错，刺董前他是有九成把握，但毕竟还有一成天意逃不过。中牟被囚，曹操以为就是那一成天意的体现。

陈宫却出人意料地放了他。

不为别的，就为曹操说了一句名言：燕雀安知鸿鹄之志哉？

这是一句直指人心的名言。曹操为之所撼，陈宫也为之所撼。

其实很多年来，陈宫一直是郁郁不得志的。其郁郁不得志的一个主要表现就是每天仰天长叹：燕雀安知鸿鹄之志哉？

无人回答他。

中牟县有着无数的燕雀，却没有一只鸿鹄。所以，对来自陈宫这只疑似鸿鹄的提问，在中牟县是找不到答案的。

找不到答案，有惺惺惜惺惺者也行。

却也没有。所以陈宫的痛苦是双重的痛苦，直到曹操突然在他面前，吐出这句他每天必念的话时，陈宫有如遇知己的感觉。

任何一个时代，知己都是可遇不可求的。遇上了，陈宫决不轻言放弃。所以他不仅放了曹操，还很快做出了一个后来影响他一生的决定：弃官跟随，随这个男人去浪迹江湖，去问鼎天下。

毫无疑问，陈县令是痴情的，或者说是执着的。但另一方面，他也是轻率的。这轻率倒不是指他作出的弃官举动，而是指他盲目跟随曹操。陈宫不知道，自己很快就会为这个男人付出沉重的代价，原因是他根本就不了解眼前这位大名鼎鼎的男人究竟是个怎样的人。

其实，曹操自己也不知道自己是个怎样的人。

这样的事实一如我们中间的很多人，自以为光明磊落、问心无愧，为天下事可以公而忘私，却不知道在某些特殊的时刻，我们心里的狰狞触角，会突然恶狠狠地伸将出来，伸向那些最熟悉、最友善人儿的喉咙，令其死亡。

这样的人间悲剧，这回要在曹操身上上演了。

并且这样的时刻，已然近在眼前。

因为曹操又出发了，朝着目的地，表情坚定、心无旁骛地出发了。他的身边，则是对未来充满憧憬的陈宫……

命运，即将在此二人身上拐一个弯儿。一个死弯儿。

吕伯奢之死

吕伯奢见到曹操和陈宫二人时，天色已经很晚了。

当时曹陈二人是来投宿的。行至成皋，天色已不容许他们继续往前走，曹操只得投靠其结义兄弟吕伯奢家。

在成皋这个地方，吕伯奢已经生活了很多年。也就是说，他经历过很多的白天和黑夜。安然无恙。

所以一般来说，吕伯奢是不怕天晚的。

吕伯奢不怕天晚夜深说到底还是应了那句老话：为人不做亏心事，不怕夜半鬼敲门。

何况来者不是鬼，而是他的结义兄弟曹操。

曹操给他的眼神是坦荡的，坦荡到有些放松的程度。所以，起码到目前为止，他们两人互信对方是安全的，是可信赖的兄弟。

寒暄。落座，直到准备酒席。

气氛很友好。

的确，如果没有接下来发生在后半夜的那场震惊后世的血腥屠杀，一切都只是平淡无奇的探亲访友老故事而已。

但是，杀戮还是发生了。

那么，杀戮究竟是怎样发生的？第一丝不安的气息又是从哪里产生的呢？

来自人心。

曹操之心。

曹操在与吕伯奢寒暄之时突然觉得自己犯了一个错误，那就是将自身安全交给了特殊时期的结义兄弟。

不错，眼下正是特殊时期，他曹操正被满世界通缉，当其时也，什么才是真正可以依靠的？

曹操以为，只有自己。

除此之外，什么都不可靠，包括结义兄弟。

所以当吕伯奢起身跟曹操说要去西村买酒时，曹操坦荡到有些放松的眼神开始变了。

变得有些复杂。他对世界说——告诉你，我不相信。

当然曹操这话没有说出来，而是悄悄地在心里对自己这么说。

很快，曹操的眼神又开始变了。

变得有些恐惧。因为他听到了磨刀声。

曹操不仅听到磨刀声，还听到了人声。这人声是伴随着磨刀声从后院传出来的，若有若无却令人瘆然——

缚而杀之，何如？

曹操终于明白，这个世界不是一般的可怕，而是相当的可怕。最熟悉的人往往伤害你最深：原来吕伯奢买酒是假，杀人、通风报信是真！

曹操出手了，怀着一种被侮辱与被损害的悲愤心情出手了。陈宫也随他一起出手。因为事情到了这般地步，陈宫也虔诚地相信，他们落入了陷阱。

一刻钟后，这两个满脸血污的人站在吕伯奢家的后院呆若木鸡。

地上躺了八个人。

八个在他们的剑下停止呼吸的人。

但他们的眼光没有落在死者身上，却落在一只猪身上。

猪是活猪，如果吕伯奢家的八个人不停止呼吸的，这只猪将停止呼吸。

因为在此之前它已被牢牢绑缚，只待引颈成一快，然后被今晚吕家尊贵的客人大快朵颐。

只是现在，这只猪逃脱了厄运——曹陈二人注定不可能大快朵颐了。

他们只能逃亡。

继续逃亡。

在吕伯奢没回家之前，继续逃亡。

只是，命运的安排却是逃不过。

他们命中注定与吕伯奢相遇。

在逃亡途中，曹陈二人遭遇吕伯奢，首先看到的是吕伯奢的手。

因为他手中有酒。

这样的发现让陈宫羞愧不已：原来吕伯奢真是买酒去了，而不是曹操所指的是去通风报信。陈宫幽怨地看一眼曹操。这一眼，很有遇人不淑的味道。

但是曹操却是镇定自若。

毫无疑问，曹操的镇定自若构成了曹陈二人此后人生命运的分野。因为当此大事件发生之时，一个幽怨，另一个仍能镇定自若，其背后的良心自责、处世素质与应变能力自是不可同日而语。可以说在此之后，此二人即便还走在一起那也是同床异梦，更何况——他们根本不可能再一路同行了……

因为曹操再次出手了。

以一个陈宫意想不到的角度和理由出手了。

陈宫眼睁睁地看着吕伯奢在曹操的剑下应声而倒，吕伯奢倒下时手中仍紧握着他从西村打来的酒，就像握着他一直信仰的江湖兄弟情一样。

陈宫的眼睛睁大了,他要曹操给他一个理由。

吕伯奢的眼睛也睁大了,似乎在临死前也要曹操给他一个死去的理由。

曹操把理由给了他们:"宁教我负天下人,休教天下人负我。"

吕伯奢闭上眼睛,他终于死明白了。

陈宫也闭上眼睛,他终于活明白了:什么叫一个人的铁石心肠。如果说在此之前,曹操的误杀还有情有可原之处的话,那他现在明知自己有错仍置吕伯奢于死地则毫无疑问证明——这个人,不是一般的狠。

陈宫决定离开曹操。

这段始乱终弃式的两个男人的"私奔"只有一个暧昧的开头,和一个即将劳燕分飞的结局。

不过很快,陈宫就不想劳燕分飞了。因为他举起了剑,他要趁曹操不备,为天下人除奸——陈宫以为,这个叫曹操的人日后定能成为乱世之奸雄,不趁早除之,他对不起天下。

当然了,陈宫这一剑说到底也是想对得起自己,他要给自己讨一个公道,为这段伤感的"私奔"生涯画上句号。

这是在一家偏僻的小旅店,杀人在逃犯曹操鼾声正响,睡得格外香甜。他的身边,则站着心若死水的陈宫。此时的陈宫剑已举起,对准曹操的胸口将刺未刺,姿势堪称完美……

有参与,才有可能

曹操却安然无恙。

不是有外力相助,也不是他突然醒来打败了陈宫,而是陈宫自己打败了自己。

原因是陈宫心软了。

的确,在这个世界上,一个人之所以功败垂成往往是被自己打败的,原因仅仅是我们的心不够硬。

陈宫的心就不够硬。他将刺到一半的剑收回,趁着夜未央,黯然离去,离开曹操。

这基本上可以说是一个人生旅途中"向左走"与"向右走"的老故事，虽然很多年后，在这乱世的舞台上，俩人还会不期而遇，还会再演恩怨，但那时的心境，当是夏虫不可语冰了。

曹操淡然一笑。

在他醒来之后，发现陈宫已不辞而别时，曹操做出的是如上反应。

但是淡然之后是惋惜。曹操惋惜陈宫的功败垂成。他想不明白，这样一个和他当初一样选择弃官不做，欲谋大事的人，为何就过不了"杀人"这道槛。

曹操以为，要成大事必须杀人，杀无数的人。不问理由杀无数的人。

最重要的是不能心太软，把所有问题都自己扛。因为一个人是不能扛着问题向前走的。那句话是怎么说来着，放下包袱，轻松上阵。

曹操就放下包袱，轻松上阵了。他继续往前走，朝着他的目的地。

或许，曹操身上根本就没有包袱，因为他的脚步走得如此轻快，简直让人看不出他是个有包袱或心事的人。

在陈留，一个时代的拐点开始了。

其实，作为时代兴衰浮沉的符号，陈留一直意味深长。

它是战国时魏惠王的都城大梁，汉高祖刘邦曾经兵败于此。这里出过很多著名人物：商汤时著名宰相伊尹，东汉文学家、政治家蔡邕，艺术家、文学家蔡琰等。

现如今，曹操要在此招兵买马。

很多注定要千古流传的名字，一一浮出历史的水面。

乐进。李典。夏侯惇。夏侯渊。曹仁。曹洪。

这些人从四面八方走来，成为了曹操的左右手。在接下来的岁月里，他们将和曹操一起东奔西走，为一个人间奇迹的诞生添砖加瓦。

更重要的是曹操不是一个人在奋斗。袁绍和他会师了。与此同时，全国近20个郡镇的太守起兵响应，大家准备手拉手联合起来，为了一个共同的目标，向洛阳进发，誓与董卓战斗到底。

刘备和他的两个兄弟关羽、张飞悄无声息地混迹其间。之所以说悄无声息是因为他们的级别比较低，在太守遍地、将军云集的联合军团中，刘备只是区区一个县令，关羽是马弓手，张飞是步弓手，基本上可以忽略不计。

但刘备们还是毅然决然地混迹其间了。没有人邀请他们，他们是自告奋勇地跟去的,虽然有北平太守公孙瓒不明不白地领着他们去见袁曹,却到底名不正言不顺。只是刘备不在乎这一些,他只在乎一句人间名言——

重在参与。

因为只有参与,才有可能。才有出人头地的机会。

果然就引起了重视。

先是曹操。曹操一听刘备来了,忙带着他们去见袁绍。

不为别的,只为刘备的江湖名声——在此前与黄巾军的战斗中,刘备因为战功卓著,他的这个名字开始引人注目。曹操敬的是刘备的江湖名声。

袁绍对刘备也刮目相看。此时的袁绍已是联合军团总司令,一般人他是不正眼相看的,但是对刘备,袁绍不仅正眼相看,还刮目相看。

不为别的,只为刘备的皇族名声——中山靖王刘胜之后,汉景帝的玄孙。袁绍敬的是刘备的皇族名声。因为这样一个名声,刘备获得了和众太守们平起平坐的机会。

而关羽和张飞依然站着,在已经坐下来的刘备后面默默无闻地站着。因为——起码到目前为止,出人头地的机会还没有垂青这两个人。不过很快地,此二人将令衮衮诸公刮目相看,因为一个历史性的出人头地的机会已近在眼前,那个注定要为关羽增光添彩的人儿将很快走出场与关羽演对手戏。他的名字叫——

华雄。

温酒斩华雄

洛阳城已是岌岌可危。

不过,危的是人心,不是城池。

因为袁曹几十万大军虽已纠集,却还没有完全到位。只有长沙太守孙坚引本部人马充当了急先锋,冲到洛阳城外汜水关下安营扎寨,准备让董卓人头落地。

有一个人冲了出来坚定地捍卫董卓的脑袋。

不是吕布，是华雄。

吕布当然可以捍卫董卓的脑袋，不过华雄以为，对付孙坚，他出马已是绰绰有余。

华雄是关西人，董卓帐下都督。此公最大的特点是很男人。

在那样一个时代，所谓很男人的重要标志是长得孔武有力。

华雄就长得孔武有力。史料记载说："其人身长九尺，虎体狼腰，豹头猿臂"，如果做男模，他应该是一个力量型的男模。

只是没人知道这个人做将军会怎么样。

华雄自己也不知道。因为他从没做过将军。

和刘备一样，华雄一直以来所渴望的，就是一个机会。一个出人头地的机会，以便圆他的将军梦。

董卓首鼠两端。

他当然想给华雄这个机会，但是给不起。

因为这样的一个机会是和他的脑袋联系在一起的。在这个世界上，没有人会轻易将自己的脑袋交给一个不知底细的人去捍卫。董卓也不例外。

董卓希望捍卫他脑袋的那个人是——

吕布。

吕布却默不作声。

在目睹了华雄的跃跃欲试后，吕布趁势而退，不再表情坚定地声称要捍卫董卓的脑袋。

没有人知道他的真实想法。

董卓也不知道。

董卓现在唯一知道的是，他的命要交给眼前这个叫华雄的人去决定了。他给了华雄五万人马，还给了他一个听上去很好很强大的头衔。

骁骑校尉。

董卓希望，这个头衔会让华雄真的变得强大，强大到足以捍卫他的脑袋。

PK 开始了。

华雄吸了口冷气。

因为孙坚太强大了。孙坚的强大不仅仅在于他自己，还在于他手下那些牛哄哄的将领们。

有四个人的名字如雷贯耳。

程普。黄盖。韩当。祖茂。

他们齐刷刷地冲到孙太守前面，令人望而生畏。

PK 结束了。

另一个人吸了口冷气。

孙坚。

因为华雄太强大了。华雄的强大不在于他有什么牛哄哄的将领们，仅仅在于他自己就很牛哄哄。

有一个人倒下了，并且永远站不起来。

祖茂。

这祖茂是孙坚的心腹将领。武功也是不错的，但说死就死了。

另一个人虽然还活着，却是活得相当狼狈。因为他头上的红帽子成了敌方的战利品。

孙坚。

这一切都是华雄干的。华雄一战成名，成为"乱"时代凭个人力量博出位的草根代表。

这样的时刻对袁绍来说当然是伤感的时刻。

因为作为联合军团的总司令，袁绍不得不面对这样一个现实：华雄及其手下用一根竹竿挑着孙坚的红帽子来阵前叫骂，联合军团衮衮诸公却无可奈何。

当然勇敢者还是有的。比如俞涉。他是袁术的手下骁将，曾经杀死过很多人。但这一次，他却被华雄杀死了。因为他在关键时刻挺身而出了。

另一个叫潘凤的将军也在关键时刻挺身而出，结果他的命运和俞涉一样，被华雄杀死了。

这似乎是挺身而出者的代价。

但是袁绍真正伤感的不是他们的被杀死，而是他们被杀死的速度。

从出战到死翘翘，不到三个回合。

如果以上厕所的时间来计算的话，也就是一泡尿功夫。

这是奇耻大辱啊。人世间的事到底是邪不压正还是正不压邪？袁绍糊涂了。

很多人也糊涂了。他们在糊涂中默不作声，在默不作声中糊涂。

在一片糊涂与默不作声中，袁绍开始想念两个人——他的手下将军颜良和文丑。袁绍认为只有此二人才是华雄的天敌。

只可惜他们不在身边。袁绍对此痛心疾首。

关羽就是在这样的关键时刻站出来的——他认为自己也是华雄的天敌。

关羽的挺身而出意外地遭到了袁绍弟弟袁术的鄙视。袁术之所以鄙视关羽只因为后者的马弓手身份——难道真的帐中无将军，需要一个马弓手来充数吗？

他大声说"不"。

曹操则大声说"是"。

在曹操看来,这样的时代是搏出位的时代,不以出身论英雄。英雄是什么,英雄就是手舞大刀,杀将上去,砍下敌人的脑袋!所以英雄说到底不是生出来的,而是杀出来的。

其实,曹操鼓励关羽就是在鼓励自己。作为宦官之后,曹操太需要一个自我奋斗型的英雄横空出世了。他亲自为关羽斟上一杯热酒,以壮其行。

关羽没有喝那杯酒。

因为他要还袁绍一个速度,让他明白什么叫作迅雷不及掩耳盗铃之势。

一个回合之后,华雄的头颅和他的身体被成功实施了人工分离。实施者是关羽。当他大踏步走进帐来将华雄滴血的头颅随手往地上一扔时,酒还是温的。关羽一口喝完了那杯温酒,然后缓缓走回刘备背后重新站立,就像什么事都没发生过一样。

在场的每一个人都被雷到了。

但是,被雷得最傻的人不是袁绍,也不是袁术,却是曹操。

不错,曹操是希望关羽成为一个横空出世的英雄。但现如今,一个横空出世的英雄竟对另一个看上去有些文弱的中年男人如此忠心耿耿,这让曹操心里顿时"咯噔"了一下——这个叫刘备的人,究竟会有多大能量呢?

曹操表情复杂地看着刘备,百思不得其解。

当孙坚遭遇传国玉玺

关羽之后是张飞。

张飞明白,一个人要想鹤立鸡群,仅靠一副响亮的嗓子是不够的,还得靠手上的家伙说话。

他冲上去了,目标是吕布。

关羽也冲上去了,目标也是吕布。

最后刘备也冲上去了,目标还是吕布。

此四人在历史的舞台上杀得团团转，并最终留给后人一个耳熟能详的典故——

三英战吕布。

三英战吕布的结果是吕布跑了，这样一个事实雄辩地证明，任何时候，单枪匹马都打不过人多势众。打架，还是人多的好。

由此，张飞也出人头地了。刘关张的胜出完美地完成了这个时代的人间传奇。

但是传奇仅仅属于这三人，对袁绍来说，他最孜孜以求的目标并没有达到——杀进洛阳城，活捉董卓。

董卓依旧安然无恙，在洛阳城里闲庭信步。因为洛阳城墙让他放心。

只是很快，他就不闲庭信步了——孙坚开始进攻。孙坚的进攻看起来是致命的——华雄已死，吕布新败，洛阳守军不堪一击，董卓不知道，这洛阳城自己还能待几天。

李儒却以为，董卓可以永远待下去。

不错，洛阳现在是四面楚歌，风声鹤唳，一副岌岌可危的样子，但世界上的事，成也人心，败也人心。人心现在都反对董卓吗？

未必。

李儒告诉董卓，人心是世界上最不可靠的东西，也是最容易抓获的东西，只要给出足够的好处，没有攻不下的人心。现如今，别看孙坚一副大义凛然、为国捐躯的模样，可他究竟长着一颗什么样的心呢？

天知道。

还有，他李儒知道。

董卓的眼睛睁大了。因为他不相信，一个人可以看透别人的心。

李儒轻叹一声：人心其实是看不透的，却可以测试出来。

测试？用什么测试？

你的女儿。

李儒回答得面无表情，就像他对人世间的一切了如指掌，不再有任何惊奇的表现一样。

孙坚面前站着李傕。这个陕西省耀县人是董卓手下的得力干将，"性勇猛诡谲，有辩才"。

一般来说，这两个人是不能面对面站在一起的，必须倒下一个。

因为他们只能刀剑说话。

这是在孙坚的营寨，李傕非但没有倒下，还与孙坚进行了亲切友好的交谈。

他是来提亲的。

奉董卓之命，要把董卓的女儿许配给孙坚的儿子。

李傕的提亲一时间让孙坚陷入两难。因为孙坚突然对自己这些年的奋斗历程产生了怀疑——自己这一路厮杀不就是为了抵达荣华富贵吗？现如今，荣华富贵唾手可得，只需自己轻轻点一点头，他就是这个时代和董卓并驾齐驱的富贵人物了。当然，代价也是要付出一些的，比如要背上不光彩的名声……

但是，名声真的很重要吗？这样的时代，实惠重要还是名声重要？人是为自己而活还是为他人的评价而活？……问题越想越多，孙坚开始不胜其烦。

好在很快他就不烦了。因为他想明白了——不能和董卓同流合污。不是突然变高尚，而是他害怕。害怕联合军团对他的背后一击。

的确，这样的时代，说到底是实力说话的时代。投降是容易的，对抗是艰难的；富贵是向往的，代价是沉重的；名声可以不要的，性命却不能不要的——联合军团那可是几十万人马啊，他要是和董卓同流合污，只怕到时候死无葬身之地。

想明白了的孙坚开始气沉丹田。他之所以要气沉丹田是为了慷慨激昂地说出下面这段话："董卓逆天无道，荡覆王室，吾欲夷其九族，以谢天下，安肯与逆贼结亲耶！吾不斩汝，汝当速去，早早献关，饶你性命！倘若迟误，粉身碎骨！"

孙坚这话说完，旁人早就掌声雷动，纷纷叫好，就像突然发现了一个坚定的爱国主义分子。孙坚自己则泪流满面，仿佛是被自己感染了。他突然发现，敢情，一个人说光明正大的话是可以一下子让人格也变得光明正大起来，从而让自己的心灵得到洗礼的。

李傕只得跑了。像个老鼠一样跑了。

孙坚豪迈地看着李傕狼狈的跑姿，和旁观的众人一样发出了惊天动地的笑声。笑毕，他隐隐发觉自己竟有些——

怅然若失。

这样的发现让他惊骇不已。

孙坚怒斥李傕的一番话很快在联合军团中传为美谈，人人皆为孙太守的高风亮节所倾倒。但是谁都没有想到，数日之后，高风亮节的孙坚竟带着他的队伍也跑了。

像个老鼠一样跑了。目标是江东。

当时，联合军团已经攻入洛阳城，人人皆有收获，孙坚的收获是一块传国玉玺。这块从枯井中打捞上来的传国玉玺毫无疑问再一次冲击了孙太守内心的隐秘欲望。这一次的冲击是致命的,他没守住。孙坚同志就这样从一个坚定的爱国主义分子一夜间蜕变为坚定的叛国者。他要回江东另立山头去了,留给众人的只有一路硝烟和模糊背影……

迁 都

李傕仓皇而归,这样的结果让董卓失望了——

人心没有测试出来。

好在李儒没有失望,因为他还是坚信——人心测试出来了。

和一咬就上钩的鱼相比,孙坚显然是把诱饵吐了出来。

问题产生了:吐出诱饵的鱼就是好鱼吗?

未必。

在李儒看来,这最多是一条审时度势的鱼。或者说是一条谨慎观望的鱼,没什么稀奇的。

李儒对孙坚不再有兴趣,因为时不我待,留给他的时间不多了——不错,他是可以给孙坚更多的诱饵以诱其上钩,可现在问题的关键是,李儒不知道这更多的诱饵是什么,他只能选择放弃。

不仅放弃孙坚,他还打算放弃洛阳。

李儒石破天惊的设想遭到了董卓的坚决反对。

不过很快地,董卓就不反对了。因为一首童谣。

不错,是童谣。

从表面上看,童谣是这个世界上最无心机的东西。但是李儒以为,最无心机的东西最可以用心机。

他就用了心机。

李儒是童谣制造者兼传播者。

童谣是这样唱的:"西头一个汉,东头一个汉。鹿走入长安,方可无斯难。"

这首含义鲜明的童谣被洛阳成千上万的黄口小儿唱得朗朗上口,唱得响彻云霄。董卓明白，迁都的时刻到了。

他当然知道谁是这首政治童谣的始作俑者，不过他不说。

因为，他也需要一个借口或者说光明正大的理由。毕竟败走洛阳、逃回长安是需要政治理由的。政治理由不充分，国家就不能稳定，而稳定压倒一切，当前的稳定靠什么，就靠这首洛阳城人尽皆知的童谣啊。

董卓感激地看一眼李儒，那叫一个惺惺相惜。他们俩什么都不说，暧昧而又默契地完成了一场政治共谋。

但是有人站出来说话了。

司徒杨彪。太尉黄琬。司徒荀爽。

他们站出来反对迁都。认为长安自王莽当年死翘翘后早已是瓦砾之地，现如今不经一战就赴瓦砾之地而去，恐天下骚动。司徒杨彪甚至极其老成地说，天下的事情动起来容易安起来难。所以还是不要动的好。

这杨彪之所以这样说话是因为他是有实力之人。他是太尉杨赐之子，那个后来大名鼎鼎的杨修是他儿子。正所谓有其父必有其子，儿子厉害，父亲也不是孬种。这杨彪在光和年间干过一件大事，揭发了黄门令王甫纵容门生勒索各郡财物共七千余万的贪污行为，国人无不拍手称快。杨彪因此升为侍中，五官中郎将，还做了颍川、南阳太守，此后仕途发达，公元189年（中平六年）九月，他以太中大夫代董卓为司空。同年十二月，代黄琬为司徒，已然进入党和国家领导人序列了。

但董卓不怕他，还是执着地动了。

动了他和其他两个人的官位。

这三个过了一把嘴瘾的人几天之后悲凉地发现，他们不用上班了，甚至不用领工资了。因为董卓一气之下将他们的公职都给开除了。在公职开除大会上，董卓声嘶力竭地说，不动脑子就换位子。观念行才是真的行。谁让我不舒服一下子，我让他不舒服一辈子。各位老少爷们啊，现在变天了，不迁都是不行了。要说爱国，我董某人比你们谁都爱国。可是国运这个东西不是人力可以抵抗的。西头一个汉，东头一个汉。这说明东西两汉的国运都已经完了，新的轮回又开始了，难道你们没看出来吗？所以我说啊，聪明人不和命运争，更不和国运争。和国运争者绝没有好下场。杨彪、黄琬、荀爽就是明证！

一番恐吓加威胁式的警告之后，迁都工作终于在凄凄惨惨戚戚中进行了。正所谓想得通要迁，想不通也要迁，董卓要的是结果而不是过程。

与此同时，一个响亮的政治口号应运而生——

迁都，没有任何借口！

洛阳很多富户的家产在如此政治正确的口号下被洗劫一空，成为国家财产或是董卓的私产，事实上这两者并没有什么区别。因为这样的时期，国家财产差不多就是董卓的私产。这些来路不明的财产随着一大群各怀鬼胎的官员和怨声载道的老百姓一起浩浩荡荡往长安进发，往不可知的宿命一路狂奔。

而在他们的身后，联合军团已是如影随形，洛阳很快成为这些人的占领地和休息地。

毕竟起兵有日，也该歇歇了。

但是，曹操却不想歇息。对于曹操来说，攻占洛阳只是万里长征走完了第一步，以后的道路更长，任务更艰巨。他坚决要求将革命进行到底。

曹操的要求遭到了袁绍的拒绝，也遭到了众路诸侯的拒绝。他们想不通曹操为什么要得陇望蜀——有了洛阳还不够吗？这样的时刻，有了洛阳就等于有了天下了啊，董卓名义上是迁都，但地球人都知道，这是逃跑的代名词。何苦对一个仓皇跑路的人赶尽杀绝呢？

联合军团内，几乎所有的人都对曹操不解。

曹操也对几乎所有的人不解。

僵持。令人窒息的僵持。

这样的僵持似乎成了一个人对世界的不妥协与抗争。曹操最后选择了出走，在袁绍与众路诸侯在洛阳一派分田分地真忙的热火朝天中，他孤独地带着他的手下去追击董卓去了。他们的决裂看起来已是不可避免，因为曹操说了一句非常著名的话：

"竖子不足与谋！"

分　裂

洛阳城内，胜利者分田分地真忙，但每人所得却不尽相同。

有人少，有人多。尽管如此，抢得再多的人，也多不过孙坚。因为孙坚得到的是一块传国玉玺。

传国玉玺出自枯井。

没有人知道它为什么会孤零零地躺在枯井里，就像这个世界上的很多事情，有一个众所周知的开头，却只能有一个下落不明的结局。这是世事的遗憾和——

神秘。

现如今，在场的人唯一可以知道的一个事实是，是孙坚而不是别人得到了它。孙坚的呼吸不均匀了。虽然他努力想使其变得均匀，结果却是——

无效。

的确，这样的时刻，得到这样一件东西，没有人可以平静呼吸。

孙坚也不例外。

唯一例外的是他保持了沉默，没有将自己的欲望说出来。虽然这个世界的显规则是有了快感你就喊，但孙坚不喊，他希望别人代他喊出来。然后由他——默默享受。

程普承担了这样的工作。

这程普是河北丰润人，早年在州郡担任过官吏，后跟随孙坚四处征战，讨伐过黄巾军，眼下又征讨董卓，善出计谋，曾为孙坚献计斩杀华雄手下胡轸，也算是有战功之人。有一定见识。程普之所以坚定地让孙坚而不是他人拥有这块传国玉玺，是因为他认为这样的时代，是一个群龙无首的时代。

不错，大汉是有一个皇帝，但仔细拷问这个命题，却发现它是个伪命题。

洛阳的龙椅上眼下空无一人，小皇帝正在西去长安的途中生死未卜。他真能走到长安吗？他真是心甘情愿要去长安吗？他真是大汉的真龙天子吗？即便是，这个国家真是他说了算吗？

一切问题说到底都经不起拷问。

所以程普以为，在这个群龙无首的时代，谁拥有传国玉玺谁就是真龙天子。程普坚决反对孙坚把这块传国玉玺交出去。再说了，现在乱哄哄的当口，交给谁呢？谁又配拥有它呢？

孙坚半推半就地接受了程普的建议：带着传国玉玺回江东，以图将来。他脸上的表情看上去有些悲愤与委屈，在场的那些部下没人知道他是在忧国忧民还是怀才不遇，总而言之，孙坚在此次传国玉玺藏匿事件中表现出来的一切与他的一贯作风没有太大差距，在众人眼里，他还不是个野心家、阴谋家，起码现在还不是。

但是袁绍射向他的眼神却有些冷。

这是孙坚发现并藏匿传国玉玺的第二天，他来向袁绍辞行，称病回江东。

袁绍没有同意。

孙坚不明白袁绍为何不允，因为有一个道理他和袁绍都知道——这个地球，离开谁都会转。他还没有重要到那个程度。

但是袁绍以为，孙坚很重要。

袁绍伸出手，要孙坚把传国玉玺交出来。

孙坚愣住了。

他不晓得袁绍是怎么知道它的，虽然他清楚这样一句名言：

世上没有不透风的墙。

孙坚现在想搞清楚的就是风从何来。他要知道人心究竟可以险恶到什么程度，虽然在此时的袁绍眼里，孙坚这个人就是人心险恶的代名词，但孙坚自己却不觉得。

袁绍把"风源"推了出来——一个士兵。

他一脸无辜地站在现场。

这个士兵是昨天传国玉玺事件的在场者。与此同时他还有另一个身份：袁绍同乡。如此双重身份让他下了一个赌注：跟袁绍混比跟孙坚混其人生收益会不会更大？

很快，他就知道谜底了。因为孙坚的剑拔了出来，直指他的心口。

出来混，总是要还的。这个只抖了一夜机灵的士兵闭上眼睛，准备为自己的铤而走险买单。

但是，孙坚的剑没有刺进去，并且永远不可能刺进去了。原因是袁绍的剑也拔了出来，直指孙坚。与此同时，程普、黄盖、韩当剑指袁绍，颜良、文丑剑指孙坚，一场大PK已是一触即发。

毫无疑问，这是一块玉玺引发的内讧。在欲望面前，没有人愿做逃兵。

人人争先恐后。人人舍我其谁。

袁绍看着孙坚，眼神是鄙夷的。孙坚看着袁绍，眼神也是鄙夷的。

此二人都确信，由自己而不是对方掌控传国玉玺是合理合法的。就像程普说的，这样的时代是一个群龙无首的时代。正因为群龙无首，所以传国玉玺在任何人手里，他人也只能是无可奈何。

袁绍最终也无可奈何。

在众路诸侯的力劝之下，孙坚没能杀了那个政治投机者——告密的士兵，袁绍也没能杀了孙坚。孙坚在大庭广众之下做了分裂党分裂人民的事情，全然不顾他数日前留给众人的坚定爱国分子形象，怀揣传国玉玺带队伍回江东去了。

事实上，孙坚的离开只是一个序幕，接下来，这支联合军团不断有人做着分裂党分裂人民的事情，各路诸侯纷纷带兵离去，刘备也只得带着关羽、张飞黯然离去，重回平原。直到有一天，连袁绍总司令自己也撑不住，"领兵拔寨，离洛阳，投关东去了"。

轰轰烈烈的大革命高潮由此走向低谷，但是毫无疑问，这样的低谷是可怕的低谷，因为人人明白，世纪末到了，抢钱抢粮抢地盘运动将逐步走向如火如荼。

而世事的可怕就在于，没有人可以制止这样的如火如荼。

没有。

被利用的公孙瓒

很多年后，当前冀州牧韩馥形单影只地成为一个外省异乡人时，他怎么也想不到，这一切竟都是粮草惹的祸。

不错，是粮草。

准确地说，这粮草是冀州牧韩馥的，但他把它们送给了袁绍。

因为袁绍快饿死了。或者说袁绍手下的官兵快饿死了。

当时的袁绍正从联合军团总司令的位置上下岗，蜗居河内，他和他手下的日子相当的不好过。

作为邻居的冀州牧韩馥便恻隐心起，时不时地接济他。

韩馥的这个举动真真代表了正义的光辉。他原为御史中丞。后来董卓看他顺眼，"举其为冀州牧"。在这个意义上看，董可谓他的恩主，但韩馥"吾爱吾师，吾更爱真理"，在献帝初平元年（190），他就与袁术等人共推袁绍为盟主，起兵讨伐董卓。

一转眼，韩馥跟袁绍成了一个战壕里的战友。现在战友有难，他焉能袖手旁观？所以，大善人韩馥接济落难人袁绍的时候是很有快感的，那是一种慈航普度式的快感。却也是致命的快感。

因为有一个人的杀心起来了。

逢纪。

逢纪是袁绍的谋士，他的杀心为袁绍而起。逢纪认为，要想得到天下的东西，有两种办法。

方法一：别人给。

方法二：自己伸手去拿。

任何时候，方法二都强过方法一。因为别人给的东西远不如自己伸手拿的东西多。

袁绍紧锁眉头。

这样的人生哲理，他不是不明白，只是真要明火执仗地伸手去拿、去抢，他还有些不好意思。

毕竟是做过联合军团总司令的人了，一下岗就去做土匪山大王，这样的思想转变他一下子还拐不过弯来。

逢纪笑了。笑得很阴。

逢纪之所以笑得这样阴只因为一件事——他对世事的深刻洞察。

不错，自己伸手去拿别人的东西任何时候都是不好意思的。可要是别人请你去拿呢？心甘情愿地请你去拿呢？

虽说这样的事情不太可能发生，但逢纪以为，所谓的不太可能从另一个角度看是有可能。因为他不是别人，他是谋士逢纪。

公孙瓒这两天有些蠢蠢欲动。原因是他想出兵进攻冀州。

河北迁安人公孙瓒出身贵族，前程原本是很远大的，只可惜母亲出身低微，他成年后只能当一个书佐。书佐这个小官地位还在掾、史之下，类似于现在的文秘，主要是干些文书缮写之类的事情。但世上事因果相连，因为公孙瓒人长得帅，"貌美，声音洪亮，机智善辩"，涿郡刘太守就很赏识，并且将女儿许配给他。公孙瓒从此发迹，后逐步官至中郎将，又因为好战，以强硬态度对抗北方游牧民族，最终发展成为占据幽州一带的军阀。

当然幽州军阀不是冀州军阀，公孙瓒本来也没有吞并冀州的野心，但袁绍给他写信说，世上无难事，只怕野心人。有野心是好事，现如今，冀州这块肥肉近在咫尺，不吃白不吃。当然独食乐不如共食乐，你我二人不妨联起手来，共吃大肥肉。

公孙瓒不明白，这封信其实是谋士逢纪写的，但他在信上看到的只是"袁绍"两个金光闪闪的大字。应该说，公孙瓒同志对袁绍同志还是有些个人崇拜的。说得到位一些，袁绍袁总司令可是他的偶像啊。虽说联合军团伐董不了了之，但公孙瓒以为，这账不能算到袁总司令头上。

袁总司令，那可是当今革命的一面旗帜，公孙瓒决定跟着旗帜走，紧抓住袁绍的手，去迎接革命新高潮的到来——虽然这一次的革命，实在是太假公济私了一些。

但是公孙瓒不知道，他的作用其实也仅限于此了。因为袁绍只想拿他的出兵来说事，目的是要韩馥怕怕，怕怕后主动请他袁绍领冀州事。

这一层图谋，韩馥没看出来，他的手下耿武、关纪却看出来了。

看出来后的一个结果是，他们死了。

杀死他们的人是颜良、文丑。杀死他们的地点是冀州城外。当时耿武、关纪在苦劝韩馥不要引狼入室未果后，便想充当刺客一角，伏在冀州城外隐秘处准备刺杀进城的袁绍，结果是他们被刺杀了。

这似乎是世间早悟者的代价。

当然了，耿武、关纪的死也大概说明了这样一个人间哲理：一动不如一静——世事凶险，有的时候最重要的不是有所作为，而是为谁有所作为。

自我感觉良好的韩馥则开门纳客。他暗自庆幸自己在人生最关键的时刻既避免了兵祸又保全了自己。

因为接下来的事实是这样发展的：雄赳赳气昂昂进城后的袁绍成了冀州新的最高统治者，但韩馥也没有被一撸到底。袁绍赏给他一个非常响亮的头衔——

奋威将军。

只是很快，韩馥就自我感觉不良好了。

因为有四个人在袁绍之下分管了冀州政事。他们就是后来名扬一时的袁绍手下四大谋士：田丰、沮授，许攸，还有这场阴谋的始作俑者逄纪。

韩馥也终于看出这是一场事先策划好的阴谋。原来所有的一切都是围绕他而展开，也必将围绕他而结束。现在，他除了"奋威将军"的空头衔外什么都没有。

什么都失去了。

接下来很有可能会再失去什么，比如他的性命。毕竟一个前冀州最高统治者天天在现冀州最高统治者眼前晃来晃去实在是一件危险之至的事情。

韩馥无可奈何。韩馥痛何如哉。

他最终只得选择出走，目的地是陈留。据说那里的太守张邈欢迎他去。

就这样，失意者韩馥在一个伸手不见六指的黑夜形单影只地出走，奔向自己命运下一段不可知的旅途……

当然了,这一场阴谋的牺牲品远不止韩馥一人。这当中还包括公孙瓒。

公孙瓒的痛苦甚至更甚于韩馥——偶像的坍塌倒还在其次,更令其痛心的是他弟弟公孙越也死了,死于袁绍之手。

公孙越本来是不会死的,但是袁绍以为,是公孙瓒做了一件不合时宜的事才导致公孙越死翘翘的——公孙瓒不该派弟弟过来跟他提什么分地的主张。

不错,当初是说了两军夹攻韩馥以分冀州地,但是夹攻了吗?一切都只是个幌子而已,你公孙瓒再聪明,也不能拿着幌子当日子过啊。所以袁绍毫不犹豫地杀了公孙越。

袁绍杀公孙越其实是要给这个世界一个明确的信号:我的是我的;我的不是你的;给你的才是你的;不给你,你不能伸手要,否则后果很严重。

但是公孙瓒藐视了袁绍给出的信号。他起兵了,公然起兵了。公孙瓒的大部队浩浩荡荡向冀州扑杀而去——他不相信,偶像竟然也会出尔反尔。如果说这个时代偶像也无赖的话,那他公孙瓒只能靠拳头来说话。

袁术的私心

一般来说,在这个世界上,很多问题的最终解决要靠拳头来说话。

但有时候拳头也不管用。因为遭遇了更硬的拳头。

对公孙瓒来说,袁绍就是那只更硬的拳头。

当文丑的枪离狼狈地跌坐在山坡上的公孙瓒的喉咙只有0.01公分时,公孙瓒才恍然明白,自己犯了这么一个生死攸关的错误。他不知道上天会不会原谅他的这个错误……

这是个硝烟弥漫的黄昏,四周万籁俱寂。

四周万籁俱寂并非没人,而是人都死光了——公孙瓒的攻击部队在一场与袁绍的部队血战之后都停止了呼吸,在这个山坡上,能够继续呼吸的只是这两个立场鲜明的男人。

不过,公孙瓒很快就知道——上天原谅了他的这个错误。

因为天上掉下个赵子龙。

赵子龙救了他，以其盖世武功。这个据说来自常山的帅哥当然不是从天上掉下来的，而是带着追随者从常山郡跑来的。这是不久前发生的一件事情。当时公孙瓒对赵子龙的投诚举动既疑惑又感动，说："听说冀州的人都想要依附袁绍，怎么你会跑到我这里来呢？"赵子龙回答："天下大乱，不知道谁是明主，百姓们有倒悬之危，鄙州经过商议讨论，要追随仁政之所在，并不是因为我们个人疏远袁绍而偏向于将军您。"

赵子龙就此成了公孙瓒的福星。

堂堂的一个大将文丑，竟然只能与小将赵子龙打个平手。

公孙瓒转危为安了。

这场谈不上有多少正义感的战争到最后是不明不白地结束的。没有最终的胜利者。

赵子龙也不是。

因为战争结束的时候，有一个事实他已确认无疑：公孙瓒不是英雄。和袁绍一样，他们只是这个时代的意气相争者。

他的心里有一丝淡淡的惆怅。好在在他眼里，还有一个人是英雄。

刘备。

当时的刘备也是出于哥们义气从平原跑过来帮公孙瓒的忙的，所以他和赵子龙的邂逅就成为一种历史的必然。赵子龙看见刘备时的惊喜心情，一如刘备看见赵子龙时的惊喜心情。

惺惺相惜。

应该说，这是一种来自双方心底的需要——这样的时刻，对赵子龙来说，毫无疑问是人生梦碎的时刻——如果没有此前的误投公孙瓒，他一定会随了刘备去。但是现在，劫后余生的公孙瓒成了此二人绕不过去的心理障碍，两人只得挥泪告别，以待将来的某个时刻，他们可以携手人生，共战江湖。

公孙瓒息兵之后，冀州毫无争议地成了袁绍的地盘。正所谓存在即合理，在这个星球上无人再对这样的事实表示异议。屯兵南阳的袁术更不会表示异议。因为他是袁绍的弟弟。

这袁术说起来也是很明事理的主。在董卓进京以前他的职位是虎贲中郎将，相当于现在的中央警备团团长，负责保卫国家最高领导人。但董卓为了拉拢袁术，进京后封他为后将军，袁术怕大祸临头，出奔南阳。初平元年（190年）他与袁绍、曹操等同时起兵，共讨董卓。

阶级立场相同，和袁绍又有血缘关系，袁术当然没有异议。不过，没异议不代表没要求。袁术要求袁绍送他千匹战马，以示有福共享和兄弟情深。

袁绍没给。

因为在袁绍看来，袁术此举不叫有福共享和兄弟情深，而叫趁火打劫和兄弟情薄。

哥哥新得地盘有喜，做弟弟的不备礼致贺，反而借机索马，袁绍觉得，做人，不能太袁术。

当然，从另一方面来说，袁术心里也是委屈多多。哥哥新得地盘乍富，做弟弟的沾点小光而不得，袁术觉得，做人，不能太袁绍。

兄弟俩自此反目。

反目是反目了，日子却还要过下去，袁术的问题恰恰是，日子他奶奶的过不下去了。革命低潮年代穷啊，缺马也缺粮。简直没有什么不缺的。当激情燃烧的岁月转瞬即逝后，"把日子过下去"几乎成了各路诸侯首先要考虑的问题。

当然了，也有不缺的。

比如荆州刘表。荆州是个好地方、富地方，而刘表是天底下头一号富贵闲人。袁术决定，向他开口，借粮二十万。

这刘表和刘备一样，也是汉室宗亲，但他长得比刘备器宇轩昂，"身长八尺余，姿貌温厚伟壮"，而且少时就有儒雅名声。他参加过太学生运动，被称为当时的"八俊"之一，也算是公共知识分子了。董卓也看重他，公元190年（初平元年），荆州刺史王睿被孙坚杀死后，董卓上书派遣当时的北军中侯刘表继任此一职位。刘表自此成为实力派人物，所以面对袁术向他开口"借粮"二十万的请求，刘表的对策是——不给。

他甚至没有给出不给粮的理由，这让袁术尤其觉得——难堪。

因为，他被轻慢了。

这种轻慢毫无疑问是致命的——在这个世界上，一个人轻慢另一个人其实有无数种方法，最致命的方法是视若无物。

袁术就被刘表视若无物了。他决定报复。

不仅向刘表报复，也向他哥袁绍报复。不错，现如今的袁术还是个小人物，但小人物的报复也是可怕的，特别是小人物变成小人之时。

袁术现在就想做一个小人。因为他要报复，无所不用其极地报复。

很快，袁术就发现，原来报复一个人，并不是件容易的事情。

实力不够。要一打二。

在某种意义上说，报复他人就是打他人嘴巴，可要是报复者实力不够的话，结果很可能只有一个。

被被报复者打嘴巴。

为了避免这种情况的出现,袁术决定拉上孙坚,一起参与报复计划。

在袁术眼里,孙坚其实也是苦大仇深者——当时率兵回江东时,他遭到了荆州刘表的围追堵截,而给刘表下达任务的人,正是袁绍。

所以袁术坚定地认为,孙坚和他一样,拥有共同的敌人——袁绍和刘表,在阶级感情上,他们是高度一致的。袁术因此给孙坚写信,写一封添油加醋的信:

"……前者刘表截路,乃吾兄本初之谋也。今本初又与表私议欲袭江东。公可速兴兵伐刘表,吾为公取本初,二仇可报。公取荆州,吾取冀州,切勿误也!"

这是一封看上去很美的信,如果计划能顺利实施的话。孙坚看完信后心潮澎湃了。他突然觉得,如果连袁绍的弟弟袁术都觉得大哥该死的话,那他不挺身而出就不是俊杰了。那句话是怎么说来着——识时务者为俊杰。

但是程普拦住了他。程普觉得这封信很是可疑,一个做弟弟的,如此仇视一个做哥哥的,没道理嘛……拜托,给世事一个合乎逻辑的道理好不好?

他劝孙坚,不要着了袁术的套儿。孙坚却对程普的提醒置之不理。他心潮澎湃了。

一般来说,在这个世界上,一个心潮澎湃者其实是不听任何人建议的,他只听从内心的召唤,哪怕前路死字当头,他也会义无反顾。

毕竟,报仇对一个男人来说,应是永恒的主题。而他孙坚不仅是男人,还是个志存高远的男人。

孙坚的意外死亡

孙静却认为,报仇,对一个男人来说,不是永恒的主题。

永恒的主题应是成就霸业。

孙静是孙坚的弟弟,史料记载说:"孙坚始举事,静纠合乡曲及宗室五六百人以为保障,众咸附焉",说明孙静还是有一定见识和号召力的,敢于担当。

不过很多年来，孙静的表情都是忧郁的。一般来说，一个表情忧郁的男人，不是可以干大事的男人，但孙静不是。因为孙静的忧郁表情并非优柔寡断的代名词，而是深谋远虑和静水深流的代名词。

因为深谋远虑，才不慷慨激昂；因为静水深流，才会淡定自如，面呈忧色。说到底，孙静是为他哥哥而忧。孙静以为"江东方稍宁，（孙坚）以一小恨而起重兵"，一股凶兆已是扑面而来。

不错，报仇是一件很有快感的事情，但是比报仇更有快感的事则是——成就霸业。

成就霸业不是一朝一夕的事，成就霸业者最需要的素质不是进攻，而是忍耐。忍常人所不能忍，方能成就常人所不能成就的霸业。

所以孙静希望哥哥能忍。

孙坚却认为，一个"忍"字当头的男人不是好男人。

传国玉玺是怎么来的？不是忍来的。

董卓的霸业是怎么来的？也不是忍来的。

这样的一个时代，必须杀伐决断，甚至骄横跋扈，才能震慑天下和拥有天下。现在传国玉玺已经到手，但是天下还没到手，如果"忍"字当头，天下何时才能到手呢？

所以他无限悲悯地看一眼弟弟，觉得他到底不如自己。

胆略。还有见识。

孙坚出发了。雄赳赳气昂昂地出发了。

陪伴在他身边的，是他时刻不离左右的传国玉玺。

还有他的勃勃野心。

当然另一样他不愿意见到的东西也陪伴在他身边。

孙静的一声叹息。

兄弟俩的分歧就此产生。

很多天后孙静才明白过来，这竟是致命的分歧，因为哥哥孙坚再也回不来了。

一个英雄折戟沉沙。

其实，孙坚出征的最初迹象还是一片向好。

在樊城江边，孙坚甚至导演了"草船借箭"之孙坚版。这几乎创造了战争史上的一个传奇：三日之内，驻防樊城的刘表部将黄祖悲凉地发现，自己手下的十万支箭被孙坚巧妙地"借"走。而在若干年后，孔明版的"草船借箭"才正式开演，可谓拾人牙慧。

没了箭的黄祖只得跑了。他领着残兵败将从樊城跑到邓城，又从邓城退守汉江，状极狼狈，而孙坚则一路凯歌，那神情，像极了一个英雄的所作所为。

英雄的神话随后还在继续。当黄祖已无招架之功时，刘表让自告奋勇的蔡瑁出来迎敌。襄阳城外，蔡瑁与程普的PK最后以其失败而告终。这样的失败毫无疑问具有标志性的意义：孙坚和刘表都明白，战争已进入了拐点，如果没有意外发生，刘表该领着他的部下举白旗了。

意外，却在此时悄悄地发生了。

仔细追究起来，意外的发生还是有预兆的。可惜的是，不是每一个人都能看到预兆，即便看到，也不是每一个人都以为那是预兆。

这应当是人与人之间的区别了。

只是这一回，不以为然的那个人是孙坚。当时，行军队伍中一把中军帅字旗被狂风吹断在他面前。这是很少见的一种现象——一般来说，要将粗壮的帅字旗吹断，风的速度绝不是一般的快。

奇怪的是，当时的风并不大。

更奇怪的是，其他的旗都没断，断的只是那把中军帅字旗。

更更奇怪的是，那把中军帅字旗没有断在他人面前，只断在孙坚面前。

孙坚却不以为然。

以为然的是紧跟在孙坚身后的韩当。这韩当是河北迁安人，孙坚死党。因为擅长于弓箭、骑术并且膂力过人而被孙坚赏识，追随他四处征伐周旋。

韩当始终认为，世事处处有玄机。勘破玄机，才得生机。所以在他眼里，当时倒在地上的不是什么断裂的旗帜，而是踌躇满志的——

孙坚。

因为他相信二者之间的联系。韩当建议孙坚班师，以尊重天意。

孙坚没有班师——他以一个无神论者的决绝与豪迈藐视"天意"的存在，从而放弃了挽救自己性命的最后一次机会——几天之后，孙坚以一种很难看的方式死于刘表部将吕公的伏击圈内，死时年仅37岁。

孙坚死后，没有人将他的死和吕公的军事才能联系在一起。因为敌我双方都坚信，孙坚是阴沟里翻船，天意使然，要不然，就没法解释黄祖与蔡瑁的一败再败。

但是，阴沟里翻船也是翻船，更何况这次翻船死人的是大名鼎鼎的孙坚，这让刘表深深地松了口气——如释重负的刘表大方地表示，为了重新获得被孙军活捉的黄祖，他愿意以孙坚的尸首去交换。如此一来，战争结束，双方皆大欢喜。

这样的一个"让世界充满爱"的提议，毫无疑问得到了交战双方高层的普遍认可。但是，有一个人却不认可。

这个人，是刘表部将蒯良。

蒯良以为，在这个世界上，有一些交易是可以完成的，有一些交易是不可以完成的，交易的得以完成缘于双方力量的对等。如果敌我双方的力量不对等，消灭是比交易更有效和更快捷的办法。

孙坚都不存在了，凭什么还让他的部队继续存在?! 蒯良表情狂热地喊道。

蒯良的狂热让刘表一时间怦然心动。是啊，传国玉玺就在这个死人手里，凭什么让他带进坟墓呢？消灭他的那些残兵败将，让自己也可以有机会成为天下的问鼎者！

刘表开始蠢蠢欲动。

活下去

很快，刘表就不蠢蠢欲动了。

因为一个人的存在。

黄祖。

此刻的黄祖不仅是个人质，还是个障碍。

刘表的心理障碍。他绕不过去的心理障碍。

不错，发动进攻没有问题，消灭孙坚的那些残兵败将也没有问题，有问题的是黄祖的性命。一旦进攻开始，黄祖的性命将不保，这一点是刘表不能接受的。

因为他和黄祖的感情深啊。刘表不愿意做一个寡情薄义的人。这其实也是刘表在荆州混得不错的一个原因。黄祖为什么要为他卖命，蔡瑁为什么要为他卖命，一句话，就因为刘表这人重情义。

刘表重情义可以从他对待蔡瑁的态度上看出来。蔡瑁大败而归后，蒯良建议把他"咔嚓"了，刘表却不忍心这么做，反而让他继续在军中任职，这样一来，感动得蔡瑁眼泪哗哗的，蒯良却只能徒唤奈何。

只是这一回，蒯良不想再徒唤奈何。

因为蒯良明白,黄祖不可保。要保黄祖就要舍弃江东,这个代价无论如何太大了。蒯良相信,任何一个有所作为、志在天下的男人都不会这么去做。

他开始对刘表苦口婆心,希望他以天下为念。

刘表却偏偏不以天下为念,而以友情为念。在经过短暂的蠢蠢欲动后,刘表,这个心肠软弱的男人突然明白自己能干什么,又只能干什么——

能得到天下固然很好,但是天下到手了,朋友失去了,做人还有什么意义呢?

再者说了,天下这个东西,既可能是馅饼,更可能是陷阱。一旦到手,还真是祸福未可知。刘表黯然决定,以孙坚尸首换黄祖归来,继续经营好自己的自留地。

把荆州经营好,把名声经营好,真是比什么都重要。没人的时候,刘表如是安慰自己。

司徒王允则无法安慰自己。

因为董卓开始杀人了。自从"迁都"长安之后,董卓深深地爱上了一项事业。

杀人。杀无数的人。

对董卓来说,只杀一个人的人是可耻的;没有技术含量的杀人也是可耻的。所以他杀人以多多益善,不取其性命为最高追求——"或断其手足,或凿其眼睛,或割其舌,或以大锅煮之。"听着哀号之声震天,董卓的心情那叫一个好极了。

甚至,为了达到摄人心魄的目的,董卓杀人还追求速度。

所谓迅雷不及掩耳之势。

有一次,司空张温就被迅雷不及掩耳了——

他的头没了。

出现在一个托盘上。原因是他和袁术两个人好得就像一个人似的,准备行刺董卓,让董卓的脑袋远离身体。

结果,董卓的脑袋依然还在脖子上,张温的脑袋却在瞬间远离了身体。董卓以血淋淋的事实告诉百官,一定要紧密地团结在以他为中心的董氏集体周围,高举尽忠、尽职、尽孝的伟大旗帜,才有可能让自己的脑袋与脖子不说再见,否则,后果很严重。

在血淋淋的事实面前,百官们只得频频点头。

司徒王允混迹其间,也频频点头。

但是在心里,司徒王允没有点一下头,而是昂起了不屈的头颅。

因为,这样的时刻,是你死我活的时刻,点头并不能保证自身的绝对安全。要活下去,安全地活下去,条件只有一个,那就是董卓必须——

死翘翘。

先他一步死翘翘。

可是,让董卓死翘翘绝不是一件容易的事情。先前曹操的行刺未遂就是一个极好的明证。董卓没死,他却差点死了。现如今,还有什么样的计谋可以让董卓死翘翘呢?

王允一时间无计可施。

王允无计可施的时候,有一个人却在幽怨地叹息。

这是来自他后花园的叹息声,似有无限惆怅。

王允恼怒于这样的惆怅。因为在他听来,这不是惆怅,而是怀春。

原来叹息声是他的养女貂蝉发出来的。

一般来说,作为一个色艺双绝的美眉,貂蝉是不轻易发声的。不过这一回,貂蝉发声了。她之所以发声其实不为自己,而是为了义父王允。因为她看到了王允脸上的愁眉。这样的愁眉让她觉得自己有必要为其抹平。

虽然,到目前为止,貂蝉还不知道,该用怎样的法子才可以抹去王允脸上的愁眉,但有一条她是确信无疑的,那就是一定可以抹平。

不为别的,只因为她是美女。

在这个世界上,"美女无敌"是千古不易的真理。貂蝉相信这一点,就像相信她一直以来天下无敌的容颜一样,那叫一个坚定无比。

王允用计

王允跪了下来。

向自己的养女貂蝉跪了下来。

这是牡丹亭畔的惊人时刻,而历史,也在这不为人知的一跪中悄然转向。因为王允要用计了。

王允用计其实没什么稀奇的。他的一生就是计谋串起的一生。不过这一次，王允的计谋比较狠。他要用一个女人来打败两个男人。

准确地说，是要两个现在互为父子关系的男人心生猜疑，从而走向决裂。

并且，从计谋的终极效果来考虑，这样的决裂应该是致命的。因为其中一个人手中的武器要恶狠狠地刺向另一个他称之为义父的人，直至目睹其死亡。

执行此项计谋的唯一工具则是眼前这个美得惊人的女人——貂蝉。

所以王允要向貂蝉下跪，向她的花样年华下跪，向她从未有过并且再也不可能有的爱情梦想下跪，向一个国家的重量下跪，向历史可能出现的激动人心的前进方向下跪。

当然，也向自己的命运下跪。

因为他再也输不起了——这一回，王允不仅把养女的性命押上，还把自己的全部身家性命都押了上去。说到底，对司徒王允来说，这是个只能赢不能输的计谋。

吕布的眼神迷离了。

一般来说，吕布的眼神会在两种情况下迷离：喝醉了；遇到美女了。

但是现在，这两种情况都不是。

出现了第三种情况——

遭遇爱情。

这是在司徒王允的府上，他和王允两人推杯换盏，状极亲密，只是吕布自己心里知道，这样的亲密很不亲密。因为它更多的只是社交场合上的虚情假意。所以状极亲密的背后是深深的寂寞。

直到一个女人的出现。

貂蝉。

当时的貂蝉是个寂寞的舞者，从屏风后面幽幽舞来，像极了一个精灵。吕布以为，那是一个爱情的精灵。他的人生第一次被这样的爱情精灵捕获了。

貂蝉似乎也被爱情精灵捕获了。两人眉目传情，一切尽在不言中。王允当下决定，要把自己的这个养女许配给吕布。王允说这话时言之凿凿，令吕布深以为然。

董卓的眼神迷离了。

一般来说，董卓的眼神会在两种情况下迷离：喝醉了；遇到美女了。

但是现在，这两种情况都不是。

出现了第三种情况——

遭遇超级美女。

超级美女就像超女一样,是可以令人疯狂的。

这是在司徒王允的府上,他和王允两人推杯换盏,状极亲密,只是董卓自己心里知道,这样的亲密很不亲密。因为它更多的只是社交场合上的虚情假意。所以状极亲密的背后是深深的寂寞。

直到一个女人的出现。

貂蝉。

当时的貂蝉是个寂寞的舞者,从屏风后面幽幽舞来,像极了一个精灵。董卓以为,那是一个女人中的精灵。他的人生第一次被这样的精灵捕获了。

貂蝉则对董卓眉目传情,一切尽在不言中。王允当下决定,要把自己的这个养女送给董卓,以供其探索精灵的奥秘。王允说这话时言之凿凿,令董卓深以为然。

最后在床上真切地得到貂蝉身体的人只有一个人。

董卓。不是吕布。

吕布怅然若失。

怅然若失的吕布去找貂蝉,发现她看上去也怅然若失。由是,吕布更怅然若失了。

但是,这世界说到底不是怅然若失者的世界,而是先下手为强者的世界。董卓以其肥硕的身体和心满意足的神情告诉世界,他是一个胜利者。

当然了,由于王允的用计,董卓到此时并不知道,吕布竟对貂蝉也感兴趣。

何止感兴趣,甚至还有——

爱情。

董卓不知道这一切,尤其不知道——爱情。这个年迈的老头虽然明白:世界上最锋利的东西不是刀,而是人心,却不明白人心的极致是一种叫爱情的东西。

而爱情其实是这样的一种东西:

爱上一个人可以死去活来。

失去一个人则可以活去死来。

董卓不知道,他的脖子,现在离某种武器的距离只有0.01公分了。

这种武器,并非刀剑。它有一个拗口却熟悉的名字。

方天画戟。

三角关系

凤仪亭是一个风情无边的小亭,坐落在董府的后花园里。

它之所以风情无边是因为两个人的存在——吕布和貂蝉。

他们在幽会。幽会的他们风情万种,像极了画中人。

这是董卓不在的凤仪亭,所以凤仪亭畔的风情万种就显得落落大方,从容不迫。但是,吕布看上去却有一丝彷徨。

不错,是彷徨。这是方天画戟预备砍向董卓之前的彷徨。尽管貂蝉极尽妩媚之能事,劝吕布举起屠刀,杀向义父,可吕布始终为"义父"二字所困。

唉——"义父"二字困死人啊。如果自己亲手杀死义父,吕布不知道,他的明天会怎样?

最重要的是自己还有没有明天。

毕竟,这样的世界,是绝对不容许大逆不道者存在的。

貂蝉也无计可施,当她唯一的武器——爱情遭遇吕布的亲情时,爱情落荒而逃。这是貂蝉无法改变的一个现实。

当然,在这里,"爱情落荒而逃"不是一个抽象的说法,而是活生生的画面。

因为随后不久,吕布抱头鼠窜了。他的后面,则追着手持方天画戟,怒冲冲掷向他背影的董卓。

遗憾的是,对董卓来说,这场捉奸活动究竟功败垂成——吕布成功逃脱,方天画戟无力地躺在路边,捉奸现场只有余怒未消的董卓和哭哭啼啼做一脸委屈状的貂蝉。

一炷香后,貂蝉以其千娇百媚成功说服董卓,她依然是一个忠于他的女人,而吕布则是个挨千刀的。

董卓相信了这个说法——因为吕布逃跑的姿态实在是太难看了。

抱头鼠窜。

这绝对不是一个英雄该有的跑路姿势。换言之，吕布他奶奶的不是一个英雄，最多是个"奸"雄。奸在男女之情上。

董卓决定，亲手杀了这个"奸"雄。

随后赶到的李儒却以为，吕布不可杀。

不错，杀吕布是很痛快，但是痛快之后是不痛快。

因为，当今乱局之下，没有吕布支持的董卓是危险的。

要女人还是要江山？这个千古难题今天必须给出一个答案。李儒建议，送出女人，保住江山。

董卓同意了。老大不情愿地同意了。

毕竟，此时在他眼里，貂蝉只是个女人，一个有姿色的女人而已，而不是他所不知道的——

爱情。

一个没有爱情的女人，可有可无。

但是很快，董卓又不同意了。

这其实是一个女人及其姿色所产生的巨大威力。

貂蝉告诉了董卓两点：她的归属问题关系到董卓的脸面。名花易主不是花的耻辱而是主人的耻辱；一女不事二夫。她貂蝉生是董卓的人，死是董卓的鬼，绝不再许吕布。

董卓感动了。

感动之后是激动。这个突然感觉脸上有光的老男人悍然决定：貂蝉永远是他的。过去是，现在、将来更是。吕布想得通要认这个事实，想不通也要认这个事实。他不怕这个"奸"雄。

只是，董卓的这个悍然决定还没等吕布去想明白，有一个人先想不通了。

李儒。

李儒知道，是董卓背后的女人让他出尔反尔了。但他想不通的一点是，为什么在董卓的心目中，他李儒的建议竟不如貂蝉的建议来得重要？

李儒决定去问一个明白。

董卓给了他一个明白——汝之妻肯与吕布否？

这话的意思是你别老打我老婆的主意好不好，扪心自问，你小子肯把自己的老婆送给吕布吗？

李儒只得无言。

从历史的现场望过去，这基本上称得上是一种绝望的无言了。因为在资深谋士李儒眼中分明已看到这样的一幅场景：吕布的方天画戟愤怒地砍向了董卓，随后，他李儒的脑袋也应声落地。

李儒无可奈何——他当然可以选择先行逃跑，但以天下之大，又能跑到哪里去呢？

人，到底是跑不过命的。

先知先觉的李儒在命运巨大的阴影下瑟瑟发抖，战不能言。

杀不杀董卓

董卓与貂蝉离开了长安。

这是一种幸福的离开，因为他们有一个美轮美奂的目的地——郿坞。

郿坞不是长安，胜似长安，它是董卓的安乐窝。

董卓之所以要带貂蝉去那里，目的有两个：避开李儒的唠叨；提防吕布可能的暗害。

不错，董卓在激情澎湃的时候是有过亲手杀了吕布的想法，但是仅此而已——无数的人生经验告诉他，想杀一个人和杀死一个人，是两回事。董卓现在最高的人生理想是——

不被他人杀死。

因为，他要享受生活。活着享受生活。

董卓与貂蝉离开长安去往郿坞是幸福的，却也是伤感的。

幸福属于董卓，伤感则属于吕布。他被爱情闪了一下腰。

在目送庞大的车队浩浩荡荡离开长安城时，吕布扶腰而望，仿佛真被爱情闪了腰。很受伤，很无助。

貂蝉则极好地配合了他的伤感。她在车帘后忧伤地回望吕布，那表情，凄美，幽怨，绝望。

这样的时刻，对吕布来说，毫无疑问是其人生的抉择时刻。接下来该怎么办？他需要有人指点迷津。

王允来指点迷津了。

王允其实一直预备为他指点迷津的。但是在这个世界上，指点迷津实在是一门高深的学问。技巧倒还在其次，最关键的是火候。王允以为，现在的火候刚刚好。

　　因为吕布必须尽快在杀不杀董卓间做出抉择，否则，他将被自己身上的无名欲火给烤煳了。

　　王府永远是幽暗的。

　　一如此时座上二人的心情。王允和吕布。

　　王允一声轻叹——为吕布而叹。

　　如果事后分析这一声轻叹，毫无疑问，应是王式"指点迷津"的第一步——哀其不幸的开始。

　　王允激吕布说："太师淫吾之女，夺将军之妻，诚为天下耻笑。非笑太师，笑允与将军耳！然允老迈无能之辈，不足为道；可惜将军盖世英雄，亦受此污辱也！"

　　吕布听后愤怒了，气得哇哇的，连连拍案而起，差点连厚实的案桌都给拍穿了。

　　王允冷眼看他，然后悠悠走出王式"指点迷津"的第二步——怒其不争。

　　王允说我就奇怪了我，你吕将军功力如此深厚，拍案桌跟拍豆腐似的，怎么就不敢去拍那个人呢？

　　吕布羞愤交加，说不出话来，一副为父子情所困的模样。

　　王允顺势解困，走出王式"指点迷津"的第三步——解其心魔。

　　他义愤填膺地向吕布指出了董卓掷向他的那一戟，表示那是恩断义绝的一戟，是决定他们父子关系新走向的一戟，吕将军吕大人为什么心甘情愿受那一戟？你姓吕，他姓董，你们什么时候是父子了？

　　王允当头棒喝。

　　至此，吕布醍醐灌顶。是啊，我们什么时候是父子？真父子会为一个女人争得死去活来吗？！

　　不。绝不。

　　但是，"指点迷津"工作却还在继续。

　　因为王允认为，要使吕布死心塌地地刺董，一时的激愤是不可靠的。

　　必须加火。加最后一把火。

　　这是一把圣洁之火。王允在吕布怒从心头起、恶向胆边生时高度赞扬了吕布即将进行的刺杀行动。称其是"扶汉室"之举，是忠臣，必将青史留名。

吕布飘飘然了。

这实在是人生极难体验到的飘飘然，因为——不是每一个人都可以青史留名的。

更重要的是，吕布不仅青史留名，还将抱得美人归。这样的收获预期让他足以下定决心，要把董卓送上不归路。

吕布把眼睛眯上了，眯得很狠，很冷。

很有杀气。

悲怨交集

童谣又起来了。

这一回的童谣依旧朗朗上口，毫无心机地唱响在董卓回京的道上：

千里草，何青青。十日上，不得生。

董卓坐在车上，微闭双目，听得一脸满足。

不错，是一脸满足。毫无疑问这样的时刻，对他来说，是人生的得意时刻——献帝已下诏禅位于他。董卓现在要做的，只是从郿坞回京，去接受那千千万万人梦寐以求的皇冠。

他以为，这是水到渠成的一件事情。董相国是相国吗？献帝是帝吗？一切都只需一个仪式，从而让世人明白，谁才是这个国家的最高权柄。

但是童谣偏偏在这样的时刻唱响，仿佛天意，向董卓传达某种宿命的到来。

董卓脸上的满足感渐渐消失了，取而代之的是——

不安。

他好像听明白了什么，又好像什么都没明白。

身边的李肃言之凿凿地告诉他，这首童谣，说的是新陈代谢的意思。

再具体地说，是董氏要取代刘氏的意思。没有"不得生"，哪来"何青青"？一切吉祥着呢。

董卓重新闭上了眼睛。满足重新上了他的脸。

倒不是他真明白了这首貌似简单的童谣是什么意思，而是他明白了李肃。

李肃是自己人啊。这么多年忠心耿耿地跟着自己，又是策反吕布的大功臣，他的话不信信谁的？再说此番圣旨就是李肃来传达的，看来一切真要"何青青"了。

董卓做如是想。

然而过不了多久，董卓的脸上重现不安。

不是为童谣，是为一个道士。

这个道士拦住了车驾。举止异常地拦住了车驾。

没有人明白他想干什么，包括董卓。董卓只知道，眼前的这个道士手里举着一根竹竿，上面系着一块布，布上两头各写一个大大的"口"字。似乎要让他猜字谜。

董卓没猜出来，李肃却猜出来了。

神经病。

变态狂。

这是个神经病、变态狂，不要理他。李肃对董卓如是说。

董卓却若有所思。准确地说，他是被这个字谜给吸引住了。

布上两口。什么意思？

吕布。

电光石火间，董卓脱口而出。

李肃身上的冷汗"唰"地下来了。不为别的，只为董卓说出的那个名字。

道士转身就走，车驾却驻足不前。

李肃以为，董卓的车驾永远不会向前了。因为他猜出了历史的谜底。

但是他错了。因为董卓的智商。

董卓的智商离一个谋士的智商到底差半步——他虽然在瞬间猜出了历史的谜底——"吕布"这两个字，却不明白这两个字的真正含义。

董卓真正明白这两个字代表着什么意思时是在朝堂之上。当时吕布的方天画戟在划了一个优美的弧线后直透董卓的咽喉。那样的时刻，董卓脸上的表情是惊异的，而吕布脸上的表情则是漠然的。

漠然得像那当根竹竿上的布条——肃穆，苍凉。

当然，董卓死前还明白了一件事——那首童谣的真正意义。

"千里草,何青青"合起来是个"董"字,"十日上"合起来是个"卓"字,"不得生"——还要解释吗?这就是现场说明啊。

董卓临死前的心情真叫悲怨交集,无人可以诉说。

李儒死前的心情也是悲怨交集,无人可以诉说。

事实上他对自己的死期来临是有预计的,那就是紧随董卓之后——他只是没有想到,董卓会死得这么快,这么笨。

这么的自投罗网。

董卓是怎么死的?

笨死的。

这是李儒——一个资深谋士被咔嚓前脑筋急转弯时所想到的一个谜底。不过,他到底和董卓一样,带着对历史亡羊补牢式的感悟被身首异处了。

他们的演出结束了。

很多人的演出却还在继续。

特别是王允。世上再无董相国之后,王允才明白,自己竟然演出成功了一件惊天动地的大事——这是为国锄奸啊,这是匡复汉室之举啊,为人臣者能做到这一点,真是功莫大焉。

只是接下来该怎样表演呢?有一个隐忧王允始终挥之不去。那就是董卓手下的四员大将李傕、郭汜、张济、樊稠未被抓获。

何止未被抓获,他们还准备进京活捉王允为董卓报仇呢——十多万西凉兵在此四人的率领下杀气腾腾地开赴长安,要王允拿命来。一片风雨飘摇中,王允不知道,在这样的历史大迷局里,谁,会是那张最后的绝杀底牌。

他,还是董卓及其手下?

一切尘埃未定。

第三章　徐州内外：出局者与入局者（刘备篇）

王允以身饲虎

战争从来就是波谲云诡的。有时候决定战争胜败的因素不是人,而是——

计谋。

吕布就被计谋打败了。

不错,他是很英勇。在刺死董卓抱得美人归以后,吕布与董卓手下的李傕、郭汜、张济、樊稠展开巅峰对决。这事实上是一场各为其主的战争,每个人都是为自己的身家性命而战,结果是——吕布败了。

败在不能用计上,败在被计所用上。当吕布困在山间,被李傕、郭汜所部"敌进我退,敌退我追,敌驻我扰,敌疲我打"时,张济、樊稠所部早已兵分两路,轻舟已过万重山了。

他们的目的地是长安。

吕布只得突出重围,仓皇回防。但基本上这是一次聊胜于无的回防,就像中国足球队的下底传中一样,方向是对的,球是进不去的……

王允这下明白,原来自己就是那张历史佬儿捏了许久的所谓"绝杀底牌"。

杀的不是敌人,而是自己。

因为皇上需要他去救,这个国家也需要他去救。原本,他是将这一切希望放在吕布身上的,可当吕布一脸无助地对他说大势已去,不如一同逃出关去自谋生路时,他才猛然明白这样一个人生哲理——这个世界上最可依靠的人往往不是别人,而是自己。

但是明白归明白,却无多大益处。因为人世间的困境经常是——自己也靠不住。

不错,吕布是不可靠,那自己就可靠吗?王允很难设想,如果没有吕布,自己单枪匹马可以挡住敌人的千军万马。

所以,他只能选择以身饲虎。为自己的慷慨激昂和大义凛然去买单。

长安城下,一片静默。

静默的是队伍，不是人心。

人心在等待，等待王允以身饲虎，或者献帝宣布退位。

李傕、郭汜、张济、樊稠四人，眼里闪烁着欲望。

献帝眼里没有欲望，只有彷徨。其实献帝自登基以来，眼里就没有产生过欲望——欲望是他人的，作为一个傀儡皇帝，有欲望不是什么好事。

他只有彷徨。主动交出王允，会为天下耻笑；不交出王允，那天下……天下会怎么样呢……

献帝首鼠两端。

他只能首鼠两端。因为人世间的很多问题貌似答案很多，却往往没有一个正确答案。比如关于天下这个问题。天下是他的吗？天下什么时候是他的？交出王允天下就是他的？不交出王允天下就不是他的？……这些问题事实上都经不起拷问。

很快，献帝就不首鼠两端了。

因为王允以身饲虎了。王允从高高的城墙上跳下，结束了自己的性命，也结束了献帝的首鼠两端。

王允明白，自己必须要有这一跳。这一跳，所有人都解脱了。尤其是献帝解脱了，不再有良心上的谴责，最重要的是，他保住了皇家的面子，为今后继续问心无愧地做一个台面上的皇帝提供了名誉保证。

当然，李傕、郭汜、张济、樊稠四人也解脱了，他们为董卓报仇，今天终于达成正果，接下来，该是享受胜利果实的时候了。

光天化日之下，王允的尸体地躺在长安城墙下，这个斗倒董卓的人终于以"一命还一命"的方式完成了人世间关于报仇的因果轮回。

没有人敢发表感想。

献帝也不敢。献帝他只能宣布"一切都结束了，大家团结起来向前看，共谋稳定、发展与国家的繁荣富强。"

献帝的宣言张济、樊稠听进去了，他们不再围观王允的尸体，准备向前看。

的确，往事不要再提，国家已多风雨。如果给我高官厚禄，一切是都可以商量地。

但是，李傕、郭汜却没有听进去。他们只是盯着献帝，在王允的尸体旁死死盯着城墙上的献帝，盯得他心里发毛。

静场。

令人窒息的静场。

献帝隐隐感觉，此二人，好像还有企图啊。

第三章 徐州内外：出局者与入局者（刘备篇）

不过，献帝错了。

李傕、郭汜二人，不是好像有企图，而是真的有企图。

他们图的，是献帝屁股底下的座椅。那是人世间最至高无上的座椅。他们想上去坐一坐，并且，永远不准备下来了。不错，这是谋逆之举，可谋逆之举又怎么样呢？就说这大汉的江山吧，难道不是谋逆来的？刘邦这个流氓要是没有谋逆之心会起兵造反？

笑话！

所以，重要的不是谋逆，而是将谋逆进行到底。江山从来不会主动送到谋逆者手里，都是要自己去拿去抢的。现如今，董卓死了，王允死了，吕布跑了，这是个英雄缺失的时代。这样的时代，谁是横刀立马的大英雄，唯他们四人而已啊……

李傕、郭汜眼里的欲望之火开始熊熊燃烧，一时间，整个长安城在他们眼里，已然是——

一座火城！

献帝成了专职书记员

张济、樊稠却觉得，世界上的很多事情，直捣黄龙不如曲径通幽。

不错，现在让献帝人头落地是很爽，但不爽的是落地以后的情形——那是以天下为敌呀。天下诸侯必纷纷起兵，其情形无疑有甚于伐董之时。他们四人的人生到那时将是一败涂地的人生。

所以，直捣黄龙不如曲径通幽——皇帝还是这个皇帝，天下却可以是他们的天下。

再说，真要做一个名至实归的江山持有人的话，现在保留献帝比杀掉他要好。对于这样一个见解，张济、樊稠是如是表述的："不如仍旧奉之为主，赚诸侯入关，先去其羽翼，然后杀之，天下可图也。"

李傕、郭汜同意了。

心有不甘地同意了。

因为对他们来说，虽然不能马上体验坐龙椅的感觉，但毕竟这张龙椅迟早是自己的。不急。

献帝也同意了。无奈地同意了。

同意对此四人封官拜将。这是真正意义上的无奈——献帝甚至被剥夺了分封权，只有同意权。李傕、郭汜、张济、樊稠四人将自己喜欢的官职向献帝作了传达，献帝则以书记员的身份如实照录，公之于天下。

于是，后董卓时代，李傕为车骑将军，郭汜为后将军，樊稠为右将军，张济为镇东将军。总而言之言而总之，献帝的前后左右站着这四位将军。大汉政局图继董卓之后又被涂上一层诡异的色彩。

要命的是献帝的书记员身份也被转正了。如果说上一次对此四人封官拜将是一次临时客串的话，那在此之后，献帝就从一个临时工转变为正式工了。每天，他的主要工作就是记录李傕、郭汜、张济、樊稠四人分封天下官员的讲话，以形成中央文件广而告之。献帝每每看着自己的名字被堂而皇之地写在一份份并非出自他本意的国家干部任免通告上，心里那叫一个百味杂陈。

马腾、韩遂心里也百味杂陈。

不过，与献帝的委曲求全不同，马腾、韩遂信奉这样一个人生哲理：

有了快感你就喊。

有了痛感你就打。

他们准备打人了。

打的就是四大将军。

马腾、韩遂一个是西凉太首，一个是并州刺史。他们联络朝中愤青马宇等三人，出兵十万，要给四大将军一点颜色看看。

李傕、郭汜、张济、樊稠四人一时间不知如何是好。事实上，他们怕的不是马腾、韩遂，而是他们手下的十万兵。

这样的时代，有枪就是草头王。关于这一点，此四人最有体会。他们的将军是怎么当上去的，就是靠枪杆子挑上去的——枪杆子里面出政权，真是人间真理啊。

所以，他们现在担心的是，这样的人间真理会在马腾、韩遂身上体现——此二公表面上是讨贼，实际上会不会和他们一样，都是贼？李傕、郭汜、张济、樊稠四人开始为"国势"忧心忡忡了。他们的"忧国忧民"被默不作声的献帝看在眼里，那叫一个哑然失笑——这世事，什么时候荒诞和滑稽到如此地步了呢？

贾诩就是在这样的历史时刻粉墨登场的。

这贾诩是个职业谋士。很多年前，汉阳名士阎忠就很看好他，说贾诩

"有良（张良）、平（陈平）之奇"（《三国志·魏书·贾诩传》）。当然，这个三国时代的著名谋士此时还在李傕、郭汜手下讨生活。对他来说，战争的正义与否不重要，重要的是如何打败对方。

事实上，他的一生就是"计胜"的一生。帮张绣在宛城用计打败曹操；帮曹操在官渡用计战袁绍，以及后来的潼关计破马超、韩遂，贾诩真真长袖善舞。

但是现在，没有人知道他长袖善舞。

因为他初登场，在历史的暗角处才弱弱发出自己的光芒。

李傕、郭汜此番不看好他则是因为他的计谋听上去不像个计谋。

无所作为。

贾诩献计，要打败马腾、韩遂军，"国军"最重要的是要做到无所作为——"深沟高垒，坚守而拒之。"如此，就可以高枕无忧了。

李傕、郭汜半信半疑。

不过李蒙、王方没有半信半疑，而是全疑了。

这两个"四将军"手下最重要的干将在随后豪迈地鄙视了贾诩的计谋，他们慷慨激昂地表示，对待来犯的敌人，就是要打出国军的威风来。做缩头乌龟不是办法，也不是他们的处事风格。所以在此大敌当前的紧要关头，此二人愿与贾诩贾谋士打一个赌——他们高调出战若败，自己的人头落地；若胜，贾诩贾谋士的人头落地。

贾诩听后，一脸的寂寥。

没有人知道他寂寥的背后是什么，李蒙、王方也不知道。好在几天之后，此二人知道了。

知道得那叫一个真切和痛楚。

贾诩的智商和眼界

因为他们死翘翘了。

在离长安城二百八十里的地方，这两个豪迈的男人被一个未成年人杀死。这个未成年人叫马超，是马腾的儿子，杀人时才17岁。他以一杆不知名的长枪让李蒙、王方二人死翘翘了，也让李傕、郭汜明白，贾诩的一脸寂寥究竟意味着什么。

这是高手的寂寞啊。

李傕、郭汜决定，立刻无所作为。

那句话是怎么说的，无为，无不为。表面上看，"深沟高垒，坚守而拒之"是消极备战，但战争的积极与消极不看过程，看结果。

这一次的结果是，马腾、韩遂他们败了，败在两个月之后。因为他们没粮了。两个月里，他们一直在围攻。这样的围攻尽管看上去气势汹汹，却是虚弱的——时间一直在国军这一边，事态的演绎确实如贾诩预料的那样，"不过百日，彼兵粮尽，必将自退……"

马腾、韩遂领着西凉兵跑了。准确地说是逃了。张济、樊稠则领兵奋勇追击。宜将剩勇追穷寇嘛，对他们来说，这样的时刻无疑是收获胜利果实的时刻。

一个非常事件却在此时悄然发生。

樊稠放弃了胜利果实。因为他——心太软。

当时的樊稠与韩遂只有一个马头的距离，这是他玩命追击的结果，这个结果看上去很美。如果不出意外的话，韩遂的脑袋将很快被他拎在手里。

意外适时发生——韩遂出了两张牌。

第一张是亲情牌。韩遂在马上深情地向樊稠提示两人是同乡关系，这样的提示让樊稠举起的大刀僵在半空中。

第二张是道义牌。韩遂认为自己起兵进京是为了国家的稳定与长治久安，最重要的是为了皇家尊严不受侵犯。韩遂建议樊稠，给国家留后路就是给自己留后路。董卓怎么样？牛吧？现在死了。"如果你要做第二个董卓，把刀砍下来吧。"韩遂庄严无比地闭上了眼睛。

樊稠僵在半空的大刀落了下去。

没有砍向韩遂，而是无力地落在自己马边。这个一度豪迈的男人失去了杀人的冲动，因为心太软。

的确，在这个世界上，杀人的第一要义是心硬，一个心太软的男人是不可能杀人的，因为心软，所以无力。

无力举起屠刀。

非常事件就这样悄然发生了。

李傕知道后很生气。

他决不允许这样的事情发生。如果说"四将军"能成事的话，那成事的第一要诀就是敢冒险，而敢冒险的第一要诀是心硬。

他决定，让樊稠为自己的心太软付出代价。

沉重的代价。

毁灭性的代价。

他要出兵讨伐樊稠，让樊稠和他的队伍从此人间蒸发。

贾诩又一脸寂寥。

为李傕的决定。

因为，这是一个愚蠢的决定。

尽管，李傕出兵讨伐樊稠一定会以胜利告终，可在贾诩看来，这样的胜利只是两败俱伤的胜利——"四将军"一旦分裂，兵戎相见，受损的不是天下，而是"四将军"本身。贾诩向李傕指出，兵戎相见，国军损失肯定大大地，此其一；其二，天下诸侯眼见内乱已起，必趁机闻风而动，图谋天下，到那时，李将军四处树敌，哪还有什么宁日呢？

李傕叹气。

为自己这个愚蠢的决定。

更为贾诩的智商和眼界。

看来在这个世界上，有些人是可以惩罚的，有些人是不可以惩罚的，比如这个樊稠，就不可以惩罚。因为代价太沉重。

李傕一脸的无可奈何。

贾诩却笑了。在李傕最无可奈何的时候。贾诩笑了，笑得脸色阴沉，眼含杀机。他斩钉截铁地告诉李傕，樊稠是一定要惩罚的，非如此，队伍就不会纪律严明，手起刀落。一个心太软者决不可以混迹于三个心硬者中间，总之，樊稠必须死。

当然，死法是可以商榷的。不必追求轰轰烈烈，但必须痛苦地死去，必须为他的心软付出代价。而要达到这样的目的，只需一桌酒就行。

让樊稠和他的部下做一个切割，极其隐秘地死去。如此，天下才不会震动，李将军才不会四处树敌，才有宁日可享……贾诩对李傕推心置腹，李傕则对贾诩佩服得五体投地——

这个人的智商和眼界，确实不是他可以企及的……

就让鸿门宴再来一次吧，让这大地白茫茫一片真干净！在汉末的天空下，寂寥的谋士贾诩摊开双手，仰天长叹。瞬间泪流满面。不过，没有人知道他心里在想些什么。就像没有人知道，谋士其实是天底下最血腥的职业，虽然羽扇纶巾，却是血流成河的代名词。

陶谦的飞来横祸

张济的眼睛睁得很大。

他不相信,一个人可以如此突然地死去。没有任何的转折和过渡,有的只是李傕的——

变脸。

宴中人除贾诩外没有谁知道李傕为什么要变脸。当时的李傕正一脸真诚地向樊稠敬酒,那表情,绝对是"咱俩谁跟谁"的表情。

应该说这是一场真正意义上的鸿门宴。主人是李傕,赴宴人是张济和樊稠,陪宴人是贾诩。

但其实,在李傕心目当中,真正的赴宴人是樊稠。

因为他要拿他开刀了。

樊稠没有任何反抗。在他的第一杯酒还没有下肚时,他的头颅就和身体分开了。李傕以如此决绝的行为警告张济——对一个组织来说,任何时候忠贞都是第一位的。

张济将杯中酒一饮而尽,然后站起来开始宣誓他的忠贞。

贾诩则坐在一个角落里漫不经心地看着这一切,觉得人生、世事到底没什么意外发生。

这样的感觉令他再一次寂寥起来。

世事浮沉聚散,曹操重新浮出水面。

继上次孤军追击董卓未果后,曹操孤愤地带兵来东郡做太守,继续他的"怀才不遇"。

事实上"怀才不遇"还真是这个时代的主旋律。不仅刘备,现在连曹操也加入其中,这不由得令他感慨万千。

但很快,曹操就不感慨万千了。

原因是他突然变得兵强马壮起来。曹操在兖州招安了三十多万黄巾军。这些战斗力极强的队伍被他编为"青州兵"。

最重要的是，曹操有人才。

旷世奇才。

荀彧。荀攸。郭嘉。毛玠。于禁。典韦。

这些后来令世人如雷贯耳的人物都是在这一时期被曹操网罗帐下的。

所以，没有人敢小看曹操，连朝廷也对曹操另眼相看——他被封为镇东将军了。

徐州太守陶谦也不敢小看曹操。

陶谦何止不敢小看，他甚至要找机会巴结曹操。

终于，有一天，一个机会被他等来了。

曹操老爸曹嵩要路过徐州去兖州见自己的儿子，陶谦突然觉得，这是一个千载难逢的好机会——把曹操老爸招待好那不比什么都强？！他悍然决定，要以招待自己老爸的规格招待好曹操老爸，让他在徐州舒舒服服地享受到"三好"——吃好、喝好、走好。

招待工作有条不紊地进行。

曹操老爸曹嵩在徐州真切地享受到了吃好、喝好的滋味，只是"走好"他没能享受到。永远享受不到了。因为他——

死了。

被陶谦的手下都尉张闿杀死了。

张闿之所以要杀死曹嵩并不是跟曹操过不去，也不是跟陶谦过不去，他只是跟钱过不去。当时他作为陶谦的全权特使负责护送曹嵩去兖州，本来张闿也是全心全意要做好本职工作的，但是曹嵩身后百余辆车里装的金银财宝让他的全心全意变得三心二意起来。

终于，在离开徐州不远的一座古寺里，张闿借着瓢泼大雨让自己的欲望之花开得格外鲜艳——

曹嵩，这个时刻不离财富左右的人儿不仅与他的财富分开了，也与这个世界分开了。彻底分开了。张闿则带着曹嵩全部的金银财宝往淮南一路狂奔，只把弥天大祸留给正做着美梦的徐州太守陶谦。

陶谦傻眼了。

曾经，他设想过世界上无数的飞来横祸，唯独这一种，是他万万想不到的。按理说他不是张闿，或者说张闿不是他，张闿的所作所为与他无关。但这一回，有关、无关不是他说了算，而是曹操说了算。在曹操眼里，张闿杀了他父亲就是陶谦手下杀了他父亲，再简捷地说就是陶谦杀了他父亲。

杀父之仇，岂可不报？曹操决定要让陶谦以及那座城池——徐州付出代价。这个代价就是他们都从人间消失。事实上,现如今的曹操还真有这个能力。因为他有数十万的部队以及一流的谋臣武将,其势足可灭国,何况区区一座徐州城?

在巨大的灾难面前,陶谦首鼠两端,茫茫然不知所之。

陈宫说服曹操未遂

陈宫在与曹操分道扬镳后曾经发誓,一辈子不再见这个"宁负天下人"的人。但这一次,他不得不见他。

为陶谦。

也为徐州百姓。

因为他跟陶谦是朋友。

在这个世界上,一个人与另一个人是不是朋友很多时候不看他们走得有多近,而看他们的心走得有多近。

陈宫和陶谦就是心心相印之人。

所以他们成了朋友。有共同的信仰、爱好、情趣以及做人的准则。

现如今,朋友有难,陈宫要出手相救。他要面见曹操。

曹操却不愿见他。

曹操见或不见一个人,有时候要看有没有共同的信仰、爱好、情趣以及做人的准则,有时候却只看政治需要。而这两点,曹操以为,陈宫都达不到。

他们不是朋友,天下人都知道;至于政治需要,那更是无稽之谈。曹操现在在政治上不需要任何人,他只要抵达。

抵达徐州,让那里会呼吸的一切生灵停止呼吸。

却还是见了。

不为别的,只为陈宫当年的救命之恩。

不错,是救命之恩。这是一个大汉朝前中牟县令对一个前政治在逃犯的救命之恩。曹操虽然声称要"宁负天下人",却不愿欠陈宫一个人情。

因为他——

讨厌他。

这是一种难以言说的心理体验，讨厌一个人最好的办法就是别让这个人有恩于自己。曹操此时的心态，正是如此。

所以他把接见陶谦视作"还恩"。还给你一切，以后别再找我唧唧歪歪了。

但陈宫却表错情了。或者说他是抱着说服曹操的心态去见此公的。他对着曹操侃侃而谈，希望他能够以天下苍生为念，特别是以徐州苍生为念，不要乱开杀戒。当然了，脑子也要拎清一点，要深刻地认识到陶谦是一个好人。如果不分青红皂白，把好人都杀了，还有什么面目苟活于人世间呢？

陈宫说到这里不由得闭上了嘴。

因为他看到曹操闭上了眼睛。

曹操闭上眼睛并不可怕，可怕的是曹操眼睛闭上后还能露出杀气。这不是一般人可以做到的。

这样的时刻陈宫也终于明白，曹操确实不是一般人。一个敢负天下人的人是不可能听天下任何一个人给他讲大道理的。

他只听从内心的召唤。这个召唤就是曹操现在要杀人。

杀陈宫。

因为陈宫说得太过了。陈宫的语气显然不是说客对政治家该有的语气，而是老子对儿子的语气。不错，你陈宫是有恩于我曹操，但这就可以成为随便教训我曹某人的理由吗？

不——可——能！

但，曹操终于没杀陈宫。他放走了他。

这一点似乎匪夷所思，不符合曹操的风格。不过往细里想，其实也符合。因为曹操讨厌他。极度讨厌他。

在这个世界上，一个人极度讨厌另一个人时，他的本能反应不是杀了此人，而是让他滚得远远的，越远越好。

怕脏了自己的手。

曹操现在就怕杀陈宫脏了自己的手。他不想再见到这个人。这个与他志不同道不合的人。

陈宫只得滚得远远的了，他跑去投靠陈留太守张邈了。陈宫走得如此匆忙以至于没有和陶谦打一声招呼。事实上这样的时刻作为一个被曹操赶出来的人，他也没脸去见朋友最后一面——陈宫打心眼里认定，这是陶谦人生的最后时刻了。

因为曹操已经不可理喻。

曹操的不可理喻陶谦实实在在地领教了——曹军兵临城下，志在屠城。

徐州城一片凄风苦雨。

陶谦决定站出来，以身饲虎。他让手下把他绑了，送到曹操面前去，任他千刀万剐，只求曹操不要屠城。

有一个人却拦住了他。这个人认为，陶谦即便以身饲虎，曹操也绝不会善罢甘休的——杀父之仇，岂是杀陶谦一人可以解恨的。所以，陶谦的选择，可谓不智，此其一；其二，徐州城看上去危如累卵，其实不然。有一个法子，可以救民于水火，解府君于危难之中。不过这个法子，一般人不知道，只有他知道。

陶谦坐了下来，半信半疑地看着眼前这个自信满满的人。

而这个自信满满的人则抬眼看天，一副睥睨天下的神情。

他不是一般人

这个人叫糜竺。

虽然很多年后，这个世界上会有很多叫糜竺的人，但在东汉末年的徐州，糜竺只有一个。

这个曾经的徐州富商，世代从事垦殖业，资产上亿。当时如果设一个福布斯排行榜的话，他也应当是上榜人物，可糜竺气质却是雍容大方，敦厚文雅，完全一副儒商模样。他似乎对做生意也没多大兴趣，史书上说糜竺虽然"养有僮仆、食客近万人"，却早早屈身于徐州牧陶谦手下，做一个别驾从事，相当于现在的徐州市副市长，可见糜竺这个人还是有志于仕途的。

既然和陶谦同绑在徐州这条船上，糜竺觉得自己有义务站出来献计献策。

细说起来，糜竺的计谋其实也简单。三个字：搬救兵。

既往青州田楷处搬救兵，也往北海孔融处搬救兵。糜竺建议，两处军马合为一处，里应外合，"操必退兵矣"。

陶谦深以为然。

不为别的，只为"孔融"两个字的含金量。

孔融不是一般的人。

也许在这个世界上，有很多很一般的人自以为不一般，但孔融不然。孔融是真不一般。

他是孔子的二十世孙，东汉"建安七子"之首。最重要的，孔融早慧。关于这一点，河南尹李膺深有体会。

那还是在孔融十岁的时候，他想去见李膺。很显然，这样的目的不容易达到——每天，要见李膺的人太多了，一个年仅十岁的未成年人，究竟有什么天大的理由要见堂堂的河南尹呢？

却是见上了。

孔融给出的理由是"我跟你祖上李相通是亲家啊"；再给出的理由是，在很多很多年前我们孔家的老祖宗孔子问礼于你们李家的老祖宗老子，现如今，我问礼于李膺李大人，难道不应该吗？

李膺叹为观止，被一个十岁小孩的发散性思维折服了。

大中大夫陈炜却一声冷笑。他当场指着孔融的鼻子，然后说了一句千古名言：小时了了，大未必佳。

孔融也笑了。他也当场指着陈炜的鼻子，同样说了一句千古名言：如君所言，幼时必聪明者。

陈炜哑口无言——这小子，真不是一般的聪明啊，脑筋急转弯玩得溜溜的。

自此，他和李膺一致认定：孔融不是一般的人，长大了必成一代伟器。

应该说，n年后，陈炜和李膺俩人的判断部分应验了——成年后的孔融成了北海太守。

当然了，北海太守不是一代伟器。可谁又能断言，孔融的人生会止步于此呢？这样的一个乱世，人人都可能成为帝王将相，已然做上太守的孔融，似乎离一代伟器的目标并不遥远。

糜竺就看好他这一点。糜竺以为，孔融是可以成伟器的，只是缺少一个机会而已。现如今，机会来了，就看孔融能不能抓住它。

那就是搏击曹操，解围徐州，做一举两得之事。所谓一举两得，在糜竺看来孔融若这么去做的话，既可以壮大自己的实力，又可以获取民心。

毕竟，这是匡扶正义之举啊。

孔融心潮澎湃了。自信人生二百年，中流击水三千里，谁比谁强多少啊？你曹操耍横，我孔融竖刀，玩的就是心跳！

他决定起兵，杀奔曹操而去。

但是世间事，往往欲速而不达。孔融的起兵行动被一个人意外地打断了。

管亥。

管亥是黄巾军的一个头领。一般来讲，做头领最大的问题是时刻得为手下弟兄们的吃喝拉撒操心。现如今，管亥带领的黄巾军在这方面就成问题了。

他们没有吃的了。

便借粮。

向孔融借。借一万石。

只是借的方式有些粗鲁，把北海城给围了。几万黄巾军把一个偌大的北海城围得水泄不通，也把孔融的人生围得水泄不通。

他还要成为一代伟器啊，他还要和曹操试比高，如果连自家的大门都出不了，那就不是一代伟器，而是一代萎器了。

然而局面似乎是向着一代萎器的方向前行。

宗宝死了。

宗宝是孔融手下大将，他死于立功心切，死于管亥刀下。管亥用他滴血的大刀冷冰冰地告诉孔融：要粮还是要命，自己看着办。

糜竺也着急。

糜竺着急的是徐州和陶谦的安危。好几次，他差点都要和孔融说，把粮给他们吧，我们抓紧时间上路。但是这个幼稚的想法很快就被他自己给否了。

因为事到如今，这场借粮引发的血战已经跟粮食本身没有关系了，而跟北海这座城池有关系。更准确地说，是和这城里的每一个人包括糜竺有关系。黄巾军一旦破城，城中人估计都要死翘翘。

孔融看上去有些手足无措。虽然，他不是一般的人，但现在的形势不是一般的形势，没有人可以力挽狂澜。

除非出现奇迹。

奇迹果然出现了。一个叫太史慈的年轻人在此时从城外拍马赶到，义不容辞地要做孔融的大救星。他武功高超，意志坚定，似乎是天造地设要拯救北海城于水火的那一个人。刹那间,糜竺的眼睛亮了。

因为他看到了希望。

北海的希望。徐州的希望。

刘备的江湖名声

太史慈确实牛。他一个人如入无人之境枪挑围城之敌,轻轻松松地入城见到了孔融。

但是,仅此而已。

因为围城之敌依旧在,太史慈的成功只是他一个人的成功。要驱走数万敌人,一杆枪是远远不够的。

一个人也是远远不够的。

在这个世界上,很多事情是人多力量大,很多时候智比勇重要。

糜竺的眼睛暗淡下去了。

希望转瞬即逝。

不过,孔融的眼睛没有暗淡下去。他还是看到了希望。

不错,希望在太史慈身上。起码迄今为止,太史慈还是他的大救星——孔融看上了太史慈的突围能力。

现在的北海已是铁桶一个,水泼不出,蚊子更飞不出。但是太史慈可以飞出。

他可以飞出北海去找一个人。

刘备。

孔融急需刘备的帮助。不仅是帮助他,也帮助陶谦。

不妨这么说,这样的时刻,孔融把刘备看作他最后的大救星。与此同时,太史慈也还是他的大救星。因为没有太史慈突出重围去找刘备报信的话,刘大救星怎么可能从天而降呢?

总而言之言而总之,孔融的救星有两个:刘备。太史慈。

现在,他就把宝押在此二人身上。

在平原，刘备一如既往地怀才不遇。

此前，每一次京城发生的重大行动或国事活动，刘备几乎都参加了。重在掺和嘛。应该说掺和的过程是爽的，也进一步提高了他在权力圈的知名度。

不爽的是结果。结果只有一个。

从哪里来回哪里去。

平原，既是现如今刘备的起点，也是他的终点。

走出平原？走不出平原？快要人到中年的刘备首鼠两端，几乎要抓狂了。

太史慈就是在这样的时刻突出重围见到刘备的。

他眼中的刘备郁郁寡欢，优柔寡断，看上去很不男人。

太史慈不明白，孔融为什么要把自己的人生寄托在此人手里——太不靠谱了。这样的一个人，怎么会是堂堂北海太守的大救星呢？

刘备很快就不优柔寡断了。

因为太史慈接下来对他说了一句话。太史慈说，刘备刘大人啊，孔融先生仰慕您是天下英雄，所以才把身家性命托付给你，盼你前去一救。他为什么不找别人，不找那些更有实力的豪杰求援？一句话，全是你刘备刘大人的江湖名声在起作用啊……

太史慈的这番话毫无疑问让刘备动容了。

四个字。江湖名声。

的确，对一个怀才不遇的人来说，江湖名声就是最好的安慰。

看来这么多年的掺和没有白掺和啊，起码在江湖上混了个耳熟。

但刘备还是不放心，不放心孔融的想法——他把身家性命都托付给我，凭什么呀？

基于如此这般的不放心，刘备小心翼翼地追问一句："孔北海知世间有刘备耶？"

太史慈笑了。

笑得很温和。

因为他明白，对一个不自信的男人来说，是不能够在他面前笑得太放肆的。否则——

后果很严重。

刘备出发了。带着他的所有家当——三千兵马。

当然还有关羽、张飞。

三千PK数万，刘备不知道北海城该如何解围，就像他不知道自己的人生该如何解围。

事实上他是在打一场没有胜算的战争。尽管在此之前，刘备同志打的每一场战争都是没有胜算的——玩的都是心跳，但这一回不一样。

这一回赌的不是实实在在的利益，赌的是他的江湖名声。

他是为自己的江湖名声而战。

没有人知道刘备这样做是不是意气用事，但刘备自己知道，不是。

还剩什么呢？现在的人生又能剩下什么呢？唯江湖名声而已。有江湖名声在，一切可以从头再来；没有江湖名声在，一切的奋斗都将失去价值。

刘备如此安慰自己。

很快地，刘备就知道自己赢了。

因为管亥死了，死于关羽的青龙刀下。

虽然管亥手下的数万人马依旧在围城，但刘备明白，他们已经不重要了——

道理很简单，黄巾军们失去了管亥就失去了凝聚力——没有凝聚力的人生是涣散的人生，从此以后，再没有人带着他们去冲锋陷阵，他们如何找到行动的目标呢？！

一群乌合之众而已。

在这群乌合之众面前，刘备的自信心开始一点点恢复起来。

首鼠两端

刘备破城了。

一般来说，刘备只要能够自信起来，那是无往而不胜的。

这一次他能解北海之围，就是基于这一点。

孔融很敏锐地看到了刘备的自信心。

他感激这样的自信心。

也想利用这样的自信心。

当然准确地说，是糜竺想利用这样的自信心。因为他被孔融隆重推出了。糜竺向刘备诉苦，北海现在没事了，徐州人民却处在水深火热之中，无人去拯救他们，苦啊……

刘备打着哈哈，是苦啊，苦啊。

不再有下言。

糜竺不好意思催促刘备拔刀相助，便把求助的目光投向孔融。孔融拔刀相助了。他搂住刘备的肩膀亲热地说，刘兄你可是汉室宗亲啊，这天下事就是你家的事。现如今曹操恃强凌弱，要乱了这天下，刘兄你管还是不管？

刘备明白了。

明白之后是不明白。

不错，他是汉室宗亲，可这天下事就是他家的事吗？他有家吗？远在长安的皇家跟他有什么屁关系呢？

再有，他为什么要解徐州之围？如果说解北海之围是为了所谓的江湖名声的话，解徐州之围可没人对他景仰之情如滔滔江水绵绵不绝啊……

这些问题，刘备都没想明白。

但其实，刘备最没想明白的，是一个人——

曹操。

曾经，曹操对刘备是欣赏有加的。

不仅对他欣赏有加，对关羽、张飞也欣赏有加。

所以在刘备眼里，曹操不仅是英雄，甚至是知音。

现如今，英雄一夜之间成魔鬼，知音说话间就要刀兵相见。刘备不能不踌躇。

踌躇于自己的两难选择，更踌躇于曹操的实力。几十万人马围住徐州，岂是公理、正义、良知等形而上的东西可以解围的？

毕竟，徐州之围不是北海之围，曹操也不是管亥啊。管亥可以死于关羽刀下，曹操能吗？最关键的问题是，关羽敢吗？温酒斩华雄时，曹操可是给过关羽机会的，关羽如此一个重情重义的人，他手中的青龙刀会砍向曹操的脑袋？！

刘备决定，不再蹚这混水。

孔融却决意要拉刘备下水。

因为只有刘备也下水了，孔融的义举才显得郑重其事和富有价值。他甚至向刘备幽怨地说，刘兄啊，我和陶谦过去虽然有交情，但这次出兵，并非是为了哥们义气，而是为了天下大义。我一个非汉室宗亲都有这份心，难道刘兄就没有这份心？

刘备不好意思了。

他只能继续找托词。说自己心中当然是有天下大义的。只是手上兵不多，总不成用这区区三千兵去以卵击石吧？刘备提议，孔融兄拉上人马先走一步，他刘某人这就去公孙瓒那儿借兵，然后跟上。

孔融笑了。

这是睿智一笑。

原因是他看穿了刘备的那一点心思。不过看穿归看穿，现在的形势是人心隔肚皮，人人心中都有自己的小九九。刘备真要耍赖逃走的话，他又能如何呢？

虽然他孔融是决意要拉刘备下水的，但在这个世界上，一个人能不能下水其实跟拉者无关，只与他本人有关。

心中有水，不下也在水中；心中无水，浑身湿透也无济于事。

孔融独自带着人马上路了，只把一个难题留给刘备，让他去首鼠两端。

因为他相信，刘备是注定要首鼠两端的。

不为别的，只因为他是刘备。

刘备果然首鼠两端了。

说实话，刘备首鼠两端并不奇怪，奇怪的是有朝一日他突然不首鼠两端——这样一来的话就不符合刘备为人处世的风格了。

刘备的一生，事实上就是在首鼠两端间度过的。

只是这一次，他首鼠两端得实在无以复加。刘备原以为，他已下定决心，不怕牺牲，不再蹚这混水的。可孔融一走，留下他孤独一人时，他的决心又动摇了。

这是致命的动摇。

是事关他底线的动摇。

也是对他过去为人处世历史的一次质疑。

如果这样的时刻他要去做刘跑跑，那以前参与的那些国事活动还有什么价值呢？他汉室宗亲的招牌不砸手中了吗？更要命的是，他的江湖名声会变得臭不可闻！

这是刘备一千个一万个不能答应的。

如此这般的一想，刘备似乎将孔融留下的难题想明白了——救不救徐州是态度问题，救不救得了徐州是能力问题。也许他的三千兵马会毁于一旦，可这又有什么关系呢？兵马毁尽可复来，只要他的江湖名声得以升级！

此时的刘备觉得，这才是他的绝佳收获……

他开路了。目标是公孙瓒。

刘备正儿八经地借兵去了。

世上最大的赌注是什么

公孙瓒不赞成刘备出兵。

这个和刘备私交甚好的官员从利益学的角度告诉刘备——出兵援陶是一桩零收益甚至是负收益的买卖。打赢了,徐州也不是你的;打输了,你将血本无归。最要命的一点还在于,不管是输是赢,你都与曹操结仇了。

这样的时代,与曹操结仇不是找死吗?同志,你走得够远了,赶快悬崖勒马吧。公孙瓒对刘备苦口婆心。

但是到最后,公孙瓒还是借给了刘备两千兵马,外加一个赵子龙。

和刘备惺惺相惜的赵子龙。

因为,刘备明白,自己输不起了。

在这个世界上,有的人输得起,有的人输不起。

输得起的人各有各的理由,输不起的人只有一个理由:没有赌注。

刘备就没有赌注了。除了江湖名声。

不错,江湖名声有时候不但可以是赌注,甚至可以是这个世界上最大的赌注,但是刘备不敢拿它来赌。

那可是他最后的本钱啊。不可交易的本钱。

公孙瓒一声叹息。为他有去无回的两千兵马,也为即将走上不归路的刘备。在他眼里,他们都是悲剧人物。

这个时代的悲剧人物。

悲剧并没有发生。

发生的是喜剧。

在徐州城,刘备见到了传说中的陶谦。陶谦给了他一份厚礼——

徐州城。

陶谦希望刘备来做这座城池的主人。

刘备傻了,或者说他被雷到了。

他没想到,江湖名声还真他奶奶是世界上最大的赌注啊。因为陶谦看重的，正是刘备的江湖名声——汉室宗亲，为人仗义。把天下的事当成自己的事，那天下应不应该是他的呢？退一万步说，这徐州应不应该是他的呢？

陶谦以为，应该。

刘备却不敢要。

因为，这是致命的厚礼！要了它，刘备的江湖名声就完了。不可交易的本钱一旦交易出去，刘备将不再是刘备。

这个江湖也不再是他的江湖。

毕竟，世人不会在事后细究是陶谦主动送城还是刘备半推半就。世人只知道，刘备是去救徐州的，可救着救着，徐州成他的了。如此这般的行径毫无疑问是人神共愤的，是要全国共讨之的。

便不敢要。

便商议如何退曹。

刘备对陶谦说，要退曹，方法千千万，但最好的方法只有一个。

书退。

就是写一封情深意长、忆往昔峥嵘岁月稠的信给曹操，希望他顾全大局，以国家大义为重，主动退兵。

陶谦的眼睛睁大了。因为他不相信一封信的威力，可以驱走数十万大军。

再者说了，曹操是什么人，又是为什么事而来——他真会因为这封信以国家大义为重，主动退兵吗？

但陶谦又不得不相信。因为现在的形势，确实是以卵击石的形势。虽说青州田楷、北海孔融还有这个不请自来的刘备都来了，可大家伙儿加起来的兵力仍不足与曹操抗衡——除了书退，又能有什么好法子呢？

刘备便开始写信，写得那叫一个自信从容。因为，他不是别人，他是刘备。很有些江湖名声的刘备。一个名字就值一座徐州城的刘备。刘备相信，曹操一定会看重这封信的，大家都是在江湖上混的，拜托，给个面子好不好?!

刘备的信大致内容是这样的：

"备自关外得拜君颜，嗣后天各一方，不及趋侍。向者尊父曹侯，实因张闿不仁，以致被害，非陶恭祖之罪也。目今黄巾遗孽，扰乱于外；董卓余党，盘踞于内。愿明公先朝廷之急，而后私仇；撤徐州之兵，以救国难。则徐州幸甚！天下幸甚！"

郭嘉出场

曹操有时候很困惑自己在江湖上的地位。

是高？是低？没有一个判断的标准。

当然官衔是标准之一，比如镇东将军。但是真的很牛吗？曹操却觉得，和他几十万人马相比，所谓的镇东将军就算不了什么了。

其实，他需要的只是一个尊重。这是一个大人物或者即将成为大人物的人的心理需要。

总之，他需要天下人人尊重他，特别是那些地位比他低下的人。

如此，他的存在才是显著和——

唯一的。

只是这一回，一封信让他心情大坏。

刘备写来的信。

表面上看，刘备的信写得谦卑之极。什么"备自关外得拜君颜，嗣后天各一方，不及趋侍。"看上去很奴才，很殷勤，但在曹操看来，这封信却是透着傲慢。

因为刘备要曹操给他一个面子——撤兵。

曹操笑了。

嘲笑。

曹操以为，在这个世界上，面子是有的，但不是每个人都有。比如刘备就没有。所谓给面子，从来就是地位低的人给地位高的人面子——刘备区区一个平原令，凭什么要我曹操曹将军曹太守给他面子？

什么东西？！

更让曹操愤怒的是，刘备竟然在信中讥讽了他。"愿明公先朝廷之急，而后私仇"——说什么呢，这不骂我不明是非，不以国家为重吗？你刘备有什么资格来教训我？

曹操决定，"咔嚓"掉送信的来使，杀进徐州去，让刘备为这封充满傲慢与偏见的信付出代价。

血的代价。

郭嘉却以为，来使不可以"咔嚓"，而应该好好款待。

不错，让一个人的脑袋落地是有快感，但是让一座城池的人脑袋落地更有快感。当这二者发生冲突时，宁选后者不选前者。

郭嘉说得很慢条斯理，曹操却不明白，这二者怎么会发生冲突，他的眼神充满了疑惑。

郭嘉一声轻叹。为自己的计谋，更为自己的职业。

郭嘉是河南颍川人，天生的谋士。他21岁的时候，在朋友田丰等人的忽悠下，投奔到袁绍帐下，但很快便离开了。

原因只有一个。

他失望了。

因为袁绍不是"天下英雄"。虽然在当时他被称为"天下英雄"。

郭嘉在袁绍最风光的时候离开他只说明一点。先见之明。

在这个世界上，不是每一个人都有先见之明。另外，对一个人有先见之明不代表对其他人也有先见之明。

郭嘉做到了。因为他对曹操也有先见之明。

公元196年，在赋闲6年之后，郭嘉被好友荀彧推荐给了曹操。这个比曹操小15岁的年轻人从此开始了人生的新篇章。

但谋士其实是天底下最血腥的职业。郭嘉这一次的献计在某种意义上来说，就是为曹操血洗徐州提供快捷通道。他告诉曹操，不"咔嚓"掉来使，刘备才会麻痹大意，徐州城中人也都会麻痹大意，而杀戮总在麻痹后，就像彩虹总在风雨后一样，痛并快乐着。

痛是他们的。

快乐是自己的。

郭嘉说得很羽扇纶巾，令曹操叹为观止——一个谋士，要有怎样的修为，才能将一件血腥之事说得令人心旷神怡啊……无疑，郭嘉做到了。所以郭嘉是一个有修为的谋士。

曹操觉得，在这个世界上，有修为的谋士都是值得期待的。

血洗却未遂。

血洗徐州因为一个人突如其来的军事行动流产了，并从此成为曹操永久的梦想。

吕布。

吕布在陈留率军占领了曹操的老窝兖州,就在曹操准备血洗徐州的前夜。这样的噩耗传来,让曹操站在那里傻半天。

原来,在刺董之后的风云激变中,吕布这个历史风流人物匆匆浪迹江湖,在转了一大圈以后不得已成为了张邈手下。而当曹操浩浩荡荡南征徐州之时,兖州则成了一座不设防的城池。

吕布就是在这个历史的关键时刻当了一把小三——他看上了这座城池。

一夜之间,兖州城易主。现在,站在城头上志满意得的人不是曹操,而是吕布。是那个看上去很强悍的人——他面露微笑,一门心思想做曹操的劲敌。

吕布喜欢这样,并总是这样,站在历史风云人物的对立面,做他们的劲敌,顺便做一个历史风流人物。总而言之言而总之,他的人生就是刀尖上的人生。我挑衅我存在。

风起来了。在兖州城猎猎晚风中,吕布伸出中指,遥指徐州。意图不言自明。

一双肉手

曹操决定退兵。

说实话,这是个艰难的决定。难就难在,是要面子还是要生存——生存的压力和生命的尊严哪一个重要?

对一般人来说,生存是第一位的。兖州有失,那就成丧家之犬了,焉能不救?但对曹操来说,生存不是第一位的,面子才是第一位的。老窝可以不要,江湖面子不能丢,这不是一个可以拿来探讨的话题。

在某种意义上说,曹操的江湖面子和刘备的江湖名声都是千金不换的立身之基。曹操很难设想,自己在徐州不打一仗就全身而退的话,以后在江湖上还怎么混?!

难不成自己真被刘备的一封书信给吓退了——此种江湖传言一旦流传开来,后果不堪设想啊……

曹操进退两难。

郭嘉就是在曹操进退两难的时候再次羽扇纶巾的。他对曹操说，人生其实就是这样，以为一路顺风，以为风调雨顺，以为世间事不过如此，但世间事总是出人意料，聪明人其实不与事争，只与己争……

只与己争？怎么争？

曹操好奇了。

斗得过自己的心魔，才能成一番功业。不错，江湖面子是很重要，但面子不是一时的，而是一世的。一时的面子赢在眼前，一世的面子赢在久远。回兖州吧，巩固好基地再图将来……

可徐州……刘备……这……这……

曹操到底咽不下这口气。

郭嘉笑了，像一个有修为的谋士那样笑了：拿下徐州又怎么样？……打败刘备又如何？主公，心中有天下则以天下为敌，心中无天下则以自己的心魔为敌，徐州……刘备……他们，不值一击啊……

郭嘉言及于此，那叫一个淡定从容。曹操则如醍醐灌顶——顿悟了。

他的退兵决定就此做出。

陶谦又开始做思想政治工作了。

这一次的态度比上次坚定。

因为刘备让他感到炫目——一封信吓退几十万曹兵，这是什么力量？正义的力量啊。刘备是什么人？正义的化身啊！陶谦苦口婆心地对刘备说，徐州是你的，只有你，才是徐州的保护神，别再推迟了，刘公。为了徐州百姓的幸福安康，你就领了这徐州牧吧……

刘备伸出一双手，以一个决绝的姿势制止了陶谦继续苦口婆心下去的企图。他表情坚定、大义凛然、视死如归、豪情万丈，像极了一个天下为公的仁人志士。陶谦望着他那一双天下为公的肉手，一时间景仰不已。

当然景仰刘备的不只陶谦一人。糜竺、孔融包括陈登都景仰。景仰之余，都觉得刘备应该成为徐州城的领导人。糜竺从利益学的角度诱惑刘备——徐州富得很啊，是个百万人口的大城市，兄弟，不要白不要！陈登则从病理学的角度暗示刘备——哥们，陶谦陶老多病，身体不怎么行，你年富力强，正是大展宏图的时候啊！孔融的思想政治工作做得比较独辟蹊径，他的切入点是天人感应。孔融对刘备说：今日之事，天与不取，悔不可追！

这么多人的思想政治工作做下来以后，刘备总算开窍了——他愿意接受陶谦辞职的决定，但又提名当前江湖上赫赫有名、海内所归、四世三公又近在寿春的袁术袁公路大人为下一任徐州城的领导人。

孔融笑了。

笑喷了。

因为他第一次发现了刘备的幽默。

不错,在这个世界上,一个人幽默与否不在其自身,而在于他和周围人的反差——这个刘备,也太搞了吧!把徐州给袁术,那还不如直接给他孔融呢!孔融坚定地否决了刘备的提议,同时对这个很搞的人深表绝望——

景仰到绝望。

有两个人不绝望,而是对刘备充满希望。

他们是兄弟,关羽、张飞。

在所有人的努力均告失败后,关羽、张飞开始站出来劝说刘备,希望他不为自己着想,也要为弟兄们想想——革命这么多年了,一直没有个稳固的根据地,徐州城自古以来就是兵家重镇,大哥,要了它吧,要了吧,你不好意思说,我们来说……

关羽、张飞的喉咙很粗,一时间"要了它吧"在徐州城回音不绝。

刘备还是没要。

只一双肉手依旧在天下为公地举着,令人眼眶湿润。

刘备其实自己也不知道,为什么会让一双手举得那么久,那么卓尔不群。但有一点他明白,在这个世界上,有些东西是要坚守的,特别是当所有人反对时。

因为只有这样的东西,才可能真正属于自己。

这一天的说服都在刘备这双肉手前败下阵来。刘备最终没有要了徐州,而只要了小沛——徐州边上的一个小镇,用以驻军。表面上看,刘备继续居无定所、穷困潦倒,但所有人都知道,这一切只是暂时的。

自恋狂吕布

兖州城与其说是吕布拿下的,不如说是陈宫拿下的。

因为吕布后面站着陈宫。在陈留太守张邈手下,吕布和陈宫一起建功立业。所不同的是，吕布是主创者，而陈宫则是辅助者——辅助吕布建功立业。

这是陈宫离开曹操之后的一个新机会，却也是他的宿命。从此时开始，到几年后命丧白门楼，陈宫人生的最后轨迹离不开这个叫吕布的男人。

他被吕布绑架了。

他的命运被吕布绑架了。吕布的豪情及其性格缺陷书写在陈宫的人生边上，是那样的印迹鲜明，不容置疑。

应该说陈宫是有计谋的。

不做县令的陈宫看上去很谋士。

他时时处处帮吕布出谋划策。

吕布不知道陈宫的计谋是好是差。

因为，他没采用。

一般说来，吕布这个人是不会采用别人的计谋的。

他只用自己的计谋。

不为别的，只因为他是吕布。

比如这一次，曹操带领大军杀气腾腾地杀回来了。陈宫献计说，打曹操，关键是要搞伏击。兖州城南的泰山，是个伏击的好地方。不如就在那里埋上几万精兵，让必经此地的曹军尝尝咱们的厉害。

吕布看他一眼，看得很轻蔑。

吕布以为，做男人，就要敢于亮剑。亮剑就要现身，要光明正大，不要鬼鬼祟祟。伏击地干活，不是男人地干活。你地明白？

陈宫不明白。

吕布就让他明白明白。他告诉陈宫，打曹操，就要打出咱们的浩然正气。我吕布是以什么闯荡江湖的？一个"勇"字。正所谓狭路相逢勇者胜。我就在兖州、濮阳二地摆开阵势，待其来攻……

陈宫狂吐不已。

他确确实实被吕布雷到了。为什么？这样一个外貌俊朗的帅哥，会犯教条主义的错误，会如此迷恋阵地战呢？

吕布进一步解释：兖州、濮阳二地互成鼎足之势，曹军攻兖州则濮阳扰之，曹军攻濮阳则兖州扰之。总之就是不能让它首尾相顾……

吕布说到这里，开始摇头晃脑——他是真真正正陶醉其中了。

陈宫只得无语。

在这个世界上，他见过自恋的人，却没见过为自恋寻找理由和进行理论分析的人。

吕布算一个。

这样的发现让他心寒。因为陈宫仿佛见到了另一个曹操站在他面前——都是自恋狂啊！相信自己，迷恋自己，一点都不信任别人。

这个世界究竟怎么了？陈宫无语问苍天。

泰山是世界上最险峻的山。

但是郭嘉却以为，比泰山更险峻的，是人心。

站在泰山险道的入口，郭嘉首鼠两端，不敢向前。

他害怕吕布设伏。害怕曹军有进无出。

曹操却不怕。

曹操不是不怕伏击，而是不怕吕布。

因为吕布有勇无谋。

曹操以为，凭吕布的智商，肯定想不出如此计谋。

郭嘉却不以为然。

不错，吕布是有可能想不出如此计谋。但他手下的谋士呢？所以不可不防啊……

吕布手下无谋士。因为，他就是自己的谋士。

曹操语出惊人。

郭嘉顿时明白。是啊，吕布手下无谋士。对于一个极度自负的人来说，再多的谋士也是聋子的耳朵——摆设。

郭嘉放心地跟随曹操，驱马向前。

几十万大军也心无旁骛地跟随曹操，驱马向前。目标是兖州、濮阳二地。

果然，他们一路未遇抵抗和伏击。到了濮阳城下，好运还在等待着他们——吕布拒绝了陈宫"趁曹军立足未稳，攻其不备"的建议，大大方方地给了曹军安营扎寨的时间。这简直让曹军喜出望外——

吕布真男人也！

不错，吕布是真男人。因为他不仅在战略上藐视敌人，在战术上也藐视敌人。豪迈的他期待着和曹操的终极 PK。

总之，吕布就是要让世人知道，他吕布是如何在千军万马中轻取曹操脑袋的，就像当年他划了个优美的弧线轻取董卓脑袋一样，现在的他万事俱备只欠东风了。

只欠曹军来攻。

孤独者陈宫

PK 开始了。

结果是——吕布胜。

事实上这样的结果并不出人意料。因为这场 PK 并非曹吕双方兵力的大角逐,而仅仅是几个高层将领在切磋武功。

濮阳城下。针锋相对。

吕布 PK 夏侯惇。

张辽 PK 乐进。

毫无疑问,这场小规模战争的胜利进一步提升了吕布的自信心。他期待着接下来和曹操在马上面对面比试武功。

曹操当然不会和他比试武功。

因为,曹操认为自己不是武夫。

这样的时代,武功不重要,重要的是计谋。

倾人之城、倾人之国的计谋。

于禁献计了,在曹操最需要的时候。

于禁的计谋说起来就四个字——击敌软肋。

他把目光瞄向了西寨。

西寨在濮阳之西,是吕布的驻防要地。但吕布并没有驻防它,或者说没有正儿八经驻防它。

吕布的思路是,集重兵于濮阳城,以求予曹操倾力一击。

所以西寨之兵便是老弱之兵,基本上没什么战斗力。

于禁要的就是基本上没什么战斗力——这样一来,一场胜利将唾手可得——现在的曹军太需要胜利来鼓舞士气了,哪怕是微不足道的胜利。

而现在的吕军也太需要一场失败来挫其士气了,哪怕是微不足道的失败。

曹操从了于禁。

在曹操看来，这是个人不知鬼不觉的计谋。只要吕布不重视西寨的话。

陈宫重视了西寨。

在曹军败了一仗之后。

在吕军士气高涨之时。

表面上看一片的欢乐祥和。

但是陈宫却感到了一丝不安。

他不相信曹操会就此罢手。都说失败是胜利之母，那反过来是不是也成立呢——胜利是失败之父。

现在这样的感觉在陈宫心头萦绕不去。不错，吕军是胜利了一把，各寨都欢欣鼓舞，喝上了庆功酒，相反曹营却是一片静悄悄。他们在干什么？

陈宫觉得，这是致命的静悄悄。

致吕布的命，也致他陈宫的命。毕竟他们俩现在是利益共同体了，是利益攸关者。

所以，不可不防。

防曹军的偷袭。

当然，如果利用曹军的偷袭将计就计再胜它一把，这毫无疑问更是一件爽歪歪的事情。

但问题的关键是，曹军会偷袭哪里？

濮阳城虽然欢欣鼓舞却也是戒备森严，曹军倘若偷袭，胜算不大。

现如今，对曹操来说，胜算不大的战争都将是不存在的战争。

他可以受得了，他的面子受不了。

所以应该是那个——西寨。

肯定、绝对、完全、彻底、毫无疑问是那个——西寨。

空虚的西寨。

鸡肋的西寨。

对吕布来说可有可无的西寨。

对曹操来说志在必得的西寨。

陈宫激动了。为自己准确猜到了曹军的下一步举动而激动。

这样的激动好似无意间得知了偷奸者的地点，那是一种香艳刺激的成就感。

不过，陈宫很快就不激动了。只有孤独。

吕布鄙视了他的猜想。

吕布豪情万丈地说：他（曹操）今日输了一阵，如何敢来？

陈宫心如死水。

孤独得心如死水。

应该这样说，在这个世界上，孤独是有层次的。

一个人面壁而坐不叫孤独。因为有思想陪伴。

最大的孤独是思想不被认可的孤独。当一个人的思想无人喝彩时，这个人毫无疑问是个孤独者。

现在的陈宫就是个孤独者。

和上次一样，他的计谋再一次被吕布给否了。吕布继续豪情万丈地鄙视陈宫。

也鄙视曹操。

然而这一次，注定和上次不一样。

陈宫发狠了。

陈宫第一次尝试着要改变什么。因为只有改变，才能体现他的生存价值。

最重要的是，只有改变眼前的一个个小问题，才能最终改变他的命运。

现如今，陈宫迈出了第一步。他不再选择逃避。如果说他当年逃避了曹操的话，现在的他决不逃避吕布。

他要影响吕布，进而影响这个世界，并进而影响自己的人生。

陈宫要和吕布打一个赌。

赌注是——彼此的性命。

有些深情　有些绝望

吕布赌了。

吕布其实是不屑与他人赌什么东西的，性命除外。

以性命做赌注，这是吕布开赌的条件。因为人生在世，其他都是身外之物，都是可以失而复得的，唯独性命不可以。

所以吕布喜欢以性命做赌。

这一回，吕布和陈宫赌的是——西寨会不会被袭。

陈宫赌会，吕布赌不会。输者将人头落地。

陈宫一声轻叹。

为吕布即将不保的人头。

吕布也一声轻叹。

为陈宫即将不保的人头。

这两个自信的男人把身家性命押上，要看上帝的骰子这一回究竟投向哪一边。

吕布输了。

曹操偷袭了。

曹操差点为他的偷袭付出代价——由于陈宫的坚持，西寨事先做了重兵布防。如果没有典韦、夏侯惇拼力厮杀的话，曹操的人头将铁定落地。

所幸，他保住了。

但是，吕布的人头却要落地了。

这叫愿赌服输。

吕布再次轻叹。这次是为自己，为自己的看走眼。

当然也是为陈宫，为陈宫惊人的预见力。

好在，吕布的人头最终没有落地。

因为陈宫。

陈宫的一双手。

陈宫的一双手死死握住吕布砍向自己头颅的方天画戟，握得那叫一个撕心裂肺、血流如注：吕公，我要你的头颅干什么！我只要你好好地打败曹操。赌博之说，戏言耳！

吕布却是不依不饶，一副不把自己的头颅砍下来决不罢休的神情。

陈宫松手了：那你砍吧，砍完之后我再用它砍自己。

吕布却也松手。

不是胆怯，而是被陈宫说话时的表情给震撼了。

那是怎样的一副表情啊。

有些深情。有些绝望。

这两种截然不同的表情出现在陈宫脸上，天衣无缝，和谐共处。

吕布要找一个答案。为陈宫奇怪的表情。

也为陈宫奇怪的回答。

陈宫说砍向自己。他为什么要砍向自己？他是一个胜者啊，胜者为什么要追随败者而去呢？

吕布不明白。

他想弄明白。否则的话，死不瞑目。

杀曹，这是你的愿望，也是我的夙愿。我跟曹操，有一段伤心往事。

陈宫黯然神伤。

吕布很快就知道了陈宫和曹操那段不得不说的故事。故事的确是伤心的。伤了陈宫的心。

也伤了吕布的心。

吕布这才知道，原来在这个世界上，赌赢一个人有时候并不是目的，而是手段。

甚至赌赢一个人最重要的收获不是赌注，而是输者的心。

陈宫就是要收获吕布之心。他要让吕布知道，在这个世界上，一个人的豪迈不在于他的自信，而在于他的包容。

心有多包容，世界就有多大。而豪迈，没有广袤的世界做台阶，是豪不起来也迈不起来的。

吕布决定信陈宫一把，和他再次做一个交易，看他下次破曹的计谋灵不灵。

不错，这一回，陈宫是胜了他吕布一把。吕布也真心实意地愿赌服输，愿意贡献出自己的头颅。可既然陈宫先生别有所图，那双方不妨再合作一把，看能不能破曹。吕布向陈宫保证，下次一定兼听则明，依陈宫之谋行事。

陈宫则心情复杂，亦喜亦哀。喜的是，曾经顽石一块的吕布终于有所改观，愿意听听他人的意见了；哀的是，这样的改观是建立在吕布险些落地的脑袋基础上的，是吕布对他宽宥自己的酬谢，很有只此一回，下不为例的意思。

所以陈宫必须保证，他接下来的计谋要马到成功，要毕其功于一役。毕竟一个人的头颅是不可以反复做注的。当陈宫计谋一旦不灵时，吕布很有可能还是原来那个吕布。

一切的一切将回到老路上去。

这是陈宫不愿意看到的。

陈宫献计了。

这一回的计谋看上去很美，因为——吕布都信服不已。

这两个有着共同愿景的男人在依计行事后虔诚地相信：曹操的失败已是呼之欲出，他们眼前需要的，只是静静地等待。

也多疑　也冒险

濮阳城里静悄悄。

没有人知道为什么会静悄悄。

只有曹操知道。

中计了。

不错，街上是空无一人，但不代表城中空无一人。曹操知道，吕布狡猾狡猾地，他和他的大部队一定躲在城内隐蔽处，随时准备杀出来关门打狗。

总之，现在的濮阳不是曹操的濮阳，而是吕布的濮阳。虽然曹操人在城内，但在这个世界上，一个人身处现场有时并不意味着他就是现场的主人，而有可能是现场的奴隶。

曹操一声轻叹。为自己的不智。

事实上他是可以摆脱眼前困境的，如果不轻信那个姓田的城中首富花言巧语的话。

一天之前，濮阳城田首富突然派人给曹操送来密信，告诉他吕布已经移防黎阳，现在的濮阳城是一片空虚。而他田首富的心里也是一片空虚，因为吕布将他压迫得太狠了——哪里有压迫，哪里就有反抗。田首富今天决定反抗，要联合曹操反抗吕布！田首富答应做曹操攻城时的内应，一举拿下濮阳城……

曹操没有轻信。起码在刚开始的时候。

因为他是个多疑的人。即便不是个多疑的人，曹操也要对这样一个陌生人的来信打一个问号。

不过很快，曹操又审慎地相信了田首富。

因为曹操不仅是个多疑的人，同时也是个冒险的人。在一个疑似陷阱面前，曹操往往看到的又是机会。

万一是机会呢？万一田首富真是个好同志呢？如此千载难逢的机会不

可错过。

于是多疑而又冒险的曹操在这个疑似机会面前首鼠两端，不知该如何进退。

谋士刘晔圆满地解决了这个问题。

刘晔的解决方案是既把田首富反水看作机会，又把它看作陷阱。那就是部队可以进城，但要分两步走。三分之一的曹军先进去，另外三分之二在城外待命，以作机动——刘晔甚至猜到这很有可能是陈宫之谋，所以他认为防备是必要的。

曹操也认为防备是必要的，但进攻更是重要的。为了体现进攻的重要性，曹操不顾李典的劝阻，身先士卒地和进城部队站在一起，以鼓舞士气。

就这样，曹操和他的先头部队来到了城中，来到了一片静悄悄。

历史的现场就是这样机锋处处——曹操阴错阳差地被吕布请入彀中了。

准确地说他是被陈宫请入彀中了。因为策划田首富伪反水正是陈宫之计。陈宫之所以如此设计，原因只有一个。

他了解曹操。比曹操自己还了解曹操。这个号称以天下人为敌的人事实上最大的敌人不是天下人，而是他自己。

不错，在我们这个世界上，很多人最大的敌人都是自己。无法超越自己、突破自己。曹操尤甚。

曹操的审慎最终败于冒险。他的机会也最终掉入陷阱。尽管曹操此时还有三分之二的主力部队在城外机动，但他们再也不可能机动到城内了。

吕布关门打狗了。

历史的现场一片哀号，令人惨不忍闻。

好在曹操不是狗。他注定会逃离历史的现场。

典韦救了他。

典韦总是在历史的关键时刻打捞出曹操。他是曹操的大救星。所以很多年后曹操才有"痛哭典韦之死"的举动。

吕布则再次豪迈，为自己痛打曹操而快意非常。

可惜快意之后是伤感。毕竟是陈宫之谋啊。陈宫之谋的再次灵验让吕布神为之伤——难道这个世界上真的存在智商远超于他的人？吕布心情复杂，悲喜交加。

曹操则不甘心于自己的失败。

事实上曹操的一生就是不甘心于自己失败的一生。

和这个世界上许许多多的成功人士一样，曹操最后的成功不在于他的智商比敌手高，也不在于他的手下多谋臣武将，而只在于，他比常人更多一份忍耐。

忍耐无休无止的失败，相信胜利就在下一次。

这一次从吕布手下逃生后，曹操没有听从郭嘉的建议退兵，而是选择了——进兵。

因为曹操觉得，吕布该败一次了。如果说曹操此番城战是败在自己性格缺陷上的话，那么吕布为什么不可以呢？

须知，吕布的性格缺陷也很明显——和他曹操一样，吕布也是极度自信的人。

虽说，这一次吕布听了陈宫之谋取得了抗曹以来的阶段性胜利，但下一次呢？下一次还会听吗？

曹操赌——不会。

曹操之所以如此下注是因为他惊骇地发现——吕布这小子跟他太像了。都是相信自己，不相信世界之人。

而如此自信的性格，是注定要遭到世界报复的。曹操已经尝到被报复的滋味了，接下来，怎么着也该轮到吕布。曹操于是精心设计，他要跟吕布斗，跟吕布的心理阴影斗，最终，跟自己斗。

因为说到底，他们是同一类人。

谁有先见之明

曹操死了。

死于濮阳之战后的火伤。

这是吕布得到的一个消息。

吕布相信这个消息。因为他亲眼所见，曹操在城中战败仓皇逃窜时，身上是着火了。

何止身上着火了，连曹操骑的马都着火了。马尾巴熊熊燃烧，预示着一个鲜活生命的行将结束。这鲜活生命可能是马，更可能是马主人——曹操。

吕布觉得，属于他的时代，到了。

陈宫不相信曹操死了。

因为曹操的死讯太张扬，搞得路人皆知。

陈宫以为，像曹操这样的人物，他如果真的死了，一定是静悄悄的。就像这个世界上的很多大人物一样，生前越张扬，死后越寂寞。成反比。

只是这一回，陈宫的判断无人喝彩——吕布坚定地相信自己的判断。他像维护自己的生命一样维护他的判断，令陈宫无可奈何。

到最后，陈宫终于明白，自己再纠缠于这个问题是不智的。因为在他与吕布激烈的争论中，曹操死没死并不重要，重要的是谁的判断是准确的。或者说谁有先见之明。

毫无疑问，吕布是如饥似渴地需要这个先见之明。他以某种张牙舞爪的姿势告诉陈宫——曹操绝对死翘翘了！！！

陈宫决定让步。

但很快，陈宫就后悔了。

因为这是致命的让步——吕布采取行动了。

在确信曹操已死后，吕布宜将剩勇追穷寇，带兵攻打曹营。

马陵山上，曹营一片静悄悄，就像濮阳城曾经的静悄悄一样，吕布终于尝到了轮回的滋味。

他回来了。

是逃回来的。

伤痕累累地逃回来的，一脸尴尬地出现在陈宫面前。

陈宫什么都没说。他不问也知道，曹操一定还活着。

像他这样的人，其实知道这样一个道理：有些世事，不看就知道已经发生了。但吕布不一样，吕布是要跑过去亲眼看一看于他而言危险之至的那些世事，顺便感慨"为什么受伤的总是我"。

这是两个人的不同。

但他们继续在一起。因为他们无处可去。

他们表面上相依为命，同仇敌忾。看上去谁也离不开谁。

但他们心里知道，彼此之间有多别扭。就像这个世界上很多貌合神离的夫妻一样，在一个屋檐下暧昧地生存。婚姻的外壳是存在的，但痛苦也是一眼望不到头的。

当然了，在陈宫心里，他还是给自己划了一条底线：什么时候曹操真正死翘翘了，他什么时候离开吕布。

应该说曹吕之战打到现在算是互有胜负。

如果以棋做比,那叫平局了。

但是这俩人之间的战争是一定要分出胜负的。

没有别的原因,只因为他们都是心高气傲之人。

好在蝗虫来了。蝗虫不以曹吕的意志为转移说来就来了。曹操和吕布不由得心慌慌。虽然说在这个世界上,他们不怕任何人,但老天还是要害怕的。毕竟不怕老天,报应就在眼前——蝗虫来了,粮食歉收,没吃的了。

于是只得罢战,各回各所,开始了混战年代难得的休养生息时光。

有人休养生息,就有人吃不好睡不好。

陶谦。

陶谦巴不得曹操天天打仗,年年打仗,一辈子都在打仗,只要被打的那个人不是他。

不是徐州。

现如今曹操和吕布不打了,休养生息了,陶谦就觉得头皮发麻。冬天来了,春天还会远吗?来年开春,杀父之仇未报的曹操肯定会卷土重来,再拿徐州来开刀的。

徐州,还会再次安然无恙吗?已经是63岁老人的陶谦忧心忡忡。他打心眼里觉得,把徐州托付给刘备是万全之策。可现在问题的关键是刘备打死他也不要徐州。刘某人如此这般的态度毫无疑问让陶谦死不瞑目。

陶谦也的确快死了。每天被这个无解的问题折磨着,他茶饭不思,日见憔悴。陶谦急切地想再见刘备一面,然后把徐州托付给他。如果说此前两让徐州不成功的话,那三让徐州会成功吗?

陶谦心中没底。

刘备的徐州

刘备来了。

从小沛匆匆赶来了。

不是来接管徐州的,而是来看陶谦的。因为陶谦快死了。

一个人快死的时候总有遗言。陶谦的遗言就是让刘备把徐州掌管起来。这是陶谦最后的人间话语，也是刘备最后的机会。

　　不错，机会。

　　因为在此之前刘备的两次相让在外人眼里既可以说是真心不受徐州，也可以说是作秀。

　　只要陶谦不死，机会总会有的。而刘备的每一次相让，毫无疑问都是在给自己加分。

　　他所做的一切努力是不是为了那个最后的机会？很有可能啊。

　　但——这一次的情况却是截然不同。

　　陶谦真的快死了。

　　机会真的只有一次了。

　　刘备怎么选择呢？

　　刘备还是选择了将机会轻轻推开。他对陶谦说，徐州城留给你的两个儿子吧，这个城池理所当然是他们的。

　　陶谦不由得落泪了。

　　为刘备最后的选择。这样的选择让他放心——看来，这个人真的不是在作秀。

　　即便是作秀，也无关紧要。因为，一个把秀做到最后一刻的人，他自己也会分不清是作秀还是真心实意。

　　秀到极致就是返璞归真，就像繁华看尽归于平淡一样，重要的不是过程，而是结果。

　　陶谦死了。

　　以手指心地死了。

　　没有人明白他临死前以手指心是什么意思。不过刘备明白。

　　刘备明白陶谦指的既是自己的心也是他的心。

　　这叫以心托心。

　　但刘备不准备去托陶谦的心。

　　还是为了那个"义"，那个江湖名声。

　　如果说在这个世界上，有些东西一开始就不是你的话，那到最后也不可能是你的。中年男人刘备站在空荡荡的徐州城内，心情复杂，感慨万千。

　　他知道自己要什么，不要什么。

　　却又不知道自己要什么，不要什么。

　　事实上他别无选择。

但是徐州人民有选择。

他们选择了刘备。

他们选择刘备的方式很特别：跪请刘备保护他们。

徐州的驻防部队也选择了刘备。

他们选择刘备的方式也很特别：跪请刘备接受城防大印。

刘备潸然泪下——人世间的事看来真是"不争是争"。他处处躲着徐州，徐州却千方百计地爱上了他。这一切其实都源于那个"义"，那个江湖名声啊。

刘备只得接受它。接受徐州。

毕竟一切都水到渠成了。一切都瓜熟蒂落了。如果说原来要了徐州会玷污自己的那个"义"，那个江湖名声的话，那么现在不会了。

因为他是被迫的。

他确实已经做到仁至义尽了。刘备在这一瞬间突然感受到这个"义"字的重量。一个"义"字，原来重到可以压垮一座城池的。这样的发现让他震撼不已。

曹操也震撼不已。

为刘备不费半箭之功白得徐州。

曹操一向以为，在这个世界上，要想得到什么东西，必须自己动手去抢，而不能靠他人赏赐。抢来的东西远比赏来的东西来得可靠。这是他的一个人生经验。

为了向刘备传达他的这个人生经验，曹操再次蠢蠢欲动。

他要出兵了。

目标是徐州。

兵没出成。

荀彧拦住了他。

因为荀彧感受到了某种危险的迫近，尽管曹操毫无知觉。

这个曹操帐下的首席谋臣一度被曹操称为"吾之子房"，可见是足智多谋之人。

当然，群众的眼睛也是雪亮的。《三国志·魏书·荀彧传》记载：南阳名士何颙见到荀彧后，大为惊异，称其为"王佐才也"。

一句话，荀彧是个谋士。

大谋士。

作为大谋士的一个特征是荀彧的眼睛。

他的眼睛很特别。特别在看问题的角度上。

荀彧看问题不像一般人，只看到正面。

一般来说，荀彧看问题是不看正面的。他只看侧面与后面。

这叫见常人之所未见。

那么这一次荀彧看到了什么呢？毫无疑问，他没有看到刘备，也没有看到徐州。在他眼里，他们都是问题的正面，不值得一看。

荀彧看到的是兖州。

还有吕布。

他们才是问题的侧面与后面。

曹军一旦再征徐州，兖州必定有失。因为吕布亡曹之心不死。所以兖州一定要留兵。留兵多少合适？留兵多则徐州攻不下，留兵少则兖州有失。这个问题一旦处理不好，到时候徐州未得，兖州又失，是谓彷徨失措。

当然还有一种可能是兖州没了，徐州攻下来了，但这种可能性基本为零。因为现在的徐州不是陶谦的徐州，而是刘备的徐州。是民心可用的徐州，是士气可用的徐州。总之，是铜墙铁壁的徐州。这样的徐州，能攻下来？即便能攻下来，是否可以守得住？这一切都是大问题。

曹操胆战心惊了。

为荀彧的这一番见解。

他不得不绝望地发现，在这个世界上，确实有不必自己动手去抢而白得的东西，而这竟然是刘备装 B 后的一个胜利成果，曹操心里真真不服气。此时此刻，他极度渴望发泄，渴望为集结起来的部队寻找一个突破口。

那么，曹操能如愿以偿吗？

曹操的底线问题

突破口依然是吕布。

只能是吕布。

因为打吕布没有后顾之忧——刘备这样一个小心谨慎之人。现在是只求自保，哪还有攻人之心。

的确，大多数情况下，仁慈之人进攻欲望不强。不管什么东西，一定要他人送到他手上为止。即便这样，到手的东西也要一推二推三推，实在是推无可推再半推半就地收下。

这是仁慈之人的一个特点。

刘备就是这样。

他不敢突破自己。

原因很简单——一旦突破自己，他就不是刘备了。在依靠一颗仁慈之心得到一些东西时，他注定要失去另一些东西。

比如勇气。

比如冒险。

比如先破后立。

对于这些失去，刘备安之若素。

曹操算准了刘备的安之若素，所以他向濮阳进发了。

这一次，他一定要拿下吕布。只有拿下吕布，才能拿下刘备。这是一个正确的进攻秩序。

因为吕布和刘备，是两个不同性格类型的人。一个是豺狼，一个是兔子。不与豺狼争食，而直接将豺狼当食物，曹操的人生，可谓凶悍无比。

吕布也凶悍无比。

他站出来了。

独自站在濮阳城外，迎接曹操的千军万马。

不错，吕布也是这样的人，自信人生二百年，中流击水三千里。谁怕谁啊！

陈宫却还是怕怕。

不是怕曹操，而是怕吕布。

因为他绝望地发现，在经过短暂的谦虚谨慎之后，吕布同志又开始骄傲自满了。谁的青春有我狂。帅哥吕布当风而立，睥睨曹操的千军万马。

也睥睨陈宫的苦口婆心。

陈宫一向以为，打赢一个人是容易的，打赢一支军队是很难的。不错，在一对一的较量中，吕布是不输曹营中的任何一个人。但吕布一个人打得过一支军队吗？

打赢一支军队，武功是最靠不住的。

计谋也不大靠得住，因为曹军中多计谋之士。

靠得住的是大局观和气度。

只有依靠大局观和气度取得的胜利才是完全彻底的胜利。

吕布有大局观吗？吕布有气度吗？

没有。

所以陈宫对吕布苦口婆心，希望他不要做一个勇士，要做一个统帅，做一个有大局观和气度的统帅，做一支军队的灵魂人物。

吕布却依旧要做勇士。

因为吕布觉得，只有先做好勇士，才能做好统帅——要在气势上压倒敌人嘛，要身先士卒嘛。仗是怎么打出来的，不是靠耍嘴皮子耍出来的，而是靠人头落地砍出来的。

当然，从另外一个层面上说，吕布的生存价值就是做勇士。和陈宫比计谋吗？那是以己之短比人之长。所以，只能比武功。吕布要以自己的绝世武功豪迈地告诉陈宫——

在这个世界上，武功有时候比计谋更重要。因为武功里有计谋，武功其实就是最大的计谋。

但是，意外发生了。

曹军里来了个陌生的对手。

许褚。

许褚是新近加盟曹操的一个勇士。和吕布一样，他的生存价值也是做勇士。

他们打了个平手。

吕布觉得不可思议。因为在此之前，他没有遇到过和他打成平手的对手。

许褚也觉得不可思议。和吕布一样，在此之前他也没有遇到过和他打成平手的对手。

两个人打不下去了。

打不下去的原因是收不了场。虽然说世上什么事情都可以收得了场，但此仗例外。

例外在他们的观念上。在这两个武功盖世之人的头脑里，格斗的结果无非只有两个：胜利和失败。

如果不能胜利，他们或许可以接受失败，但绝对接受不了平局。他们以为，所谓的平局就是人世间竟然存在着另一个武功和自己一模一样的人，这样的发现让他们气馁。

必须死去一个——他们只追求独一无二。

却又不能死去一个,因为俩人谁也奈何不了对方。

这是平局的意义之所在。

就这样,在尴尬的平局当中,两个孤傲之人徒劳地攻击对手却毫无结果,这样的感觉于他们而言简直是生不如死。

曹操出手了。

他要打破平局。

作为打破平局的一个重要举措,曹操让典韦等五员大将上场,他们和许褚围成一个圈子,六打一,一定要让吕布死翘翘。

吕布的眼睛睁大了:不会吧,老大,这也太无耻了。拜托,做人有点底线好不好?

曹操笑了。

他是不会给吕布底线的。因为他不是刘备,他是曹操。既然天上不会掉下个徐州城给他,他干吗要有底线?

一切为了胜利,而胜利者是不受谴责的。

此时的曹操两眼圆睁,要看一场胜利是如何在他手上实现的。

选择性失明

吕布只得逃了。

世上事往往是这样,有底线的打不过没底线的。因为后者无所不用其极。

但吕布却逃不回城里。

濮阳城城门紧闭。城头,站着一脸坚毅的田首富。

田首富原本打算给吕布开门的,条件是他战胜对手。

上一次,吕布就战胜了对手,所以,田首富给他开门了——田首富总是这样,给胜利者开门。因为他不想失去自己巨大的财富。

当然了,濮阳城可以失去。毕竟这座城池不是自己的。事实上,这座城池也不是任何一个人的,古往今来,濮阳城头坐过多少主人啊,他们都走了，唯独城池还在。

所以田首富对濮阳城不感兴趣，只对自己的财富感兴趣。当然，他也明白，很多人都对他的财富感兴趣。比如吕布。

比如曹操。

田首富不能剥夺他们对他财富的兴趣。他唯一能做的，就是讨好他们，以阻挡他们对其财富的兴趣。

接下来，他要讨好的这个人是——曹操。在田首富看来，曹操的破城已是指日可待。

不，指时可待。

因为曹操无所不用其极。

田首富对无所不用其极的人比较敬佩——他自己就是这么走过来的。

所以，这个黄昏，注定不属于吕布，属于曹操。

所以，在濮阳城头，唯一有资格坐下来和曹操把酒临风的是田首富而不是别的什么人。

因为田首富于曹操，功莫大焉。

他把城门打开了。

曹操却不想与田首富把酒临风。他只想把他咔嚓了。

曹操不喜欢反复无常的小人。

在先前，田首富帮助吕布设计请君入瓮，紧接着又关门打狗，让曹操印象极为深刻——

和恶劣。

现如今，田首富先是紧闭城门，赶跑了吕布，又大开城门，请曹操入城。曹操不知道，哪一个田首富才是真实的田首富。

郭嘉却以为，两个田首富都真实，因为他们都属于一个田首富。

跟着欲望走的田首富。

在这个世界上，确实有一种人，一生只跟欲望走。欲望的方向就是人生的方向。所以他们的一生没有朋友，没有是非，没有底线。虽然有时候高朋满座，四周都是他称之为朋友的人，但他心里知道，这些人并不是自己的朋友。虽然有时候坚持底线，一副不成功便成仁的样子，可随便给点压力，底线马上就断了⋯⋯

一生只跟欲望走的人目标明确，表情坚毅，顺我者昌逆我者亡，杀伐决断，冷酷无情，口蜜腹剑，首鼠两端，多疑而偏执，谨慎而冒险。用得着人时恨不得当人的孙子，用不着人时恨不得杀之而后快，是真正的以天下人为敌啊……

曹操听得目瞪口呆。

因为他觉得郭嘉不是在讲田首富，而是在讲他曹操。"多疑而偏执，谨慎而冒险。用得着人时恨不得当人的孙子，用不着人时恨不得杀之而后快，是真正的以天下人为敌啊……"这不正是他曹某人吗？

郭嘉也讲得目瞪口呆。他不知道自己什么时候把田首富变成了曹操。但他知道，曹操是不会杀田首富了。因为他们两个人在某种意义上说，就是一个人。

作为一个人是不可能随随便便杀死自己的。哪怕他是一个反复无常的人。

毕竟，反复无常的人也可以爱憎分明的，反复无常的人可以像很多正义感强的人那样，从心底里憎恨那些反复无常的小人，尽管他本身就是这样的人。

如果用一个术语来形容此种现象的话，没有比以下五个字更合适的了。

选择性失明。

吕布逃到了定陶。

跟随他一路走来的，依旧是那个如影随形的陈宫。

在濮阳城破之时，陈宫的确想过是否就此离开吕布的。但很快，他就否决了这个想法。

因为以天下之大，要想找到与曹操为敌的人，还真是非吕布莫属。

不错，刘备也可以与曹操为敌，但在陈宫眼里，刘备太过懦弱。

有时候，一个人仁慈到极点就成了懦弱。仁慈，到最后竟也会成为仁者的包袱。陈宫很难想象，刘备会独自一人站在濮阳城前唱大风歌与曹操PK。这样的事情，只有吕布才干得出来。

所以，陈宫注定了在接下来的岁月里要跟着吕布去奔波。目的只有一个，要了那个负心人曹操的性命。

当年舍弃了前途跟那个人去流浪；现在拼却了余生去索他的卿卿性命。陈宫明白，这，就是自己的宿命。

一个前县令在如此乱世中的——宿命。

总以为还有下一个

定陶有山。

山中有林。

林中有什么？

没人知道。

陈宫以为，林中什么都没有，因为林就是林，不可能变成别的什么。

吕布却以为，林中有伏兵。因为曹操追过来了，他的伏兵一定埋在此处，等他上钩。

吕布决定上钩。他要将计就计，火烧曹操埋下的这个大钩。

陈宫劝阻——在没有证据证明林中确有伏兵的情况下贸然出击，结果肯定只有一个。

死翘翘。

吕布当然不会听他的劝阻。

因为——疑心。

一个疑心之人不可能听任何人的劝阻，他只听自己劝阻。

吕布偏执地相信，曹操的伏兵正神不知鬼不觉地在林中布下天罗地网，如此天机，却又偏偏被他看破，那份孤独，真是难与人言啊，哈哈。

他决定孤身走我路，让事实雄辩地证明，他的选择是正确的。

吕布带兵出击了。带着火把，冲进林中。

他要火烧天罗地网。

事实终于雄辩地证明，他的选择是错误的。

林中空无一人。

曹操没有在此设下伏兵，而是林外设下伏兵。林外的一条长堤下，埋伏着曹操的千军万马。

此刻，他们冲了出来，就像吕布冲进林中一样，他们也冲进了林中。

屠杀开始了。

曹操之所以能准确地猜到吕布会对这片树林感兴趣是因为他是疑心之人。

疑心之人对任何东西都怀疑，比如这片树林。

这片树林为什么会出现在定陶边上，更要命的是它为什么长得如此茂盛，以至于成为设伏的好地方？曹操知道吕布一定会这样想，就像他自己也情不自禁地这样想一样。

也许这就是心魔吧。

心魔应该是这个世界上最可怕的东西，特别是心疑之人的心魔。

正常人有了心魔，定力强的自己可以驱逐，定力弱的在他人的帮助和指点下也可以驱逐，但是心疑之人就不一样了。

心疑之人有了心魔之后结果只有一个。

走火入魔。

他必定会钻进死胡同里走不出来，所谓不撞南墙不回头。

曹操知道，吕布就是这样的人。

他喜欢这样的人，因为可以利用他。

曹操这次就利用了。他事先派人在林中遍插旗帜，旗帜的一角隐隐约约露在外头，使之看上去很伏兵，很阴谋。

他知道，吕布一定会注意到这些细节的。

细节决定成败。

但成败也毁于细节。

这一次曹吕两人终于以自己的所作所为很好地诠释了这两句话。

诠释得那叫一个一塌糊涂，和酣畅淋漓。

吕布只得再次逃了。

这片看上去很伏兵、很阴谋的林地成了他人生的又一个滑铁卢。

吕布的人生经常是这样，从上一个滑铁卢滑下下一个滑铁卢。

但问题的关键是吕布同志从不气馁，相信明天会更好。

生命不熄，滑铁卢不止。

不过这一次，麻烦是前所未有的——他没地方可去了。

他的人生没有了滑铁卢。

曾经，吕布以为，天下无家，那就以天下为家。总有一处会收留自己的——从袁术到袁绍，从张扬到张邈；从兖州到濮阳，再从濮阳到定陶，吕布的人生就这样走过了一个又一个人，一座又一座城池。他总以为还有"下一个"。"下一个"源源不绝。"下一个"构成他全部的人生。

他很难设想,没有了"下一个",他的人生该何去何从。

吕布就这样活在"下一个"的惯性里——就像我们中间的很多人,活着就是有地方可去,有一个可以接纳自己的地方。

只是现如今,这一切突然消失,惶恐也就油然而生。

吕布现在的心里,就很惶恐。

惶恐得不知道接下来该怎么办才好。

人这个动物太善变

陈宫建议去投袁绍,如果吕布一定要找一个人做靠山的话。

事实上他无法阻挡吕布去找靠山,因为他也是有靠山的人。他的靠山就是吕布。

在这个世界上,人其实分两种:有靠山的人;自己就是靠山的人。

如果自己不是靠山又没有一个靠山可以依靠的话,这个人注定活不下去。

吕布却对袁绍没什么好感。因为他俩之间有过节。

曾经,吕布是投过袁绍的。

曾经,吕布和袁绍是有过蜜月期的。

那还是二人联手共破张燕于常山时。吕布和袁绍都豪迈地以为——二人团结如一人,试看天下谁能敌。吕布尤其豪迈。吕布豪迈的一个重要标志是,他开始打人了。

打的是袁绍的部下。

吕布想以如此举动告诉袁绍手下的官兵们,他是袁绍心目中最重要的那个人——打了就打了,打了也白打,其奈我何?

打了不白打。

袁绍生气了。

袁绍要杀了吕布。没有人知道袁绍为何要做出如此冲动的选择,但是袁绍自己知道——这是个正确的选择。

不错,吕布只是打人而已。但他真的只是打人吗?错,他打的是一支部队的心，打的是袁绍手下几十万官兵的心。

现在，几十万官兵都在眼睁睁地看着袁绍如何处理此事。是要他们，还是要吕布，必须做一个非此即彼的选择。

袁绍选择了弟兄们。他要杀了吕布以温暖弟兄们的心。

吕布只得跑了。

吕布以为自己能跑得很远，这辈子不会再见袁绍，因为他的目标永远是"下一个"。但是没想到，"下一个"是——

袁绍。

终点又回到了起点。

陈宫言辞恳切地告诉吕布，个人恩怨不重要，重要的是有安身立命之所。现在我们需要的只是一个安身立命之所。

而袁绍那儿依旧是我们的首选。

因为安全。

吕布无语。

安全是他需要的，尊严更是他需要的。他不愿意用自己的热脸孔去贴袁绍的冷屁股。

陈宫淡笑，笑吕布又把人世间的谜语猜错了。

不错，以前袁绍是重手下轻吕布，但现在肯定不会了。

因为世易时移。兖州没了，吕布落败了，山东全境，现在都在曹操的控制下。

没人知道曹操下一步在想什么。

是拿下徐州，还是拿下他袁绍所据的冀州？

不妨这么说，这是个不确定的世界。不确定的世界需要朋友，而不是敌人，所以吕布用不着用自己的热脸孔去贴袁绍的冷屁股。如果有可能，还是让袁绍贴过来吧。

因为袁绍现在需要的，是充实自己，壮大自己。

陈宫猜得没错。

袁绍的确需要充实自己，壮大自己。

毕竟曹操起来了，风声鹤唳啊。所以这样的时刻对袁绍来说是招兵买马的时刻。

招兵买马的头一个目标是吕布——吕布是独一无二的。正所谓此一时也彼一时也。袁绍需要吕布，比任何时候都需要吕布，就像吕布需要他一样。

但是审配以为，吕布不可用。任何时候都不可用。

因为他是豺狼。

而豺狼是要咬人的。

审配是谋士。袁绍的谋士。在三国著名谋士当中，他占有一席之地。

审配之所以能成为著名谋士，原因只有一条。

识人。

世界上的人很多，但很多人不能识人。因为识人实在是一件太过艰巨的事情。

原因在于，人这个动物太善变。不仅善变，还善于伪装自己。

有时候被他人骗，有时候自己骗自己；有时候良心发现，有时候把良心放两旁，把"利"字摆中间。

所以，人要认识自己很难。而要认识他人更难——连自己都认不清，怎么辨识别人？

但审配不一样。

审配总是透过现象看本质。不管现象有多复杂，多么云里雾里。

更何况吕布一点都不复杂——他不伪装自己。

作为豺狼，吕布决不把自己装扮成狐狸。

所以审配看得清清楚楚，吕布是不可以笼络的。袁绍若帮他拿下兖州，那吕布的下一个目标绝对是冀州。在审配看来，袁绍这样做叫引狼入室。

不错，这样的时刻是招兵买马的时刻，但绝不是招豺引狼的时刻。审配建议袁绍帮助曹操，消灭吕布。

审配的这个建议在袁绍听来可谓石破天惊。帮一个豺狼打另一个豺狼？为什么？

审配呵呵一笑，抬起他满是沧桑的眼皮，无限感慨地说：世上的事情只能是这样，当你无力同时消灭两只狼时，帮一个豺狼打另一个豺狼是最好的选择。否则就有可能被两只狼联手吃掉。

袁绍笑了。

他决定听审配的，帮助曹操，消灭吕布。

但是一个致命的问题却在此时油然而生——

曹操会不会趁机入侵呢？世上再无吕布之后，曹操的下一个目标是他袁绍的话怎么办？

感恩就要报恩

审配以为，袁绍的担心是多余的。

不错，曹操是豺狼，但世界上的豺狼不尽相同。有些豺狼爱面子，有些豺狼不爱面子。

曹操是爱面子的豺狼。

极度爱面子的豺狼。

在这个江湖上，曹操可以没有底线，却不能没有面子。

他活在面子里。

而一个爱面子的人如果出兵的话讲究的是师出有名。

他为什么要打陶谦？因为要报杀父之仇。

他为什么要打吕布？因为吕布占了他的老窝。

他为什么要打袁绍？因为……没道理嘛。

更重要的一点还在于，吕布被灭后，曹操对徐州还余恨未消。还有心愿未了。

所以审配赌曹操不敢袭袁。

特别是袁绍出兵助他攻吕之后，曹操更不会抹下面子去打自己的同盟军，否则，他在江湖上还怎么混……

在这个意义上说，袁绍倘若出兵助曹，那他就是曹操的恩人。

那就可以赢得几年的战略机遇期。

袁绍点头，觉得审配的眼睛不是一般的毒，他看人是看到骨髓里去了。

吕布是在一个阳光灿烂的日子里知道袁绍出兵消息的。

五万精兵被颜良领着，浩浩荡荡地从冀州开拔，直奔兖州而去。

吕布不知道这对他来说意味着什么。因为接下来的可能性有两种：

袁军和曹军干起来了。

袁军和曹军喝起来了。

吕布当然希望是前者。但结果却是——后者。

吕布一声叹息。世事总是了无新意，袁绍看来还是要恨他一万年啊。

恨一个人，真的可以恨一万年吗？吕布开始为自己曾经的毒打袁绍部下而后悔了——因为，即便袁绍肯原谅自己，袁绍的那些部下也不会原谅自己。

他必须跑路了。

袁军和曹军喝得差不多了。吕布再不跑，这辈子就不用跑了。

陈宫带着他跑。

这样的时刻，陈宫能发挥的作用就是带着吕布跑路，以图将来。

如果还有将来的话。

刘备没想到吕布会来投奔他。

不仅是刘备，世人也都没想到，吕布——这个在乱世江湖上搅起滔天巨浪的人在穷途末路之后竟然无可奈何地选择了徐州，选择了刘备。

但很快，刘备就想明白了：虽然徐州和他刘备不一定能保护吕布，但以现在天下之大，又有哪个地方、哪个人物可以保护吕布呢？须知袁曹联军正准备磨刀霍霍向吕布杀去啊。

刘备决定收留吕布。

不为别的，就为吕布的曾经解徐州之围。

不错，虽然说在主观意图上，吕布曾经的袭击兖州并不是为了解围徐州，但在客观上确实起到了这个作用。所以刘备感恩。

感恩之后就要报恩，而在现在的情势下，对吕布来说最大的报恩就是希望刘备收留他。

不惜一切代价收留他。

糜竺觉得事态很严重。因为当前情势下，刘备倘若收留吕布，所要付出的代价不是一点点。

而是一切。

包括徐州。

包括徐州百姓的身家性命。

包括刘备他自己的身家性命。

因为曹操是要发飙的，注定要发飙的——刘备倘若收留吕布，这是和曹操对着干啊。曹操要新账老账一起算的。

糜竺不明白刘备为什么要做这样的选择。难道目的只有一个，仅仅为了保护吕布的人身安全？

他需要刘备给他一个解释。

不为别的，只为他糜竺是已故陶谦的老部下。他要给陶谦一个交代，给徐州一个交代，给徐州的父老乡亲一个交代。

第四章　徐州内外：出局者与入局者（吕布篇）

吕布的徐州？

刘备没法给他一个解释。

他不能对糜竺说，他要"义"字当头，不做对不起"义"字的事情。吕布对他有恩，对徐州有恩，那就要知恩图报。不然这个江湖上从此再无刘备。

虽说报恩之后事更多，可眼下这个世道，就是多事的世道。你想躲事，躲得过去吗？

就拿吕布这事来说，事实上收不收留他徐州都已大祸临头——曹操要报杀父之仇啊，他原本是要血洗徐州的，只是因为吕布端了他的老窝，他才不得已暂时退兵。现在时机成熟了，曹操当然要卷土重来……

所有这些刘备都不能说。

因为他无法回答糜竺一个最根本的问题：窝藏吕布，会不会加重曹操对徐州的仇恨？刘备这么做，是不是以徐州老百姓的身家性命来做赌注，以成全他"义"字当头的江湖名声？！

刘备知道，糜竺是一定会这么问的。

刘备也知道，他是一定无法回答的。

因为，在这个世界上，很多貌似简单的问题背后都隐藏着一个残酷的真相。

不可说。也说不得。

就像此时的刘备，顾小义则舍大义，顾此义则舍彼义，总之就是鱼和熊掌不可得兼。

这就是人生。人生就是鱼和熊掌不可得兼。

刘备那叫一个无可奈何。

糜竺没有这么问。

他没有机会了。

吕布来了。

不由分说地来了。

他的到来是不以任何人的意志为转移的。因为他是吕布。

惶惶如丧家之犬的吕布。

现在的他已是一无所有，其奈我何？

吕布大大咧咧地坐在徐州市政府刘备临时的办公室里，看上去顾盼自如，像极了这里的主人。

他的确是这里的主人。徐州城的主人。

只要他愿意。

因为此时刘备做出了一个出人意料的举动——他要把徐州城的牌印交到吕布手中，希望后者做徐州城的新主人。

在场的人愣住了。

糜竺愣住了。

张飞愣住了。

关羽愣住了。

与此同时，吕布也愣住了。

他不明白，世上还有这样傻的人。天上掉下一个大馅饼自己不吃，上赶着要送给别人。

送给他吕布？

吕布决定，要。

因为他现在缺的正是一个根据地。下一个是徐州？错！永远是徐州！

从此以后，徐州是我家。

但吕布到底不敢接下牌印。

因为两双眼睛。两双吃人的眼睛。

那是关羽、张飞对他怒目相向的眼睛。

这样的眼睛令他恐惧。

不错，他是可以吃掉送上门来的馅饼，与此同时他也会被吃掉。

被关羽、张飞吃掉。

吕布只得推托。

心有不甘地推托。

刘备却不容许他推托。

因为刘备要送出徐州。

如释重负地送出徐州。

的确，对刘备来说，送出徐州是一件如释重负的事情。

这些天来，他几乎被徐州城压垮了。或者说他一直以来孜孜以求的那个"义"字被徐州城压垮了。

自从"被迫"接受了徐州城的牌印之后,刘备的神情就一直比较恍惚。他疑心天下人对他的评价变了,他疑心自己这么多年来苦心经营的"义"字招牌要倒了。所以,他想找到一个机会,可以名正言顺地洗刷自己。

吕布的到来在他看来正是这样一个机会。

刘备觉得,把徐州送给吕布去经营有两大好处:一,证明了自己的清白;二,保卫了徐州城。

因为从此之后,徐州不再是刘备的徐州,而是吕布的徐州。对吕布来说,保卫徐州就是保卫自己的根据地,那是要豁出命去保卫的!

只是刘备的"一举两得"之举遭到了关羽、张飞的抵制。他们以吃人的眼神狠狠打击了吕布那颗蠢蠢欲动的心,令他到底不敢为所欲为。

刘备却在此时发怒了。

他怒关羽、张飞不懂事,不理解自己一颗孤独寂寞的心。于是在徐州市政府刘备临时的办公室里,吕布惊讶地发现,刘备发怒的样子原来也蛮可怕的。

更重要的发现还在于,关羽、张飞是怕这个刘大哥的!在刘备的怒目相向下,关羽、张飞闭上了对吕布怒目相向的眼睛。

这样的发现让吕布怦然心动——看来,刘备是真心实意要把徐州送给我啊,天赐不取,傻瓜+笨蛋。

他开始伸出手去,准备接下刘备递过来的牌印。

沉甸甸的徐州城牌印。

谁占便宜

陈宫看着那个牌印,说不出话来。

久久说不出话来。

事实上他眼中有牌印,心中没牌印。

心中有的只是心思。

不是自己的心思,而是刘备的心思。

陈宫试图看穿刘备的心思。

刘备真想送徐州吗？

没人知道。

只有刘备自己知道。

就像这个世界上的很多事情，结果只有一个，心思却各不相同。只有当事人的心思是唯一的正解。

陈宫可以做的，就是揣摩刘备的心思。

陈宫以为，刘备此时的心思是投石问路。

他害怕吕布到来，却又不能不接受吕布到来——一句话，刘备是为"仁"所累，为"义"所害。

而吕布是来做客人的？还是来做主人的？这是刘备迫切要知道的。

便有试送徐州之举，以试探吕布之心。

吕布的心也很快就被试探出来。陈宫看到，吕布的那双手已经伸出去了，贪婪地伸出去了，如果没有意外发生，徐州城马上就要易主。易主之后的徐州形势将发生如何微妙的变化，没人知道。

陈宫也不知道。

好在意外发生了。

陈宫咳嗽了。

恰到好处地咳嗽了。

这是影响历史进程的咳嗽。在此咳嗽声的暗示下，吕布收手了。

事后吕布想起来，觉得陈宫的分析不无道理。

自古以来强宾不压主，更何况主人本来就不弱：关羽、张飞能忍一时，就能忍一世吗？

最要命的问题还在于，刘备这人深不可测啊。送礼送得这么骇人听闻，这是送礼吗？这是要命啊！徐州送出去之后他倒成了寄人篱下之人，天底下的人怎么看他吕布，又怎么看一脸委屈状的刘备？

吕布悻悻然收手，不再做非分之想。

因为他觉得刘备，不是一般的狡猾。

接下来，麻烦却是不断的。

因为称谓。

吕布称呼刘备为"贤弟"。

这是在酒桌上，在刘备欢迎吕布的晚宴上。

刘备听了不以为意，就像他做了吕布一辈子"贤弟"一样，答应得那叫一个自然妥帖。

没有人知道他心里在想什么。刘备总是这样，把灿烂和诚恳留给世人，以换取世人对他"谦逊、仁慈"的评价。

这是代价。

而代价是不管当事人的心理感受的。

吕布笑了。看着这个比他年长却一脸嫩相的人被自己称弟，他颇有占了便宜的感觉。

但陈宫却感觉大事不好。因为这个世界上的事情往往是这样，占了便宜的人不是最后那个得到便宜的人。最后得到便宜的往往是表面上被占便宜的人。

这是乱世的一个辩证法。

吕布年轻，争强好胜。而争强好胜者绝没有好下场。陈宫心里一声轻叹：这徐州，看来是待不住了。

不是刘备不肯容人，而是另外有人——不肯容人。

献帝的痛苦

张飞。

张飞是很看重称呼的。因为没有称呼就没有他存在的价值。

为什么叫刘关张？这表明三个人捆成一起闯江湖来了。所以张飞以为，倘若有人藐视其中的任何一个，就等于同时藐视他们三个人。

我们都是纳了投名状的，我们都是喝了血酒的，我们三个人就是一个人。张飞的心里有一个声音在呼喊。

不仅心里呼喊，嘴上也在呼喊。

呼喊的结果是吕布的脸变色了。

青一阵白一阵。

因为张飞要和他单挑。所谓大战三百回合。

没有人知道此二人三百回合打下来结果会怎样。也许用不了三百回合——就像武侠书上写的那样，高手过招，一伸手必定躺下一个。

自己或对手。

吕布弃权了。

因为无论怎样的过招都没有任何意义。打赢了张飞又怎样？还有关羽。打赢了关羽又怎样？还有刘备。

而刘备是打不赢的——他是仁者，起码在世人的印象中他是仁者，那句话是怎么说的——仁者无敌。

吕布只得走了。

和陈宫一起走了。

他们接受刘备的安排，来到小沛暂时栖身，以避免和脾气暴躁的张飞发生进一步的冲突。

在小沛数星星和蚂蚁的日子里，吕布终于领悟到一个道理：高调者比低调者更容易出局。

这样的领悟让他痛苦不堪。

当然了，世界上痛苦不堪的人数不胜数。

除了吕布，还有献帝。

吕布的痛苦在路上，献帝的痛苦在宫中。

他没皇权了。他的皇权已经被大司马李榷和大将军郭汜剥夺。此二人代替献帝行使皇权。所以吕布在小沛数星星和数蚂蚁的日子里，献帝也在宫中数蚂蚁和数星星。

在这个世界上，蚂蚁和星星是数不完的，所以，献帝的痛苦也是数不完的。

好在有人挺身而出了。

太尉杨彪。大司农朱隽。

他们站出来准备解除献帝的痛苦，要把大司马李榷和大将军郭汜"咔嚓"了。

当然，他们不是刺客，也不打算去做刺客。杨彪以为，让一个人死，方法有很多，刺杀的方法其实是最笨的。

聪明的方法是让他们自相残杀。

这听上去似乎是不可能完成的任务——两个根本利益一致的人，怎么可能自相残杀呢？

大司农朱隽一脸疑惑地看着太尉杨彪，希望他指点迷津。

太尉杨彪没有指点迷津，而是闭上了眼睛。

因为他不相信"指点迷津"这一说——杨彪以为，在这个世界上，所有的迷津都是要自己去指点的。如果自己悟不到，又怎能期望别人替你领悟呢？

不错，此时此刻，太尉杨彪的确悟到了让两个根本利益一致的人自相残杀的方法，但这样的方法，打死他也不说。

几天之后，杨彪的老婆坐到了郭汜老婆的面前。

这是在郭府。

两个人的郭府。

两个女人的郭府。

没有人知道杨彪的老婆为什么要坐到郭汜老婆的面前。

但郭汜老婆知道，杨彪老婆肯定有话要对她说。

基本上，这是两个女人之间的话题。

但绝对和男人有关。

在这个世界上，女人话题一个重要特征就是和男人有关，否则它就不是女人话题了。

郭汜老婆很快知道了，的确和一个男人有关。

她老公。

她老公郭汜偷情了，偷的是李傕的女人。

杨彪老婆一脸哀伤地说，男人偷情没什么，但千万别偷同事的老婆。李傕的女人是谁啊，那就是李傕的脸面。现在你老公把李傕的脸面都给搞了，那结果只有三个字。

死翘翘。

郭汜老婆五雷轰顶。

她这时才知道，男人是下半身动物，一旦性起，是什么都不管不顾的。

她决定要管一管，顾一顾。不仅是为郭汜好，也是为自己好。因为她很难设想，郭汜一旦死翘翘后，她还能有什么好的未来。

又过了几天，一只狗死了。

死在郭汜面前。

一分钟前，这只狗还在人间撒欢；一分钟后，它已在阴间长眠。

郭汜落泪了。

不是为狗，而是为自己。因为狗是吃了李傕送来的酒食之后才死的。如果不是他老婆灵机一动拿狗当试验品，那此刻在阴间长眠的就是他了。

郭汜的眼泪为自己而流，为自己的轻信与浑浑噩噩，悔恨不已。

原来李傕是如此心狠手辣，过河拆桥。两雄不并立，真是千古名言！

郭汜在一瞬间大彻大悟，看上去很像个智者。

郭汜老婆则站在一旁，若无其事。

没有人知道，这一切其实都是她的设计。不错，酒食是李傕送来的，但酒中毒药却是她下的。她要以如此这般的行为艺术告诫郭汜：

远离李傕，远离李傕老婆，热爱生命。

李傕手中的人质

两个根本利益一致的男人开始互起疑心。

表面上看，这是一条死狗导致的政治僵局。但是，要真正崩盘，似乎还差一点火候。

毕竟死的是狗而不是人，毕竟这条狗狗死在郭府而不是李府。没有直接证据表面李傕要为郭汜买单。

郭汜决定再忍。

因为——在这个世界上，一个人需不需要忍耐有时候不看他离正义公理有多近，而看他离拳头实力有多近。

郭汜的拳头不够硬，实力不够强。

他不想鸡蛋碰石头，自取灭亡。

只要李傕不做得太过分，不危及他的性命，郭汜愿意一忍再忍，直到忍无可忍。

有一天，郭汜发现自己终于忍无可忍了。

他吐了。在再次吃了李傕的酒食之后。

郭汜在狂吐不已的癫狂状态下，由衷地相信自己又中毒了。

这是最后的"中毒"，因为郭汜吐完之后悍然起兵了。

不错，郭汜同志是想过不要鸡蛋碰石头的，但现在的情势是鸡蛋碰不碰石头都要破碎了，由不得他逃避。

郭汜别无选择，除了选择铤而走险之外。

李傕由衷地相信郭汜的脑筋搭牢了。

因为，一个人只有在脑筋搭牢的情况下才会做出鸡蛋碰石头的事情来。

但是贾诩却不相信。

贾诩相信郭汜选择铤而走险另有深意存焉。

难道是篡党夺权？贾诩立即建议李傕把献帝控制在自己手里。

这叫挟天子以令天下。

虽然若干日子之后曹操才干出类似的举动，但毫无疑问，开风气之先的那个人是贾诩。

李傕照办了。

献帝哭哭啼啼地跟着李傕走了。在郿坞这个著名的地方，献帝成了这个时代最著名的人质。

有人质者生存。这是乱世之道。

郭汜手上很快也有了人质：包括太尉、大司农在内的公卿百官成了他的人质。

他绑架了他们。

于是千古奇观出现了：皇帝和公卿百官分别被绑架在两大反政府武装手中。这个王朝的统治基础随时可能分崩离析。

献帝哭了，为自己成为大汉朝最后的见证人而哭。

侍中杨琦却以为，现在还不是哭丧的时候。再说真要哭丧也不是皇上自己哭自己。

皇上只配接受世人献给他的哭泣——如果有一天他真的死翘翘的话。

总而言之一句话，献帝是最不应该哭泣的人。

因为，局势尚有可为。

献帝却看不出局势尚有可为。

在他眼里，现在的局势是人为刀俎，我为鱼肉，还怎么为呢？

杨琦告诉他，刀俎和鱼肉并不是宰与挨宰的关系，而是辩证统一的关系。没有刀俎就没有鱼肉，有刀俎才有鱼肉；刀俎一定宰鱼肉吗？鱼肉可不可以宰刀俎？

献帝糊涂了。他不明白鱼肉可以宰刀俎的道理。

杨琦呵呵一笑，紧接着又告诉他，世界上的鱼肉有大有小，小鱼肉当然只有挨宰的份，但是像献帝这么大的鱼肉，却是很有可为的。

因为无论什么东西，大到一定程度之后，它就是力量了。

这种力量，不容小觑。

命运是人世间最大的秘密

贾诩站到了献帝面前。

他是奉旨而来。

事实上他来之前就知道献帝要说什么了。

对贾诩这样的人来说,世界上的很多事情都是在他手心里发生的。它们毫无悬念。

这是一个谋士的骄傲,也是一个谋士的落寞。

果然没错,献帝让他做出一个选择:是继续做李榷的谋士,还是做他献帝的谋士?

这是一个两难选择。

虽然贾诩很轻易地猜到了献帝的谜面,但是对于谜底,他一片茫然。

不错,献帝是天子,位极至尊,可却是个人质。

李榷是反臣,人人恨不得杀之而后快,却手握重兵。

他们,谁比谁厉害?

问题的关键其实还不在这里。问题的关键在于他们明天的身份。

天子永远会是天子吗?

反臣永远会是反臣吗?

不知道。

也许会互相易位,也许不会,也许会——死翘翘。

而谋士贾诩的悲凉则在于,他的命运从属于这些"也许"。

虽然,人世间的很多秘密对他来说不是秘密,但是"命运"这个东西除外。

因为命运是人世间最大的秘密,没有任何一个人可以掌握。

天子也不行。

天子如果能够掌握自己的命运,他也就不会问计于贾诩了。

这两个人半晌无言,凝神肃立,在命运面前屏住呼吸,以便揣摩命运可能的走向。

四分之一炷香之后，谋士贾诩做出一个决定——

成为献帝的谋士。

当然了，这个决定不是基于道德层面做出的，它仅仅基于发展空间。

因为，为一个人（李榷）谋和为国家谋，其可以闪转腾挪的空间不可同日而语。

这就是一个谋士的发展空间。贾诩现在想计安天下，实现自己最大的人生价值。

只是他不知道这样的决定是不是正确的。

就像他不知道献帝还能在龙椅上坐多久一样，一切赌的仅仅是一种可能性。

皇甫郦这人能说。

在这样的时代，"能说"就是战斗力。

皇甫郦不仅能说，他还是李榷的同乡。如此两个缺一不可的条件终于让他有机会成为献帝的说客，去执行说服郭汜和李榷放下屠刀立地成佛的任务。

坦率地说，这是个不可能完成的任务。

但是皇甫郦完成了一半。

郭汜被说服了。

郭汜同志表示，只要李榷能送出天子，他马上就放出公卿百官。

决不食言。

李榷听了以后，笑了。

他觉得郭汜狡猾狡猾的。这是把球踢给他老人家啊。先送出天子？我李榷凭什么先送出天子？天子是用来干什么的？天子就是用来绑架的。

这就是天子的价值！

在皇甫郦面前，李榷声如洪钟地如是说道。

皇甫郦看他。

冷冷地看他。

他觉得这个叫李榷的人说话的确是声如洪钟。

但是声如洪钟又怎么样呢？在这个世界上，多少声如洪钟的人最后都挂了。比如那个董卓。

李榷今天是很牛，但他再牛，牛得过当年的董卓吗？所以说强者不可恃啊。绑架天子能绑架一时，绑得了一世吗？皇甫郦心平气和地告诉李榷，世上最愚蠢的举动就是绑架天子,因为那是以天下为敌,把自己当镖靶了。

所以绑架天子就是绑架自己。这个道理等同于玩火者必自焚。聪明人决不干这事。

李榷默不作声。

空气很冷。

冷得像他的心。

没有人知道李榷是不是被说服了,只有他自己知道。

没有。

他被说火了。

说怒了。

怒到极处刀剑起。李榷的剑"嗖"的一声拔出来,直指皇甫郦的心窝。

虽然,皇甫郦的话说得是很有道理,但李榷今天要杀的就是"道理"。

他不做道理的奴隶,只做道理的杀手。

因为他不是别人,他是把天子玩弄于股掌的李榷。

谁在他面前说道理,谁就要死翘翘。

李榷高傲地抬起了头颅。

他那不可一世的头颅。

谋士贾诩的功力

骑都尉杨奉不和李榷讲道理,他只跟他讲利益。

这是杨奉的聪明之处。

毕竟一个人可以不讲道理,却不能不讲利益。

在李榷的剑捅进皇甫郦的心窝之前,杨奉如是说道:杀了皇甫郦,后果很严重啊!李将军三思而后行!

李榷收剑。他要明白后果究竟如何严重。

杨奉继续说道:皇甫郦是天使,是天子的使者。将军杀了他,郭汜攻打将军就有了借口……

李榷冷笑：郭汜不足惧。

杨奉：郭汜是不足惧，但攻打将军者不止郭汜一人。

还有谁？

天下人。

为何是天下人？

将军以为呢？

……

李榷皱起了眉头。

事实上杨奉和皇甫郦说的是一个意思，那就是不可以天下为敌。

但皇甫郦说了，李榷不以为然；杨奉说了，李榷却不能不以为然。

因为杨奉是自己人。

更因为这关乎他的身家性命。

只是李榷仍不能放皇甫郦走。

在这个世界上，一个人能不能放另一个人走有时候很简单，有时候很不简单。

因为李榷需要一个台阶。

一个放置他尊严的台阶。

毕竟，他是大将军。敢绑架天子的大将军。不能随随便便没理由放人的。

贾诩给了他台阶。

贾诩的聪明之处就在于，任何时候，他知道任何一个人的心理诉求。

他把皇甫郦骂走了。

"骂"在此时充当了李榷的台阶。

李榷满足了。

自尊心得到了满足。

皇甫郦表面上自尊心受损，但毕竟全身而退，所以在另外一个层面上说，他也该满足了。

贾诩就是以这样的方式使得当事双方各得其所。这是一个谋士的功力。

而更令人佩服的一点还在于，整个事情他做得滴水不漏。

没有人知道此时的他已悄然反水，身在李营心在汉。

一切的一切，天衣无缝。

天衣无缝的事情继续发生。

贾诩开始神不知鬼不觉地瞒天过海。他一方面对主要由羌人组成的李榷作战部队说，同志们辛苦了。同志们的辛苦不仅我知道，皇上也知道。

皇上不仅知道同志们的辛苦，还知道同志们的委屈。出来打仗这么长时间，只有卖命，没有犒赏，这是在为谁卖命呢？……所以，皇上看不下去了，他为你们感动，为你们不值啊……同志们不妨先回去，回到西凉老家去，愿意走的人，皇上将一一犒赏！

便有羌兵离去。

当然这样的离去是隐秘的。起码对李榷来说是这样。李榷只知道队伍在流失，却不知道流失的真正原因——贾诩思想政治工作做得那叫一个好，那叫一个天衣无缝。

与此同时，贾诩又建议献帝封赏李榷，以麻痹其心。

一夜之间，李榷从一个将军变成了大司马。

他喜出望外。

因为自尊心再次得到了满足。

虽然这样的封赏对他来说象征意义大过实际意义，可他还是重重犒赏了一个人。

一个女巫。

因为这个女巫在过去一段时间里，一直为李榷做法祈祷，李榷以为她功莫大焉。

于是便赏了。

于是，便有人怒了。

骑都尉杨奉。骑都尉杨奉认为他的人生价值被无视了。

特别是，他曾经为李榷立下的汗马功劳。

如果说在这个世界上，为李榷做法祈祷是头等重要的大事的话，那骑都尉杨奉就弄不明白他带兵打仗的意义在哪里了。

为了搞明白这个问题，杨奉悍然反了。

中国往哪里去？

宋果也跟着反了。

作为骑都尉杨奉的同事，宋果也坚持"造反有理，革命无罪"的斗争哲学，相信"富贵险中求"的人生真谛。

只是，他看不到富贵加身的那一天了。

甚至也看不到反旗高举的那一刻。

因为他，死了。

死在李傕的剑下。

李傕以他的滴血剑告诉世人——造反者绝没有好下场。

当然他自己例外。

前面已经说过，李傕是藐视人间道理的。在他看来，所有人间道理只应验于他人，而与他李傕无关——毕竟绑架天子在某种意义上说就是造反。但李傕不管这些。

李傕是一个对别人马克思主义，对自己自由主义的人。他只希望"造反者绝没有好下场"这个人间道理的下一个应验者是杨奉。

总之，李傕的愿望只有一个，造反者除他以外全都死翘翘。

杨奉没有死翘翘。

他带兵跑到西安去了。

在经过一番浴血奋战，双方人马各有死伤后，杨奉与李傕分道扬镳。

李傕很伤感。

伤感的不是自己这一方死人了，而是伤感人心。

人心散了，队伍不好带了。

李傕不知道自己的明天会怎样，因为他的敌人实在是太多了。

杨奉跑了以后，郭汜又带兵来攻。虽然从整体上说，郭汜不可能将他消灭，但反过来这种情形也成立——他也不能消灭郭汜。

他们势均力敌。

他们两败俱伤。

他们都是没有明天的人。

张济是有明天的人。

张济，这个陕西将军在乱世中的生存术只有四个字：审时度势。

他不主动出击。

也不被动出击。

他只在最需要的时候出击。

什么是最需要的时候？张济以为就是李傕、郭汜两败俱伤的时候。这样的时候需要一种力量、需要一只手来扭转乾坤。

张济就是那一种力量,就是那一只手。

他出击了,并一直护送献帝回洛阳。

这是建安元年的春天。中国往哪里去?没人知道。

献帝也不知道。

献帝只知道,他快饿死了。

整个洛阳,差不多成了一座死城。战乱死了不少人。这一年的大旱又死了不少人。史书上说,当时洛阳的居民,只有几百户人家。就这几百户人家,也不能做到自己养活自己。每天,他们的重要工作就是跑到一棵棵树前,然后扒光它们身子,露出雪白的肚皮——只有树们的肚皮雪白了,这些饥民的肚皮才有保障。

又或者,他们跑到一片片草地上斩草除根。总之,一切为了肚皮。

百官们也一切为了肚皮。他们争先恐后地与民争食,其中有不少官员竟牺牲在争食的现场,令献帝不胜感慨。

当然了,献帝也对自己不胜感慨:洛阳还是那个洛阳,宫殿却不再是过去的宫殿,真正的徒有其表了。每当他看着面呈菜色的百官摇摇晃晃地站在破败不堪差不多是荆棘之地的所谓宫殿里朝贺时,他就忍不住感慨万千:

这个王朝快完了吧?历朝历代,哪有如此上朝的?!

一想到自己有可能要做亡国之君,献帝的眼泪就哗哗的——苍天啊,大地啊,我到底还有没有明天,大汉朝到底还有没有明天?

太尉杨彪坚信,大汉朝是有明天的。

因为一个人的存在。

曹操。

不错,李傕、郭汜是贼心不死,一直试图做这个王朝的掘墓人,但他们注定掘不成。

因为曹操会是他们的天敌。此时的曹操正在山东兵强马壮,等待着为国效力呢!皇上何不给他这个机会?

献帝眼前一亮,喜上眉梢。

但是很快,他又眼前一黑,才下眉头却上心头——这个曹操,一旦进京会不会成为第二个董卓呢?

他拿不定主意。

杨奉为什么要跑

在这个世界上,没有人可以预测未来。

所谓的未来会如何如何,基本上是要经历以后才能知晓。

所以,关于"曹操会不会成为第二个董卓"的问题,任何的猜想都是空想。

但世事如火,主意还是要拿的。所以人生很多时候,所谓"拿定主意"需要的不是智慧,而是勇气。

有些险你不得不冒,即便你贵如帝王。

献帝闭上眼睛,下达了让曹操带兵进京的命令。

人终于来了。

但来的不是曹操。

而是李傕、郭汜他们。

李傕、郭汜相信,人生不到最后一刻,是不能论输赢的。

不错,在此前与张济的战斗中,他们失败了。但那句话是怎么说的,失败是成功之母。只要下一次胜利就 OK。

献帝只得再次出逃。

世事的确如火,人人都在火中央。此时的献帝感觉自己就是第二个吕布——"在路上"成了永恒的主题。

吕布的人生是要走过一个又一个人,一座又一座城池。献帝也一样。目的地永远不固定,永远是"下一个"。"下一个"源源不绝。"下一个"构成他全部的人生。

要命的是,献帝的下一个目的地不知道在哪里。反正洛阳是待不下去了,先上路再说。

凄凄惨惨戚戚中,大汉朝的苦命皇帝——献帝又开始奔波了。

这次奔波以悲剧开头,却以喜剧结局。

曹操来了。

望眼欲穿地来了。他站在了献帝前面,准备和李傕、郭汜他们进行格斗。

这是在洛阳的城郊,两支武装力量的格斗一触即发。

贾诩却建议李傕、郭汜停止格斗,准备投降。

贾诩一本正经地说:鸡蛋和鸡蛋之间可以格斗,石头和石头之间可以格斗。但是鸡蛋和石头之间不可以格斗。现如今,我们是鸡蛋,曹操是石头。所以……鸡蛋还是投降吧。

李傕、郭汜的脸阴沉下来了。

因为他们不知道,贾诩为什么要出这样一个主意。

不过,他们知道,贾诩这辈子再也不能出主意了。

今夜,他将死去。

今夜,贾诩却没有如李傕、郭汜所愿死去。

他跑了,跑回老家。

当然贾诩还有一个选择,那就是跑到献帝那里,以他为依靠,继续其风口浪尖的人生。但是现如今,献帝他老人家还要依靠他人才能生存下去,这样的天子,怎么可能是贾诩的依靠呢?

一切都是自己的选择,一切都要自己去担当。走在回乡的小路上,下岗谋士贾诩若有所思。

李傕、郭汜们败了。

如贾诩预测的那样,鸡蛋碰石头的结果只有一个。注定只有一个。

其实这样的结果李傕、郭汜事先也不是没想过。只是他们不愿意相信。

就像我们中间的许多人,愿意相信完美的结果,不愿相信破碎的结果,尽管后者是多么的必然。

这是人性的一个软肋。不可触摸的软肋。

大败而逃的李傕、郭汜带着人性不可触摸的软肋逃到山中,落草为寇。

这样的结局似乎也是必然的,正所谓有因就有果。只是人生如此残酷而真实得一塌糊涂,令他们几乎无法承受。

杨奉也跑了。

带着他巨大的功劳,跑了。

作为护驾有功之人,杨奉当初是从西安回来随张济一路护送献帝到洛阳的,并且参加了PK李傕、郭汜们的格斗。按理说,他居功至伟,本不应该跑,而应留下来等待献帝的封赏。

却也跑了。

给出的理由是追击叛军李傕、郭汜去了。

一追就再也没回来，跑到大梁定居去了。

献帝不明白杨奉为什么要做如是选择。这让他对自己的凝聚力和帝王魅力产生了怀疑——我是那么一个罩不住手下的人吗？干吗要跑啊……

曹操默然不语。耐人寻味地默然不语。

曹操明白——杨奉这是怕了他，避祸去了。

曹操猜得没错，杨奉确实怕了他了。

虽然杨奉同志护驾是居功至伟，但问题也正出在居功至伟上。

因为——身处乱世，一个实力不够强大的人是不能居功至伟的，否则，会很危险。

原因是曹操不可能容忍有人居功至伟的。

所以，杨奉必须跑路。

只是这样的心思，杨奉不能说，也不敢说。

这样的时代，有很多事情，一说出口就是祸——杨奉只能选择悄然上路，把疑惑留给历史，留给怅然若失的献帝。

这是他的无奈。

无人能懂的无奈，除了曹操可以懂以外。

漂一代皇帝

有一个人站在了曹操面前。

其实每天，都有很多人站在曹操面前，不过曹操都视而不见。

因为他们太平庸。曹操的眼光只注视卓越的人。

这个人就很卓越。

他是献帝的使者，是天使。

但是，曹操对他的头衔不感兴趣。他感兴趣的是此人的脸色。

他脸色红润。

在一片菜色包裹的洛阳城，一个脸色红润的人必定有迥异于常人之处。

曹操如此判断。

曹操的判断没错。

这个叫董昭的人确实不是个平庸的人。他语出惊人——董昭建议曹操挟献帝迁都，迁到许都去。

许都是曹操的地盘。把大汉都城迁到曹操的地盘上去，真是个石破天惊的想法。

更石破天惊的一点还在于董昭的身份。他是献帝的使者，却出如此主意。

所以曹操不能不对他刮目相看。

曹操以为，这样的时代，身份不重要，重要的是胆略。

这个董昭就很有胆略。

说出了人人喊杀唯独曹操喊好的话。

曹操搂住了他的肩膀，似乎以此亲密动作告知这个卓尔不群的年轻人，他很欣赏他。

但其实，曹操欣赏董昭的不单单是他的胆略，还有其解决问题的能力。

因为一旦迁都，有两个问题摆在了他的面前：百官的反对及对他的评价；杨奉在大梁会不会高举反旗？

董昭以为头一个问题好办，因为有一个现成的理由可以利用：洛阳缺粮。如果迁到许都，大家伙儿都能混个肚皮圆——这叫经济基础决定上层建筑。

后一个问题更好办，只要给杨奉同志写封信就可以了。告诉他中央对他还是有期待的，还是盼望他早日归来。在目前状况下，千万不要做分裂国家、祸国殃民的事情。

于是照办。

于是一切问题迎刃而解。

献帝重新回到"在路上"的状态，往他的下一个目的地无可奈何地走去。

行走，似乎成了他的宿命。现如今，献帝也失去了抵抗的欲望和企图。因为一切都是咎由自取。就像当初下令让曹操带兵进京时的心情一样，他赌的都是不可知的未来。

而现在的状况，仅仅是他所猜测的不可知未来的一部分。

在许都，中国式上朝在继续。

虽然和洛阳相比，宫殿小了一号，但起码是新盖的，同志们不用站在荆棘之地上班了，各自分到了新的办公室。最重要的问题是他们真的每天都能混个肚皮圆，不像在洛阳时，每天都要自力更生地去扒树皮。

于是百官们的心情由衷地好多了。虽说曹操劫持献帝有"国贼"之嫌，但这样的世道，献帝不被劫持又能怎样呢？从被董卓劫持到被曹操劫持，献帝的人生就是被劫持的人生啊……

献帝似乎也习惯了，习惯被人劫持着上朝。

在曹操高大的阴影背后，每天，这个著名的漂一代皇帝默不作声地坐在龙椅上环视四周。没有人知道他的心里在想什么。

只有献帝自己知道——他什么都没想。

因为，他已经过了爱幻想的年龄了。

二虎竞食

一切貌似尘埃落定。

一切的尘埃却都没有落定。

因为仇恨还在。

在曹操心中，徐州是不可能绕过去的仇恨点。当献帝被他摆平后，曹操觉得，该进犯徐州了。

进犯徐州不仅是为了报杀父之仇，更是为了破刘吕之盟——刘备、吕布二人一在徐州、一在小沛，在曹操眼里毫无疑问已结成了战略同盟。如果此二人雄赳赳气昂昂地杀到许都来，那叫一个大事不好。

许褚的眼皮往上挑了挑。那是不屑一顾的意思。

紧接着他伸出一只大得可疑的手，在曹操面前抖了一抖，不说话。

曹操明白，他是要兵。

一只手是要五万兵的意思，如果有朝一日许褚同志伸出两只大得可疑的手，在他面前抖上一抖的话，那毫无疑问，是要10万兵。

许褚总是这样，用手说话——给我5万兵，我摆平他们两个。

其实这样的年代，对于一个武将来说，交通基本靠走，通讯基本靠吼，说话基本靠手。很正常。

只有谋士说话基本靠口。

口中有江湖。口中有人生。口中有刀光剑影。

口就是谋士安身立命的工具和武器。

当然了，高级谋士例外。

高级谋士说话基本不靠口。

靠心。

因为任何时候，口是不可靠的，心才可靠。所谓言不由衷，说的就是这个意思。

荀彧是高级谋士。

他相信心，不相信口。

荀彧以为，在这个世界上，要胜人，首先必须胜其心。吕布有勇无谋，不足惧。刘备仁慈有余，英勇不足，也不足惧。但两人合二为一的话，则足可惧。因为此二人，能做到取长补短的话，厉害！

所以，现在问题的关键就是，让此二人互起疑心，让盟友成敌手，各自化长为短，那我们胜他们，就不费吹灰之力了。

荀彧说得很轻松。

许褚的眼睛睁大了。对他来说，"让盟友成敌手"不是不可能，是完全不可能。

两个战略利益一致的人，怎么可能自相残杀呢？

荀彧淡淡一笑——他觉得，不怕做不到，就怕想不到。

因为心有多大，猜疑就有多大。没有一个人，可以完全地相信另一个人。这是人性难以摆脱的阴影。而我们所要利用的，就是这片阴影。

许褚听得毛骨悚然。他突然明白，谋士原来都是些诛心之人，在人性的阴暗边缘做些策划与操控的工作。

曹操则听得默不作声。毫无疑问，他想到了那个夜晚，那个充满猜疑的夜晚，那个他和陈宫分道扬镳的夜晚。

这一切竟然是真的——心有多大，猜疑就有多大。曹操很有些伤感。他沉溺于前尘往事中，觉得自己自视甚高，却到底走不出人性的阴影，一时间不能自拔，便很有心碎的感觉。

但他很快就不心碎了。

因为荀彧说出了四个字：二虎竞食。

荀彧说，"二虎竞食"就是"二虎互食"。首要的一点，是先把刘备挑起来。刘备现在自称徐州地区的最高领导人，这是不行的，不符合组织程序，他这么做说到底是陶谦买官卖官的结果。陶谦死了，那就既死不咎好了。但刘备要不要咎呢？我以为，也不必咎。朝廷不妨大度一点，任命他为徐州牧。

刘备一旦做上名正言顺的徐州牧，那肯定对朝廷、对丞相您要有所表示。怎么表示？丞相必须要让他杀人，杀吕布。接下来，"二虎竞食"开始了。如果刘备杀吕布马到成功，很好，我们今后只要对付刘备就可以了；如果刘备杀吕布不成功，以吕布的心胸，他必杀刘备无疑。所以二虎竞食的结果只有一个：刘备、吕布二人必死其一。

曹操听得心花怒放。

看来，这是个注定会成功的计谋。

因为心有多大，猜疑就有多大。

刘备不猜疑吗？没问题，那让吕布猜疑好了。

猜疑心一起，杀心就起。疑心与杀心永远如影随形。而现在，他要做的只是写一封信。

让游戏开始启动的信。

仁慈的力量

信到了刘备手里。

刘备明白，他的命运就在这封信上。

包括吕布的命运。

而曹操的信使则端坐在刘备面前，等待着这个优柔寡断的人做出非此即彼的选择。

刘备注定不能做出非此即彼的选择。否则，他就不是刘备了。

很多时候，刘备的人生其实是鸢鸢乎乎的人生，总是一刀不能两断，总是首鼠还要两端。

没有人知道他心里到底会怎样选择。

事实上，刘备自己也不知道。

但是，张飞知道。

张飞要替这个三棍子打不出一个闷屁来的大哥做出一个选择。

他的剑拔出来了。

只是很快，他的剑又被按了回去。

刘备说，这一次，他要自己摆平此事——他准备和吕布面对面。

酒。

红酒。

红得像血一样的酒。

比血还要红的酒。

端在刘备手上。

也端在吕布手上。

在两杯酒之间，平放着那封曹操叫刘备密杀吕布的信。

这是在刘府。空气中仿佛什么都没有，又仿佛什么都有。

吕布不敢喝那杯酒了。

因为他担心酒里什么都有。

不错，刘备是仁慈之人。但仁慈之人就不会杀人吗？

吕布不信。

就像他不相信自己不会为了欲望杀人一样，吕布不相信刘备能将仁慈进行到底。

进行到心里。

吕布以为，很多时候，一个人的仁慈不是目的，而是手段。

在他看来，刘备的仁慈就是这样，仁着慈着，徐州就到手了；仁着慈着，到手的徐州还被朝廷名正言顺地承认了。吕布从信使带过来的圣旨上看到，刘备竟然被封为征东将军、宜城亭侯，领徐州牧。

这基本上是位列诸侯了，从此前途不可限量。

吕布酸酸地做如是想。

当他酸酸地做如是想时，便不敢喝那杯中酒。

刘备替他喝了杯中酒，同时把自己的杯中酒递到他手上。

吕布不明白他为什么这么做。但很快，他就明白了——刘备交换酒杯是为了交心。

他注定不会杀他了。

刘备幽幽一叹：杀你就是杀自己。我们两个人，都是猎物，而猎人只有一个。曹操。

吕布将刘备的杯中酒一饮而尽：你什么时候想明白的？

很久以前。

很久以前？为什么？

很久以前，有人告诉我，天上不可能掉馅饼。如果有一天，天上真掉馅饼了，记住，馅饼后面一定有个夹子会夹住你的嘴。

吕布站起来，很有些感动：从此以后，我们两个人，就是一个人。

刘备：不够。把天下人都看成一个人，你才能无敌于天下。

信使终于回去了。

他带去了刘备不杀吕布、吕布也不杀刘备的消息。

曹操怅然若失，不明白问题出在哪里。

不过，荀彧没有怅然若失，因为他明白问题出在哪里了。

仁慈。

刘备的仁慈使得二虎竞食之计失灵了。虽然说在这个世界上，心有多大，猜疑就有多大。但刘备似乎是个例外。

好在荀彧没有气馁。

因为，刘备这个人他虽然看走眼了，吕布他却没看走眼。心有多大，猜疑就有多大。荀彧以为，吕布还是彀中人。别看他信誓旦旦说什么从此以后，他和刘备两个人就是一个人。放屁！他们两个人绝不可能是一个人。

因为吕布的心魔从来没有消失过。

它注定会蛰伏在吕布心中某个阴暗的角落，随时可能扑出来一露狰狞。荀彧坚信，好戏还在后面，接下来这场戏的主角只有一个，那就是吕布先生。

阴晴不定的吕布先生。

张飞守徐州

袁术愤怒了。

因为刘备要打他。

一向以来，袁术是不允许任何人打自己的，他只允许自己打任何人。

所以，当他听说刘备要带部队攻打他所在的南郡时，袁术悍然表示，要和刘备决一死战。

刘备看上去却心情沉重。

说实话，他不想打袁术的，特别是在这样的时刻。

但又不能不打。

世事往往这样，有时候出手打人的人未必是真心要打，而真正心里想打人的人却未必出手。

因为，诏书下来了。命徐州牧刘备迅速出兵攻打袁术，以为完成国家统一大业出力。

诏书写得很冠冕堂皇，充满了公理、正义和良知。但实际上，这是一个阴谋。

在这个世界上，阴谋总在公理、正义和良知的背后，否则它就不是阴谋。

而是阳谋。

刘备只得出兵。

他知道，如果自己不出兵的话，曹操就会出兵了，目标将是他刘备。

糜竺试图阻止刘备出兵。

他看到了危险之所在。螳螂捕蝉黄雀在后。吕布就是那个黄雀。

为了确保徐州不失，糜竺建议刘备联合吕布，共抗曹操。

刘备一声叹息。为糜竺的不智。

联合吕布没有问题，共抗曹操也没有问题。有问题的是诏书。

诏书是什么，是天子的意志。违抗它结果只有一个——身败名裂。

所以说，这是个阴谋。曹操的阴谋。致命的阴谋。

最要命的一点还在于，刘备是以"义"字闯天下的，他是这个世界上最不应该违抗诏命的人。

糜竺也一声叹息。因为他看到了阴影。

宿命的阴影。

刘备笼罩在宿命的阴影之下。

毫无疑问，这个叫刘备的男人将成于"义"字，败于"义"字。一个"义"字让他得到了一座城池，同样，一个"义"字也将让他失去那座城池。

因为在这个世界上，仁义不是无敌的，无敌的是诏书。

诏书，让仁义下跪。

其实，事后想起来，事情即便走到这一步，也还有挽回的余地。那就是，刘备出征后，由谁来守徐州城？

两个重量级的人选当然是关羽和张飞。

应该说，刘备最初的眼神确实是扫到关羽身上的，关羽也主动请缨，表示要留下来看好家门。

但是张飞来竞争了。

张飞的竞争纲领有三条：

不酗酒。

不打人。

听从劝谏。

没有人知道张飞为什么会鬼使神差地提出这极具诱惑力的三条自我约束条款，张飞自己也不知道。但是大家伙儿都看得出来，张飞的确想好好表现自己。

他愿意做一个负责任、敢担当的人。

现在就看刘备给不给他这个机会了。

刘备给出了机会。

但他不知道，他其实是把危险留给了自己。

因为刘备不明白这样一个道理——一个人能不能约束自己，很多时候不看嘴，而看心。

张飞的心痒痒了。

当刘备和关羽领着大部队浩浩荡荡开往南郡后，张飞突然感觉，这徐州城，原来只是一个人的城池。

他张飞的。

张飞试图尝试一把做领导人的感觉。

他开始喝酒了。

当然，张飞喝酒只是一个姿态，他的目的是要像领导人一样喝酒——众多官员成了他的陪喝人员。会喝不会喝的都在张飞的怒目圆睁之下端起了酒杯。

包括曹豹。

曹豹这名字取得刚烈，却天生不能喝酒。

他也端起了酒杯。却没喝。

曹豹也不打算喝下去。他试图以一个人的名字来抵抗张飞的酒桌暴力。

吕布。

吕布是曹豹的女婿。曹豹希望张飞看在吕布的面子上，给他一个饮酒豁免权。总而言之是一个与众不同的待遇。

曹豹果然得到了与众不同的待遇。

他被张飞用鞭子抽了。张飞一边抽一边豪迈地告诉曹豹，他打的不仅仅是他，还有吕布。因为他恨吕布这个鸟人已经恨到只剩下四个字了：

恨之入骨。

张飞的声音回响在徐州城的上空，是那样的凌厉和豪放不羁。没有人知道，宿命的阴影在此时正悄悄地笼罩徐州城——张飞，注定要为自己的言行付出代价。

非一般的代价。

张飞误徐州

吕布首鼠两端。

吕布很少首鼠两端的。他是个非此即彼的人。讲究的是手起刀落，一刀两断。

但这一回，他首鼠两端，一刀不能两断了。

曹豹趴在他面前，站不起来。

吕布很伤感。

不过更令他伤感的那个人不是岳父曹豹，而是他自己。

因为张飞侮辱了他。

当众侮辱了他。

都是混江湖的。都是名角。不可以这样欺负人的。

所以吕布要报复。在报复这一点上来说吕布毫无疑问意志坚定。只是在报复的深度和广度上他拿不定主意。

是以牙还牙，暴打张飞一顿，还是索性把徐州城给占了？吕布想起了刘备喝他杯中酒的情景，一时间很有不忍下手的感觉。

所以——他首鼠两端。

陈宫以为，做男人就要对自己狠一点。

一个能对自己心狠手辣的男人，才可以对世界心狠手辣。

再者说了，刘备真是仁义之人吗？

未必。

陈宫以为，一个人是否仁义，不看他的日常举动，而要看他的终级举动。刘备的终极举动是，他现在名正言顺是个徐州牧。

并且他这个徐州牧为了讨好曹操，正在攻打与他无冤无仇的袁术，所以说此人其志不在小。

吕布听了微微一笑。

但是微微一笑之后他依然首鼠两端。

还是为了那杯中酒，刘备喝他的杯中酒让他不能释怀。

陈宫决定让他释怀。

陈宫问吕布，如果刘备不喝他的杯中酒，试图杀他吕布，结果会怎样？

我死。或者他死。

吕布如是回答。

他死就不用说了。先说主公之死。主公死于刘备手中之后，刘备的命运会怎样？

吕布想了一下：死于曹操之手。

对头。所以说，刘备不喝主公的杯中酒，他必死无疑。只有喝了这杯中酒，以心交心，曹操才投鼠忌器，刘备也才可以保全他的性命。这样的一个人，难道仅仅是出于仁义才喝主公的杯中酒吗？

吕布恍然大悟！

原来人生如此凶险。

刘备如此的欺世盗名。

他终于决定：拿下徐州，出心中那口鸟气！

张飞是在醉梦中失去徐州的。

他醒过来时，城头已换大王旗。为吕布打开城门的，正是被他用鞭子抽得嗷嗷乱叫的曹豹。

现在，这个人正一脸轻蔑地看着他。在他身后，吕布也一脸轻蔑地看着他。

一顿鞭子失去一座城池。张飞恨不得用鞭子抽自己一顿。

但是很显然，他没有这个机会了。

天已经亮了。

城已经破了。

再不走，他将永远走不了了。

张飞其实不是怕死。他只是要完成一个心愿——一定要死在刘备面前，死在他大哥面前。他要当面告诉他城是怎样破的，鞭子是怎样失去人心的，诺言是怎样沦陷在酒杯里的。

他要告诉刘备，做男人就是要担当。担不起一座城池，那就只能拿命去担当。

这是这个世界的交易法则。

男人间的交易法则。

刘备的信心

张飞要自杀，除了城破之外，还有一个重要的原因是刘备的两个老婆没有被救出来。

她们都沦陷在徐州城内。

对于张飞来说，这是一个男人不可承受的侮辱：自己屁颠屁颠地跑出来了，两个弱女子却在吕布手下遭受凌辱——他枉为男人，更别说什么大丈夫了。

所以他的剑拔出来了。

目标是自己。

这是张飞的决绝。因为在这个世界上，杀别人易，杀自己难。一个人最难杀的人其实是自己——将自己杀死不仅需要勇气，还需要绝望。

对这世界的绝望。

张飞现在就对这世界绝望了。

根据地没有了。

做男人或者说做大丈夫的资格没有了。

最重要的是，人生的目的地没有了。

他不知道，就区区三个人，百十条枪，惶惶如丧家之犬般，还能折腾出什么明天来？

乱世，没有明天。

张飞闭上了眼睛。

刘备没有对这世界绝望。

刘备以为，闯世界，不在人多人少，而在于心中有没有信心。

信心有多大，世界就有多大。

刘备还以为，人生的目的地不在于一座城池，而在一个王国上。

所以他认为，区区三个人，百十条枪，惶惶如丧家之犬般，还是能折腾出美好的明天来。

因为他的心中还有信心。

不错，根据地是失去了。但是没有失去，就没有得到。下一个根据地说不定更加诱人。

至于他的两个老婆，刘备也以为无足轻重——和张飞比起来，他宁可要张飞，也不要那两个老婆。

这是乱世的潜规则——兄弟比老婆重要。

所以当刘备夺下张飞用于自杀的剑并说出那句千古名言——"兄弟如手足，妻子如衣服"时，张飞哭了。

像个孩子一样哭了。

这个时候他突然明白刘备能做他大哥的理由了：不是比他年长，而是比他能舍——舍常人所不能舍。

更重要的是比他能等。

等待明天，相信明天。任何时候不抛弃不放弃。他奶奶的，这才是做大哥的范儿啊。

张飞心服口服。

他不再寻死觅活了。他要跟这样的人在一起，去搏它一个美好的明天出来。

给自己看看，也给世人看看，以此证明，他还是男人。

还是大丈夫。

袁术蠢蠢欲动了。

在得知吕布偷袭了徐州之后。

袁术蠢蠢欲动并不是要拿下吕布，而是要拿下刘备。他要借助吕布的力量前后夹击拿下刘备。

袁术对刘备穷追猛打是因为他明白这样一个道理——对自己威胁最大的人必须首先拿下。而一个人对自己有没有威胁不看他现在手头的兵有多少，要看他屁股后面可能跟随的兵有多少。

从这个思维出发，袁术感觉：刘备比吕布可怕得多。

不错，吕布现在是得到徐州了，刘备则惶惶如丧家之犬。但是在袁术心中，他们俩的分量是不一样的。

吕布得到徐州是偷袭来的，刘备得到徐州是别人哭着喊着送给他的。

技术含量不一样。

袁术以为，偷袭得逞者只有小聪明，不可怕；义满天下之人却是太可怕了。

义满天下者，心中只有天下，这样的人对一座城池的得失是满不在乎的。

事实也确是如此——刘备看上去还是淡定从容，荣辱不惊。

刘备如此的表现不禁让袁术心惊。

曾经，袁术以为，未来和他一起争夺天下的那个人会是曹操。现在他才明白，金麟岂是池中物，刘备竟然也是一个重要人选。

甚至是不二人选。

曹操兵满天下，刘备义满天下。这两个人，谁比谁更可怕呢？

答案不言自明。

袁术觉得，必须趁刘备羽翼未丰时将他一举拿下。为此，他可以不惜一切代价。

吕布什么都没有得到

吕布是看在袁术付出代价的基础上才同意出兵的。

虽然剿灭刘备对他来讲也是一件有利可图的事情，但是吕布却不排斥"利"多多益善。

因为袁术准备送给他金银一万两、粮五万斛等等好处，条件只有一个：吕布出兵夹攻。

吕布很高兴。高兴自己得到了利益。

吕布总是这样，喜欢意外之利的出现。得到徐州对他来说是意外之利，袁术对他许诺的好处同样是意外之利。

他的人生，总是满足于从一个意外之利跑到下一个意外之利那里去。总之，得与失对他来讲是最重要的。

吕布不明白：人生除了"得到"之外还有什么。人生就在得失间嘛。站在徐州城头遐想袁术即将送给他的那些金银财宝，吕布感觉人生至此，真是夫复何求。

但是，遐想成了空想。

吕布什么都没有得到。袁术拒付他所许诺的那些好处。

理由是刘备跑了。

刘备神鬼莫测地从两大部队的夹击缝隙中跑了。所以袁术不准备为这次劳而无功的军事行动买单。

袁术以为，每个人都想得到命运给他的机遇，但很少有人知道，机遇的背后是陷阱。

而人生往往是——踩进去时以为是机遇，直到拔不出来时才知道是陷阱。他希望把这样的人生感悟拿出来和吕布共勉。

吕布没有和他共勉。

在吕布的字典当中，机遇就是机遇，陷阱就是陷阱。如果有人敢跟他玩绕口令，那他只能将这个人的机遇打成陷阱。

吕布准备出兵了，目标是袁术。他要狠狠教训一下这个自以为是的家伙。他要让他知道，人生不是绕口令。

陈宫觉得，吕布的想法是对头的。人生的确不是绕口令。

但陈宫还觉得，吕布的想法未免有些天真。

因为一个人最重要的品质是知道自己的分量。那句话是怎么说的，人贵有自知之明。吕布经常犯的一个错误就是不知道自己有几斤几两。

现在去打袁术，那不是找死吗？被打死了那当然没二话，万一没打死，逃回来了，徐州也不是他吕布的了——刘备现在正围着徐州城打转，想方设法要钻进来呢。吕布若出兵打袁术，徐州空虚，对刘备来说确是天赐良机。

所以正确的做法是，让刘备去打袁术，自己遥控指挥。

吕布笑了。他笑一贯正确的陈宫这回竟然也犯错误了。

错得还不轻。

让刘备去打袁术？刘备要肯听他的话去打袁术，条件只有一个，他是刘备他爹。再说了，刘备现在打袁术，完全是鸡蛋碰石头，自取灭亡嘛。

陈宫坚持。

坚持他的想法。

陈宫告诉吕布，刘备现在需要一个窝，极其需要一个窝来安顿自己。我们就把小沛给他，让他在那里休养生息。刘备是一个非常念恩、感恩的人，如果我们在他最落魄的时候帮助了他，他肯定愿意为我们去做点什么。再说打袁术对他来说也是复仇之举，正所谓一举两得……

吕布沉默了。

现在，即便他没有被陈宫完全说服，但起码有一点是被说服了，那就是刘备是一个非常念恩、感恩的人，给他一瓶矿泉水，他绝对还你一条瀑布。

只是另外有一点他没被说服——刘备会屈尊蜗居小沛吗？特别是在他吕布抢了徐州之后，刘备会愿意接受仇家的赏赐屈居一隅苟且偷生？最要命的是还得听从仇家驱使为其效犬马之劳？！

吕布赌他不会。

因为他是刘备。

陈宫赌他会。

也因为他是刘备。

两个人兴致勃勃，对一个男人可能的人生抉择各抒己见并坚信自己的判断。那么——

接下来，刘备究竟会怎样去做呢？

失去是为了得到

刘备决定蜗居小沛。

他做出这个决定时，表情平静。没有人知道，这其实是他人生中最重要的决定，其重要程度甚至超过若干年后他的三顾茅庐之举。

因为他可以活下来了。

以当时的中国之大，可以说除了吕布施舍给他的小沛外，刘备并无立锥之地。所以——

"有何胜利可言，挺住意味着一切"。

张飞却几乎挺不住了。

他挺不住的一个重要标志是拒绝与吕布见面，同时带着刘备的两个老婆直接回小沛生闷气。与此同时，刘备则笑呵呵地去徐州拜谢吕布，真诚地感谢对方在其最危难的时刻接纳了自己。

吕布倒吸一口冷气——见过能忍的，没见过这么能忍的。这是什么精神啊，这是唾面自干精神之刘备版！

但是这样的精神，吕布不相信。

他决定做一个试验。

良知试验。

徐州城的牌印出现了。

出现在刘备的眼前。

牌印在轻轻地摇晃。

一双眼睛也在轻轻地摇晃。

那是一双隐藏在牌印后面的眼睛。

吕布的眼睛。

另一双眼睛却是闭上了。

刘备的眼睛。

刘备不仅把眼睛闭上了，他把心也闭上了。

这一回，不仅是吕布倒吸一口冷气，陈宫也倒吸一口冷气。他怕了这个人了。

甚至，他开始在心里后悔接纳这个人了。

因为陈宫以为，这是个能成大事的人。刘备貌似无欲无求，但他真的无欲无求吗——能成大事者最重要的品质，就是隐藏自己的欲望。

刘备现在就隐藏了他的欲望。

没有人知道他的欲望有多大，只是有一点陈宫可以肯定，这绝不是个可供驱使的人。相反，他是个别人甘愿为其驱使的人。

关羽就甘愿为其驱使。

张飞也甘愿为其驱使。

接下来还有谁甘愿为其驱使呢？

陈宫想到了两个字，两个让他绝望的字：世界。

这个世界甘愿为其驱使。

在寿春，袁术的眼睛也在轻轻地摇晃。

因为在他眼前，有一个比城防牌印更重要的东西在轻轻地摇晃。

传国玉玺。

袁术很想得到它。

事实上他的这个愿望即将得以实现——孙策不想要这块传国玉玺了。

当然，准确地说，孙策不是这块传国玉玺的主人。他死去的老爸孙坚才是。

更当然，严格说起来，孙坚也不是这块传国玉玺的主人。他只是暂时拥有了它，然后很快失去了它。

就像这个乱世的很多东西一样，没有人可以是它的主人，只能是它的拥有者。

暂时拥有者。

得到是快速的，失去也是快速的。

现在，这样的游戏规则降临到孙策头上。

孙策之所以想失去传国玉玺，目的是为了得到。

得到袁术的部分武装力量，以为其所有。

应该说，这是一种交易。

孙策相信，这样的交易注定会成功。因为他的交易对象是袁术而不是刘备。

袁术爱传国玉玺，就像老鼠爱大米。

刘备避传国玉玺，就像鸡避黄鼠狼。

这是两种不同的人生观和处世谋略。

所以孙策只找袁术交易——袁术虽然爱他手中的武装力量，但更爱传国玉玺。这样的交易在袁术看来，毫无疑问是划得来的。

孙策的梦想

交易成功了。

孙策在失去传国玉玺的同时，得到了袁术借给他的三千兵、五百匹马。

没有人知道，在这样一个乱世，这点区区的武装力量够干什么。

但孙策自己知道，他可以成事。

他的梦开始了。

孙策的梦想是拥有江东，进而拥有天下。

梦想的路很长，最关键的是迈出第一步。

他迈出去了。带着借来的三千兵、五百匹马，迈出去了。

很快，他就有所收获。

孙策收获的不是胜利，而是人才。

大汉末年，什么最贵？

人才。

顶尖人才。

孙策得到的第一个顶尖人才是周瑜。周瑜和孙策是同年，家庭出身也还过得去，父亲周异担任过洛阳的县令，更重要的是周瑜族人曾经两代出任朝廷要职太尉之位，可谓出身名门，当然，这个在多年后指挥赤壁之战，直接决定三国时代魏蜀吴三足鼎立局面的年轻人此时还在路上寻寻觅觅，为自己的梦想找一个依托。

他们一拍即合。

随后张昭、张纮加盟，使得孙策的底气足了不少。

任何时候，团队的力量都远胜于个人能力，孙策愿做这个团队的职业经理人。

他继续招贤纳士，上演一出出求贤若渴的感人剧目。

很快，经典剧情产生了。这一回，和孙策演对手戏的这个人是太史慈。

太史慈是个有志青年。通常，有志青年最大的问题是怀才不遇。

太史慈就怀才不遇。

自解北海之围后，怀才不遇的太史慈来到前扬州刺史、现曲阿地区最高领导人刘繇手下，继续怀才不遇。

在这里，他历史性地与孙策遭遇，并成为后者的俘虏。因为孙策打的就是刘繇，而太史慈保的就是刘繇，所以他们的关系只能是胜者与败者的关系。

现在，在孙策的营寨内，这一对胜者与败者四目相对。

胜者的眼里没有傲慢。

败者的眼里没有屈服。

太史慈不承认自己是败者，他只认为自己怀才不遇。

曾经，在战前，太史慈请求刘繇给他一个机会，让他成为前部先锋，一展身手——但是很遗憾，刘繇轻视了他。

刘繇轻视他的原因只有一个，太史慈太年轻，不可以为大将。由此，在这场战争中，太史慈心酸地发现，一切还没有开始就结束了。

不错，现在他是被捉住了，但他不承认自己是个败者。

因为，刘繇没有给他一个一展身手的空间。

孙策也不认为自己是个胜者。

因为一个真正的胜者，胜的不仅仅是败者的身体，还应该包括败者的心灵。

很显然，眼前的太史慈心里不服。

孙策就想办法让此人心服口服。他接下来做了两个动作：

一、解开绑在太史慈身上的绳索；

二、将自己身上的大衣脱下来披在对方身上。

太史慈无动于衷——孙策的这些统战动作并不能真正打动他。因为太史慈要的不是这些。

孙策当然知道太史慈要的是什么。

空间。

孙策答应给太史慈空间。他要终结此人怀才不遇的历史，就像他终结自己那段历史一样。

一个人必须要走出来。

孙策以为，人生选择的第一步是要走出来，第二步则是相信他人。

"希望你相信我。不再怀才不遇，跟我一起干，我们共同搏一个美好明天。"孙策看着太史慈的眼神很热烈。

太史慈终于心动了。

这个孙策，貌似很有容乃大哦。难道他真是我苦苦寻找的那一个人吗？

也许是。

也许不是。

太史慈需要一个判断。

他向孙策提出，先放他回去，他手下还有一帮兄弟要招呼过来。明天中午12点，他将带着他们，重新回到这里。

孙策没有说什么。或者说，他已经说不出话来了。在他听来，太史慈漫不经心说的这一番话无异于一道考题，一道针对他的考题——是否有容乃大，现在放人说话。

人生烦恼此玺始

孙策放人了。

他之所以放太史慈回去是因为明白这样一个道理:放走他,还有可能得到这个人;不放走他,他将永远失去这个人。

不错,得到一个人,就是要得到他的心。孙策现在是为心而战。

为心而赌。

太史慈走了。

没人相信他还会回来。

除了孙策。

第二天中午12点,毫无疑问成了评判孙策和寨中众人谁对谁错的时间元点。

太史慈还会回来吗?乱世之中,除了诈术,是否还有诚信?

结果,孙策赢了。

太史慈带着他的手下在太阳升得最高的时候来到了他的面前。

不给一句解释,很自然地就回来了。

就像回家一样,就像孙策是他的家人一样。

孙策落泪了。

为自己没有看走眼。也为这乱世中罕见的诚信之花怒放在他眼前。

事实上这不是孙策一个人的胜利,而是一种信仰的胜利。这样的胜利是伟大的,也是锐利的,其后不久,江东成了孙策的江东,一种精气神在这块土地上开始生根发芽。

袁术却没有了精气神。

他满脸"烦着呢,别理我"的表情。

因为孙策向他问候了。

在这个世界上,一个人问候另一个人有时候不为别的,只为被问候者手里的东西。

传国玉玺。

不错，拥有了江东的孙策现在开始关心那块传国玉玺了——他希望能够物归原主。与此同时，他也愿意归还当初向袁术所借的兵马。

袁术当然不同意。

因为他有一个梦想。

就像这个世界上人人都有梦想一样，袁术的梦想是——拥有天下。

而传国玉玺是他将来拥有天下的凭证，怎么可能还给孙策呢？

袁术以为，这样的时代，天长地久不可靠，曾经拥有不可靠，可靠的是现在拥有。他现在拥有了传国玉玺，所以对不起，孙策老弟，我的就是我的，你的也是我的，谁叫你当初借给我的，你当初借给我的，就说明已经不是你的！

现在已是满脸精气神的孙策却以为——有了传国玉玺，不一定就有天下。你的是你的，我的不是你的，天下的是天下的，要是把天下的东西带回家，我是不同意的！

便僵持。

便要短兵相接。

这场由传国玉玺的归属导致的战争几乎一触即发。

袁术手下长史杨大将也赞成打孙策。

毕竟，传国玉玺只有一块。你有我没有，或者我有你没有，总要倒下一个人的。

更主要的理由是，天下只有一个，你不倒下他不倒下究竟谁倒下？因此倒下是必然的，站着是偶然的，现在的情况是，要看谁是那个最后的站立者。

袁术撇撇嘴，对杨大将政治正确的废话不以为然。

他需要的不是废话，而是建议。

杨大将很快就给出了建议。他的建议很振聋发聩：现在不打孙策是等死，打孙策则是找死。因为外围未除。

袁术不敢撇嘴了，他突然觉得这个叫杨大将的人说话倒有几分大将风度，一开口就死啊死的。

接下来，杨大将的分析更是让袁术不敢小觑。形势确实很危险，就像大将同志所说的，现在不打孙策是等死，打孙策是找死——孙策不可打啊，或者说不可马上打啊……

首先，曹操在许都挟天子以令诸侯，正满世界找碴干掉胆大妄为者；其次，刘备和吕布在小沛、徐州互相勾结，随时准备扩充地盘。此时袁术若和孙策打起来，后面多少人排队等着捡便宜啊……

"主公难道忘记了吗？当年曹孟德南下打徐州，一不留神老窝兖州被吕布所抄，差点就回不去了。前车之覆后车之鉴啊主公！"杨大将一番话说得那叫一个捶胸顿足。

也说得袁术心如死灰。他看着手中的传国玉玺，一时间真有"人生烦恼此玺始"的感觉。

他恨不得把它给扔了。

换一个角度看问题

却到底没有扔成。

杨大将阻止了他。

杨大将认为，扔了传国玉玺，并不能把问题扔掉。传国玉玺本身没有错，错的是解决问题的思路。

换一个角度看问题，人世间的很多难题都会迎刃而解。

杨大将告诉袁术，孙策不是不可以打，是不能现在打。

现在要打的那个人叫刘备。先打刘备，由易至难，孙策将不在话下。

刘备现在立足未稳，他气喘吁吁他羽翼未丰，正是向他下手的好时候。

并且打刘备，不需要倾巢出动，也就是说不需要担心大本营的安全，正所谓进退有据。

当然了，打刘备，也不是一点麻烦都没有。麻烦还是存在的——因为吕布可能会出手救他。

但是这个问题说到底不是问题。吕布归根到底救不了刘备的，他会败在一个人手上。

他自己。

原因是，吕布是个有弱点的人。对于有弱点的人来说，他最大的敌人不是别人，而是他身上的弱点。

吕布果然败给了自己的性格弱点——贪婪。

袁术送来的二十万斛粮食重重打击了他。他收下了。

对于一个贪婪的人来说，他没有理由不要这天上掉下来的馅饼。

很快，袁术开始了他的军事行动——派纪灵为大将，率数万人攻打刘备。

吕布这才知道，天下没有免费的午餐，天下也没有凭空掉下来的馅饼。

即便有，馅饼的里头也是有钩子的。

当然了，从道义学上来说，吕布是不想救刘备的。毕竟，他们不是兄弟。再说，就算是兄弟，就该出手相救吗？吕布不以为然。

但是，从利益学的角度上看，他又不得不救。

因为救刘备就是救自己。

小沛是什么？小沛是徐州的门户啊。刘备单枪匹马地守着与袁术数万兵马地占着，后果孰轻孰重，吕布比谁都清楚。

所以，小沛非救不可。

却没法救。

当吕布与陈宫面对面坐在徐州城内商讨对策时，他们两个都默然无语。

一切都是二十万斛粮食惹的祸。在这天大的馅饼里头，隐藏着袁术埋下的深深的钩子——吕布被钩住了。

他不能出兵啊。

吕布不能出兵救刘备倒不是出于道义上的考虑——倘若出兵的话对不起袁术的一片深情厚谊。放屁！两个男人之间根本就没有什么深情厚谊，吕布要的只是粮食，不是别的什么玩意儿。

他不能出兵原因只有一个。

不能给袁术攻打他的口实。

现在的徐州，是人心难测的徐州。自从走了刘州牧，徐州人民就心不往一处想，劲不往一处使了。往哪里想往哪里使，吕布不知道。

他只知道，现在打仗，对他来说不是个好时候。

当然，不打更不行，小沛一旦易手，徐州麻烦更多啊。在打与不打之间，吕布踌躇复踌躇，踌躇何其多。这对做事一向干脆利落的他来讲，简直是不可思议的。

陈宫也踌躇复踌躇，踌躇何其多。一时半会，他也拿不出什么主意来。

刘备写信来了。

求救。

刘备的求救信写得那叫一个可怜兮兮：

"伏自将军垂念，令备于小沛容身，实拜云天之德。今袁术欲报私仇，遣纪灵领兵到县，亡在旦夕，非将军莫能救。望驱一旅之师，以救倒悬之急，不胜幸甚！"

吕布看完这信，一股豪情就产生了。这辈子能被江湖上无人不知无人不晓的刘备这么哀求一次，一个字：爽！

他决定出手。

为刘备，也为自己。哪怕袁术此刻正对他虎视眈眈，他也不管不顾了。

玩的就是心跳

当然，出手是要讲技巧的。

吕布的技巧在他的武器上。

方天画戟。

他把刘备和纪灵都请来，请他们看方天画戟。

一千年前，方天画戟就是方天画戟；一千年后，方天画戟还是方天画戟，没什么不同。

刘备和纪灵面面相觑，不知道这武器中藏着什么秘密。

吕布用手一指，指向了戟上的一根小枝。

小枝很细，比手指头还细。

但是吕布以为，一个物品的价值不在于粗细，而在于它的用处。

现在，这根小枝就被派上用场了。它将决定无数人的生死，甚至这个国家的政治格局。

辕门。

空旷的辕门。热闹的辕门。神妙莫测的辕门。生死攸关的辕门。

吕布在辕门。刘备在辕门。纪灵在辕门。

很多历史的见证人在辕门。

只有方天画戟在辕门外。

辕门外一百五十步的地方，方天画戟孤零零地插在那里，插成了一根小木棍。而吕布所指的戟上小枝，看上去变成了一根头发丝。

现在，吕布拈箭上弓，准备开射。

事实上这是一场游戏。游戏规则是这样的：他若射中小枝，刘备、纪灵罢战；若不中，那就开打。

看上去很公平。

甚至，看上去有偏袒袁术一方的倾向。因为是个人都知道，一百五十步外射中一根小木棍，有可能；一百五十步外射中一根头发丝，绝无可能。

所以纪灵愿意赌这个游戏。他把这看作是开战前的开胃菜，那叫一个窃喜不已。

刘备也愿意赌这个游戏，因为他别无选择。

不错，刘备是希望吕布出兵救他，但吕布就是不出兵，他又能拿他怎么样呢？

只能寄希望于这个游戏了。

起码聊胜于无。

刘备感觉人生有时候真是身不由己。不是寄希望于这个人就是寄希望于那个人。现在竟然要寄希望于一根头发丝了，真是——玩的就是心跳。

现场，几乎所有的人都心跳了。

除了吕布。

吕布心如死灰。

因为，他知道这一箭的分量。所以，他的心不能乱跳。

的确，人生的很多事情，败就败在一颗骚动的心上。吕布明白，现在的他不能瞎激动。

箭，射出去了。

没有人知道结果——距离实在太过遥远。好像射中了，又好像没射中，看不清。

纪灵吞了口唾液。

刘备也吞了口唾液。

在心里，他们都在等待自己所希望的那个结果。而一百五十步外，一个士兵背着那杆方天画戟往回跑。他要把谜底带给大家。

把一些人的命运以及一个国家可能的改变，带给大家。

政治，让爱情走开

小枝不见了。

不是自己掉下来的，而是被箭射断的。

一百五十步外，一支箭要有多大的力道才能射断金属做的小枝呢？

纪灵不吭声了。

愿赌服输。既然选择了这样的游戏，他就要承担如此后果。虽然这样的后果看上去是多么的不可想象。

刘备则对吕布千恩万谢。他这才知道，原来一切都是个局。他和纪灵都是局中人，只有吕布是局外人。

他操控了这一切。一个曾经的刺客，在他跌宕起伏的人生中，终于射出了最有分量的一箭，这让刘备刮目相看。

袁术则怒不可遏。

不是对吕布，而是对纪灵。

他鄙视纪灵的智商。

袁术以为，人生中有些游戏是可以玩的，有些游戏是不能玩的。玩与不玩之间只有一个判断标准。

十拿十稳。

世事多意外。"十拿九稳"经常遭遇的不是九，而是一。

所以十拿九稳是不可靠的。必须十拿十稳。

但是纪灵辩解了。纪灵说，吕布辕门射戟，箭穿小枝在我看来就是一件十拿十稳的事情。因为在这个世界上，没有人可以做到。

那他为什么做到了呢？

袁术逼问他，阴阴地。

天知道。也许这是天意？纪灵的回答听上去很是茫然。

袁术再次鄙视了他。

理由是，一个人智商低不算笨，真正笨的是那些明明智商低却误以为自己智商高的人。

在他眼里，纪灵就是这样的人。

袁术以为，在这个世界上，人有两种。一种是人，另一种是非人。非人常常能完成不可思议的事情，但他们也是人。比如吕布。

和非人过招，必须是非常之人才能胜任。比如他，袁术。

袁术的儿子要讨老婆了。

但是他看上去无动于衷。

因为对于自己的未婚妻，他不知道长得怎么样。

据说是吕布传说中的女儿。

也许很美。也许很丑。也许不美不丑。

这些都不重要。重要的是袁术的儿子对这些信息一无所知。

对这些信息无所不知的那个人是他的老爸——袁术。

袁术是在纪灵明明智商低却误以为自己智商高的情况下忍痛牺牲儿子色相的。

不错，袁术的儿子是个帅哥。但是这样的时代，帅哥不一定能找到真正的爱情。

特别是当这个帅哥是袁术的儿子时。

特别是当袁术手下的得力干将脑残时，袁术明白，只能曲径通幽了。

他的如意算盘是这样的：牺牲儿子的色相，强忍着恶心迎娶吕布那厮的女儿，以图结成袁吕战略联盟。

当然，说"战略联盟"四个字是要打引号的，因为袁术根本就不想联盟吕布一辈子。他只想利用此人杀死刘备——那句话是怎么说的，疏不间亲啊。

所以战略联盟基本上就是个战术联盟。吕布碍于亲家的面子杀死刘备之后，一切都结束了。

联盟关系结束了。

儿子的婚姻也结束了。

也许他会伤心一下子，却绝对不会伤心一辈子。不为别的，只为他是袁术的儿子。

袁术的儿子志存高远。

经过一番思想政治工作之后，袁术的这个帅哥儿子果然志存高远了。

虽然爱我的人不是我所爱的人，但是婚姻跟爱情无关。更何况吕布的女儿爱不爱我还两说呢。

所以，不要儿女情长。政治，让爱情走开。现在重要的是迈上权力之巅。

他同意迎娶吕布的女儿。

未曾谋面的女儿。

但是，意外发生了。吕布不同意。

当袁术派出的高级"媒婆"韩胤带着礼物气喘吁吁地跑到徐州向吕布通报这个好消息时，吕布的脸上出现了一种不应该出现的表情。

阴沉。

他不认为这是个好消息。

相反，他觉得这是个坏消息。

袁术在这样的非常时刻向他提出和亲的要求，目的无非只有一个——利用他。

利用完了之后呢？吕布不敢想象。

抓住机遇

吕布老婆敢于想象。

吕布老婆叫严氏，默默无闻。不像吕布的小老婆貂蝉一样，搞得全世界都知道。

严氏的生存哲学是，闷声发大财。

她敏锐地发现，如果把自己的女儿嫁给袁术的儿子，结果只有一个——女儿将可能成为后妃。

因为江湖传言，袁术手里有传国玉玺，注定是要当天子的。

所以袁术的儿子也是要当天子的。

所以她女儿是要当后妃的。

弄得不好还可能当皇后。

严氏沉浸在她的想象当中，觉得人生最关键的事情无非是四个字。

抓住机遇。

男人抓住机遇占有世界。

女人抓住机遇占有男人。

这就是这个时代的生存逻辑。

严氏对吕布循循善诱：表面上看，袁术是在利用你。你觉得被人利用不好吗？

好吗？

不要那么严肃，探讨一下嘛。在我看来，一个人能被利用只说明一点：有价值。起码是利用价值。

吕布无语。

严氏继续循循善诱：利用其实分两种：善意利用和恶意利用。当今强敌环伺，袁术能孤身抗曹、抗孙吗？不能。所以他不可能对你恶意利用的，即便在击杀刘备之后，他也要联合你对抗强敌，最后才能荣登大宝。到那时，夫君啊，你羽翼已丰，袁术真想卸磨杀驴，怕也办不到吧？

吕布有些心动了：似乎好像或许有些道理。

严氏呵呵一笑：人生在世，无非互相利用。袁术利用我们，我们也可以利用袁术啊。天下荡平之时，天下究竟是谁的？是袁术的，还是夫君的？

吕布心头一震。我靠，这娘们，够阴！说出了我想说却不敢说的话——天下荡平之日，确实是双雄对决之时，他和袁术，究竟鹿死谁手？这个悬念，值得期待啊！

吕布决定孤注一掷，以女儿为人质，搏它一个美好的未来。

陈宫赞同吕布的孤注一掷。

在陈宫的谋略史中，他极少有赞同吕布的情况，但这一次，他赞同了。

由衷地赞同了。

原因有二：一、刘备不可不除；二、曹操不可不杀。

要完成这两件事，必须借助袁术的力量。

在陈宫眼里，刘备不是人。

是超人。具备常人所不具备的超强素质。比较可怕啊。

曾经，陈宫是想让刘备成为革命军中马前卒，以为吕布效力的。但很快，刘备的表现让他失望了。

超牛。超强。

这样的人，怎么可能成为他人革命军中马前卒？

所以，不能为我所用，只能让他死翘翘了。

因为这样的时代，一个人要想出头，就不能让他人出头。曹操已经出头了，没办法，可还是可以将刘备扼杀的，在其成为一个大鳄之前。

然后，再图曹操。

再然后，图天下。

虽然，吕布的女儿有可能要被牺牲掉，那也没办法，为有牺牲多壮志，敢教日月换新天，革命要想成功总是要付出代价的。

与此同时，为确保万无一失，陈宫决定移风易俗，让吕布的女儿赶快出嫁，不再遵循订婚后要过个一年半载再羞答答上轿的旧习俗——一年半载？多少黄花菜都凉了！要只争朝夕！明天就出嫁。

吕布相当的痛苦。

不过，痛苦是短暂的。

因为他是男人。男人为世界而生，为世界而死，终究属于世界。

吕布就属于世界。

不错，他是爱过貂蝉，但是吾爱貂蝉，吾更爱世界。

女儿也是一样，哪怕是亲生的，终究也是他吕布生命中的过客。

世界不一样。世界不是吕布生命中的过客。相反，吕布才是世界的过客，虽然他一直梦寐以求地要和它在一起。

女儿要出嫁了，吕布看着她走进轿内，心中只有两种感觉。

悲壮。希望。

反革命家属

陈珪晕倒了。

陈珪是陈元龙的父亲，经常会晕倒。

当然，他的晕倒是有前提的：在很高兴或者很愤怒的情况下，陈老先生以其短暂的不省人事来表达他对这个世界的情绪。

现在的情形是，陈珪很愤怒，所以他晕倒了。

晕倒在吕布面前。

吕布不知所措。因为他不愤怒。

他正在筹办女儿的喜事——陈珪的突然晕倒只能让他误以为老先生是过于激动，以至于不能自已。

很快，吕布就明白，陈珪老先生是过于激动了。

因为他醒过来之后哭了。哭得那叫一个伤心欲绝。

陈珪不是为自己而哭，是为吕布哭。

陈珪以为，吕布不是在给女儿办喜事，而是在给他自己办丧事——丧钟为谁而鸣？吕布。

在陈珪看来，吕布的女儿不是出嫁，相反，是去做人质。吕女到了袁术手里，就等于是人质到了对方手里。刘备要不要杀？要杀。谁去杀？当然是吕布。

陈珪声泪俱下。

吕布却冷眼旁观。

他觉得这个老头在说废话——刘备他当然要杀，这跟袁术无关，也跟他吕布是否嫁女无关。

在这个世界上，一样东西与另一样东西到底有没有关系？这是个艰深的哲学问题，不是一般人能看透的。

陈珪就觉得吕布没看透。

没看透的地方有三点：

一、刘备是友是敌？

这个要具体问题具体分析。在没有强大外敌的情况下，刘备是敌人，是吕布角逐天下的敌人，越早消灭越好；但是外敌当前的情况下，刘备却是可以依靠和抵挡的力量，是友军。

二、小沛重要不重要？

也重要，也不重要。刘备待着聊以度日时，不重要。袁术占领后虎视徐州的话，重要。

三、投靠袁术后是福是祸？

是福，更是祸。或者说短时间内是福，长远来看是祸。必须牢牢记住这样一点，一个人的安全保障不是从天上掉下来的，也不是投靠得来的。"投靠"不是结盟，投靠者与被投靠者的力量是不对称的，投靠者永远是被投靠者操纵的工具，仅此而已。

吕布恍然大悟。

吕布总是恍然大悟，在听到一些新鲜见解之后。昨天，他在听完老婆严氏的话之后恍然大悟；今天，他在听完陈珪的话之后恍然大悟。当然，最要命的恍然大悟来自陈珪最后的当头棒喝——袁术有称帝之意，是造反也。彼若造反，则公乃反贼亲属矣，得无为天下所不容乎？

吕布一想，对头啊，我要和袁术成了儿女亲家，他要造反，那我就是反革命家属。虽然说大家现在明的暗的都在造反，但哪有像袁术这样的，事还没成，就牛哄哄地拿着传国玉玺招摇天下，这不讨打吗——他讨打没什么，我可别跟着挨打呀……

这一回，吕布是彻底地恍然大悟了。所以，吕布的人生现在可以这样概括——在一个又一个恍然大悟间更改着前行的轨迹——只是他自己不明白而已。

吕布现在唯一明白的是，赶紧把已经出发的女儿追回来，以避免自己成为反革命家属。

忍一时容易忍一世难

吕布的女儿回来了。

一切似乎风平浪静。

吕布自得于自己的觉悟，觉得很多事情还在他的掌控之中。

不错，我的女儿我做主，你袁术其奈我何？

袁术还真的一时间拿他没办法。于是，在"手淫强身，意淫强国"的狂想中，吕布一次次抵达他人生的假高潮。

但是，风起来了。

风起于飘萍之末。

一个小道消息让吕布心里不舒服。极其不舒服。

刘备招兵买马了。

在小沛，吕布保护下的小沛，刘备招兵买马想干什么，傻瓜都猜得到。

吕布心里不舒服之后，并不采取任何举动。因为现在的时刻，不是兴师问罪的时刻。在寿春，袁术那双阴险的眼睛一直盯着徐州，盯着吕布的一举一动。吕布不想被此人利用。

鹬蚌相争渔翁得利啊。在徐州城头，吕布仰天长叹，然后很老辣地吞下口水，做满脸沧桑状。

这样的时刻，他由衷地佩服自己——成熟了，真的成熟了。能忍常人所不能忍，绝对可以成大事。

不过吕布的忍耐并没有持续多长时间。因为更严重的事情发生了。

他的战马被抢了。

据吕布派去山东买马回来的宋宪、魏续报告，有人在半路上抢走了一半他们从山东采购来的好马，此人的名字叫张飞。

吕布拍案而起。

准确地说是拍墙而起——当时吕布同志正在徐州城头仰天长叹，忍常人所不能忍。这样的噩耗传来，使他忍不住伸出一只手来……然后宋宪、魏续就听见徐州城头的若干块墙砖发出了撕心裂肺的惨叫声。

它们破裂了。

吕布也破裂了。

不是手。

而是心。

他这才明白，一个人能不能忍常人所不能忍，最重要的衡量标准不是将牙关咬得有多紧，而是要看时间。

忍一时容易，忍一世难；忍一事容易，忍事事难。他真是服了刘备了，虽然接下来，他要找这个人去算账。

刘备也很痛苦。

刘备的痛苦在于，无人陪他一起忍。

不错，他可以忍时时事事，但是张飞不能。

张飞只知道，在这个世界上，很多东西要去抢。吕布是怎么得到徐州的？抢来的。他是怎么得到吕布战马的，也是抢来的。所以，能抢才是硬道理。

刘备叹息，为张飞的"抢了再说"理论。因为刘备知道可张飞不知道，世上有很多东西真正要得到，靠的不是去抢，而是放弃。

抢来的东西终究是要失去的，主动放弃的东西却最终会属于你，这是人世间的辩证法。

张飞不懂，暴力其实是最脆弱的力量。那句话怎么说的？以暴制暴。暴力之外，总有更强的暴力等待着它——这叫强暴。

刘备担心，张飞就要被强暴了。

果然，想要强暴张飞的那个人来了。

吕布。

他站在了张飞面前。

吕布要"张抢抢"给他一个抢军马的理由，否则，就要你死我活。

张飞当然要给他理由。只是给理由之前，张飞也想从吕布那里得到一个理由。

他抢徐州的理由。

张飞质问吕布：你一座徐州城都抢下来了，我抢你几匹马你还挺委屈的，有没有搞错？

吕布哑口无言。

他被张飞问倒了。是啊，人世间的事是有游戏规则的。如果说能抢就是硬道理的话，那凭什么他吕布抢得，张飞就抢不得？

站在小沛郊外灿烂的阳光下，吕布被一个生活中的哲学问题难住了。他进退两难，不知道此来何为，此去何因。只有刘备一脸安详，心静如水地看着他，似有深意存焉。

事实上这件事情到后来是有一个台阶好下的。

吕布前来小沛兴师问罪被张飞问倒之后，刘备给吕布准备了一个台阶：归还被抢战马，并向他赔礼道歉。

吕布打算接受。

因为这个台阶踩上去很舒服。

不是战马失而复得，而是刘备的赔礼道歉。

吕布要的就是刘备的赔礼道歉。他要时时事事压这个人一头，或者说他想通过这件事要让世人明白，他吕布得到徐州的合法性——即便是抢来的，也抢得刘备心服口服啊！

吕布又开始自得了。陈宫却在此时建议，拒绝刘备大事化小小事化了的企图，趁机让他们三兄弟都死翘翘。因为张飞盗马，盗的不是马，而是心。

吕布的心。

张飞想通过这样一个举动，来测试吕布的心理承受力和可能采取的动作。那么张飞为什么会这么做呢？陈宫睁大他那双沧桑而多疑的眼睛说，是因为后面有一个人在幕后指使。这个人，大奸若仁，大恶若善啊……

刘备的迷茫

吕布明白,陈宫说的这个人是刘备。

但他不敢确信这一点。

刘备是什么人,徐州都可以不要的人,现在为了几匹马需要如此煞费苦心?

吕布笑了。笑陈宫神经过敏。

陈宫也笑了。笑吕布自以为是。

陈宫以为,一个人要什么,不要什么,不应看他的历史,而应看他的未来。

刘备不要徐州就表示他无所求吗?错!他是看不上徐州。

刘备要的是天下,不仅仅是徐州。

要得天下,从哪里起步?战马。

有战马在,就有希望在,也就有可能得到天下。所以说徐州不重要,战马重要。

陈宫语重心长地告诉吕布:"今不杀刘备,久后必为所害!"

吕布决定痛下杀手。

不是陈宫说服了他,而是他自己说服了自己——

这个世界上从来没什么朋友和兄弟,有的只是利益。

或者是威胁。

刘备会是他的利益吗?不可能。只能是威胁。

既然是威胁,那就要防患于未然,让星星之火不可以燎原。

他派兵包围了小沛,欲置刘备及他的兄弟们于死地。

刘备一脸迷茫。

他知道必须突围,只是不知道往哪里突围。

天下是很大,但天下从来就不是他的天下。无论他逃到哪里,都不可能逃脱吕布的追杀。

因为刘备知道，这个人是起杀心了。

一个人，对另外一个人起了杀心，无非是三种结果：

一个人倒下。

另外一个人倒下。

两个人都倒下。

现在问题的关键是，刘备的倒下已是呼之欲出。不错，他是很仁慈，一贯很仁慈，但是上帝此时却对人间闭上眼睛——仁慈无效。

刘备落泪了。

刘备其实经常落泪的。因为仁慈。

更因为绝望。

一直以来，刘备相信这样一个人间真理：正义战胜邪恶。但每一次，他都绝望地发现，正义被邪恶追得满世界乱跑。所以他的眼泪就哗哗的。

孙乾没有流泪。

他之所以不流泪是因为他相信另一个人间真理：世界不相信眼泪。

相信力量。

面对如此危局，孙乾建议刘备一定要寻找到一个更加强大的力量做依托，才能够抵挡吕布的穷追猛打以及残酷杀戮。

孙乾所指的这个更加强大的力量刘备当然心知肚明——是曹操。

虽然大家都是出来混的，但很显然，曹操混得比刘备好多了。不仅拥有强大的军队，还挟天子以令诸侯。只有他欺负别人的份儿，断没有别人攻击他的道理。这样牛哄哄的一个人，当然是现在穷途末路的刘备最理想的投靠对象了。

只是有两个问题刘备找不到明确的答案：

怎样突围出去？

曹操会不会接纳自己？

第五章 徐州内外：出局者与入局者（曹操篇）

曹操接纳刘备

第一个问题的答案很快就出来了。

给出答案的这个人是张飞。他的丈八长矛舞得虎虎有生气，看得吕布目瞪口呆——就在这当口，刘备同志突围了。

小沛，现在成了吕布的小沛。

接下来，吕布并没有去追击刘备他们。因为他觉得，没有追击的必要了。一个没有根据地的人就是没有明天的人——吕布以自己曾经有过的人生经验给刘备下了判断。他对这个人不再有任何兴趣。

陈宫则长长地叹了一口气。这是意味深长的叹息。吕布听在耳里，如风过耳。

当然，在某种意义上说，吕布的分析或者说判断还是正确的。

因为刘备无家可归。也就是说，他第二个问题的答案并没有得到。

当刘备惊魂未定地出现在曹操面前，期待着这个大人物能够收留自己时，他的心情是忐忑不安的。

因为曹操面无表情。

曹操之所以面无表情原因只有一个——无法做出决定。

一般来说，大人物如果无法做出决定时他的表情只有一个：无表情。

不过很快，曹操脸上的表情就变了。

满面春风。

他的决定做出来了：收留刘备。

其实在这个世界上，一个人能不能被另外一个人收留只取决于他自己。

有没有被收留的价值。

曹操以为有。

不错，刘备现在是穷途末路，但并非一无所有。他有两个兄弟——关羽和张飞。此二人的盖世武功曾经让曹操印象深刻。但曹操更在意的还是刘备身上的品质。

仁义。

他希望依靠刘备的仁义能吸纳更多人到其麾下为他效力。

这是曹操的如意算盘。

所以他满面春风了。

所以刘备如释重负了。

他们两人在接下来的酒宴上推杯换盏，称兄道弟，端的一副和谐世界的氛围。

推杯换盏间，很多人开怀畅饮。

只有荀彧没有开怀畅饮。

他愁眉深锁。

为曹操。为曹操错误的判断。

荀彧以为，刘备是个有价值的人，却不是个有利用价值的人。而一个有价值的人和一个有利用价值的人完全不是一回事。

有价值的人是不能利用的。谁利用谁倒霉。就像刘备。曹操真能利用他吗？也许可以。但最终的结果只有一个。

曹操被刘备利用。

刘备终究是要叱咤风云的。现如今，他只是受伤了，借曹操这块宝地疗伤而已。

曹操犹豫了。

因为荀彧的话听上去很有道理。但是人生的酒杯才刚刚端起，脸上的笑容也才刚刚浮现，怎能说放就放，说翻脸就翻脸呢？

曹操就一直将酒杯端着，将表情灿烂下去。

这还真不是他在装，而是他——

想通了。

做通他思想政治工作的那个人是郭嘉。

在曹操众多的谋士中间，有两个人是不分伯仲的。

荀彧和郭嘉。

他们都是顶尖谋士。所谓顶尖谋士一个最重要的特征是，能够透过现象看本质。

荀彧和郭嘉都能够透过现象看本质。

看清刘备的本质。

他们两人都认为刘备不是虫，是条龙，起码现在是潜龙。只是在对待潜龙的态度上，两个人截然相反。

荀彧主张杀。郭嘉主张养。

曹操听郭嘉的。

不错，杀一个人是很容易的，杀一条潜龙也是很容易的。理由显而易见。但是养一条潜龙却是不容易的。因为它需要——

胸怀。

不是接纳刘备的胸怀，是接纳天下豪杰的胸怀。

刘备是什么？是潜龙，更是诱饵。引诱天下豪杰纷至沓来的诱饵。相反，要是杀了刘备，结果会很严重——坏了曹操雅纳之名，天下豪杰怎么可能纷至沓来呢？

曹操决定有容乃大，做天下豪杰的容器。当然这决定下得比较悲壮。因为说到底，它是个有风险的决定——都说潜龙勿用，什么意思，那是要防备被潜龙茁壮成长后咬死啊——所以曹操只能与龙共舞，跟刘备玩口蜜腹剑那一套。

这样的感觉，让他痛并快乐着。

张　绣

刘备做了豫州牧。

这是曹操推动的结果。曹操上表献帝，把刘备"发"到豫州去做一方诸侯。与此同时，曹操准备进攻了。

进攻吕布。

在曹操眼里，吕布不是个英雄，而是小偷。偷了徐州之后正在那儿沾沾自喜呢。

曹操很不高兴。因为在他眼里，徐州不是可以拿来流转的，更不是拿来偷的，徐州只能拿来毁灭——

他的杀父之仇还没报呢，陶谦还在徐州城里埋着呢。他需要给他们来一个毁灭。

但是，毁灭未遂。

因为有一个人死了。

张济。

作为陕西将军，张济曾经护驾有功。只是很遗憾，他的功劳很快就烟消云散了——献帝被曹操劫持到许都去了，张济只得发动"二次革命"，誓将献帝再次抢回来。

"二次革命"进行得艰苦卓绝。因为他的革命对象实在是太强悍了。

曹军。

在攻打南阳的战斗中，张济同志身先士卒，一直冲在最前面。结果，一块不长眼睛的石头被一个不长眼睛的曹兵扔出，不长眼睛地砸在了张济的眼睛上。所以，张济——

死翘翘了。

没有人怀疑在那样的年代，为什么一个人的眼睛被砸竟可以夺去他的生命。因为那样的年代，什么事都在发生。一个人的死翘翘是不需要任何理由的。但是，张济的侄子张绣却想要一个理由。

张绣是这样一个人，有事没事的时候老是伸出一只手来，令人误以为他是在乞讨。其实不然，他是在向这个世界要理由。

张绣认为，凡事你必须要给我一个理由。你不给我理由，那我就给你说法。

张绣起兵了。目标是曹操。

因为曹操没给他叔叔张济一个死去的理由。

当然，对曹操来说，他没必要给任何人理由或者说法。

不管是死是活。

毕竟，这是个适者生存的世界，每个人的存在或消失都是天意，与他无关。

同时，对于张绣的起兵，曹操也是不屑一顾的。

因为力量的不对称。

世事往往是这样，一个人重视另外一个人不是因为对方长得帅，而仅仅是对方够分量。

很显然，在曹操眼里，张绣不够分量。

但是很快，曹操就对张绣刮目相看了。

因为他不是一个人在战斗。他是一群人来了。

江湖知名的谋士贾诩站在了他身边。这个传说中神龙见首不见尾的人物在消失了一段时间之后再现江湖,令人不敢小觑。

刘表也来了。刘表总喜欢趁火打劫。此番他与张绣联盟,屯兵宛城,目的性很明确,就是要打秋风。

曹操颇费思量。他倒不是怕了他们,而是有所顾忌。

因为现在去打吕布已然不可能了。

可要打张绣他们,就可能吗?吕布会不会趁他征张绣的时候,也趁火打劫呢?

曹操感受到了深刻的孤独和——首鼠两端。

唉,人生无非是两种境界:孤独和首鼠两端。

不在孤独中首鼠两端,就在首鼠两端中孤独,雄心壮志如曹操者,也逃不脱这样的境界。

他只能一声叹息。

荀彧没有感受到孤独和首鼠两端。

因为他是谋士。

顶尖谋士。

顶尖谋士的一个重要特征是不和困境在一起。他们是困境的天敌。

在打张绣还是打吕布的问题上,荀彧以为,张绣是值得打的,吕布可以不用打。

因为后者要的并不多。

就像一条狗,样子凶狠冲你而来,这时候你最好的选择不是挽起袖子去打狗,而是扔出一块骨头。

在这个世界上,是狗就爱肉骨头。概莫能外。

曹操恍然大悟,不再首鼠两端。

投降吧

可以说,一块肉骨头解决了曹操的心病。在得到加官封赏之后,吕布答应绝不找曹操的麻烦。

只要曹操以后不找他的麻烦。

曹操无语。这是含义丰富的无语。一方面，他不能给吕布承诺。另一方面，他对此人的智商无语了。

在这个世界上，谁能保证谁的将来，谁又能给谁的将来一个承诺呢？

曹操自问，不能。因为他自己的将来也不能保证。

对于他来说，所谓的人生就是解决眼前一个又一个麻烦，直到某一天戛然而止——他解决了所有的麻烦，或者他被麻烦解决了。

十五万曹军出现在张绣面前。

张绣没有慌张。

他对数字没有概念。

十五万和十五有区别吗？

也许有。也许没有。要看一个人的感觉。

不是他，是贾诩。

贾诩是大谋士，玩的是举重若轻，和谈笑间灰飞烟灭。

但这一回，贾诩的感觉不好。

他不是怕十五万人的力量，是怕一个人的力量。

荀彧。

荀彧解决了曹操的麻烦，但是与此同时，他把麻烦带给了贾诩。因为在贾诩的计谋当中，吕布是一个可堪利用的力量，是曹操首尾不能兼顾的麻烦所在。现在，麻烦消失了，他贾诩的麻烦来了。

张绣只能和曹操玩阵地战。

更要命的一点还在于，刘表随时可能开溜——大家都不是傻子，能打秋风最好，打不了秋风做个刘溜溜也不错。

所以，这不是一群人在战斗，而是两个人在战斗。

贾诩和荀彧。

两个乱世的顶尖谋士在隔空过招。

战争还没有正式开始，贾诩就明白，他败了。

败于荀彧手下。

因为退路没有了。阵地战只有唯一的结果：曹军大获全胜，张绣的部队血流成河。

而所有这一切，都是贾诩带来的。

是他技不如人带来的。

贾诩站在张绣面前，无比沉重地说出三个字：投降吧。

其实，在贾诩的职业生涯中，他不是第一次说这三个字，也不是最后一次说这三个字。总之，这是一件无可奈何的事情。

贾诩的遭遇其实就像很多人的一生，总有一些时候技不如人，总有一些时候，有那么一种力量，让他们不能承受。谋士贾诩现在就遭遇了这样的力量。

张绣只得投降。

别无选择。

因为他信任贾诩。如果贾诩已经黔驴技穷的话，他不可能顽抗到底的。

曹操把手放在了贾诩的肩膀上。

满脸赞许。

不错，贾诩是败了，败于荀彧手下，但在曹操眼中，贾诩却是个胜者——

在战争开始之前，他做出了明智的选择，不让张绣的部队进行无谓的抵抗。这样的选择在曹操看来，是个智者的选择。

所以他希望贾诩跟着他混。就像荀彧、郭嘉跟着他混一样，曹操坚信，贾诩跟着他混以后，前途不可限量。

贾诩也坚信跟着曹操混，明天会更好。但是，他拒绝这样做。

因为他找不到那种感觉。

两个人就像一个人那样的感觉。

他和张绣认识的时间虽然不长，但两个人就像一个人一样。最重要的一点还在于，张绣对他言听计从，给贾诩以绝对的空间。

贾诩需要的就是这样的空间。

他相信，自己如果改换门庭投了曹操，这样的空间可能就没了。地球人都知道，曹操的疑心是很重的；地球人也都知道，曹操手下的谋士是很多的。贾诩加盟之后，他能做谋士中的no.1吗？

不可能。

所以，贾诩继续跟着张绣，哪怕这个人成了曹操的手下败将，贾诩也跟着。

贾诩之所以如此原因很简单：在这个世界上，没有一个人可以永远成为另外一个人的手下败将，只要他还活着。

睡一个女人的代价

世上有很多难事儿。

最难的事莫过于活着。

活着比死去艰难就在于承受。承受活着所带来的一切。

包括屈辱。

对张绣来说,屈辱是每时每刻都要感受的。因为他的身份是败军之将。败军之将不可言勇,只能卑微地活着,以苟且偷生。

直到有一天,张绣悲凉地发现,他卑微不下去了——曹操霸占了他的婶婶、张济的老婆邹氏。

一般来说,曹操在正常情况下是不会这么做的,但是那天的情况不太正常。

他喝酒了。

酒总是与色联系在一起的。对于酒后的曹操来说,他需要一个女人。

一个貌美如花的女人。

邹氏就是这样一个貌美如花的女人,要不然他也做不了张济的老婆。

曹操霸王硬上弓了。

曹操喜欢一个女人总是这样,霸王硬上弓后再说。

不为别的,只为体验一把做霸王的感觉。

尤其是这个女人是他手下败将的老婆。在曹操眼里,张济、张绣都是他的手下败将——一个不能保护自己尊严的人,注定保护不了他老婆的尊严。

曹操上弓上得心安理得。

张绣捶胸顿足。

他的痛苦可以说难以名状。曹操霸占了他的婶婶,这比霸占他老婆还要令他屈辱。

他决定报复。

只是,不知道该如何报复。

因为他什么都没有。

除了一颗屈辱的心，和曹操手下败将的名分。

贾诩却以为，一个人要报复另一个人，有时候需要很多东西，有时候什么都不需要。

只要有一颗心就可以。

心若在，梦就在，大不了从头再来。

更何况，张绣拥有的不只是一颗心，还有一支部队。虽然这支部队现在处于曹军的看管之下，但它依然是一支部队，一支有战斗力的部队。

他们可以有所作为。

曹操看不出这支人数不多、士气低落的部队能有什么作为。所以当拥有邹氏后的某一天，心情极好的时候，曹操慷慨同意了张绣提出的让部队入城的请求——此前，宛城内驻扎的只是曹操的正规军，张绣的部队只能在城外风餐露宿。

张绣笑了。

因为贾诩的计谋成功了一半——要想打击敌人，首先必须靠近敌人。

但是，贾诩计谋的另一半还有待于落实：让典韦失去战斗力。

典韦是曹操在宛城中最后的屏障，他为曹操提供最贴身的安全保障。如要曹操人头落地，必须要让典韦失去战斗力。

简单地说，那一刻，曹操必须处于无人保护的状态。

张绣做到了。

原因是他的手下悍将胡车儿酒量很好。

很多时候，胡车儿会为自己的酒量而烦恼，就像张飞经常会为自己喝酒误事烦恼一样，胡车儿的烦恼是发自内心的。

只是这一天，他的烦恼不见了，取而代之的是喜悦。因为他和典韦喝上了。

事实上，胡车儿是奉命而喝，张绣给他的命令是：必须将典韦喝倒在地。违令者，斩！

典韦果然被喝倒了。

这一天，成为了典韦的光荣日。因为他——死了。

酒醒之后为了救曹操而死。此时的曹操，突然置身于人生的谷底，四顾茫然，找不到突破口。

因为敌人冲上来了，带着仇恨冲上来了。这是一个女人受辱所导致的战争。为了保护曹操，典韦死了，曹操的侄子曹安民被砍成了肉泥，曹操的长子曹昂也被乱箭射死，最要命的是，曹操依旧无法摆脱死亡的阴影——张绣的追军在后面如影随形。

曹操这才知道，原来睡一个女人是要付出沉重代价的，即便他是曹操。

天下无人不知无人不晓无人敢惹的曹操。

死里逃生的曹操

于是一路狂奔。

直到碰上那些三三两两的青州兵冲上来保护他，曹操才惊魂甫定。

但是，一个他意想不到的局面发生了。

于禁反了。他把枪口对准了曹操的嫡系部队——青州兵。在曹操狼狈逃窜之时，于禁大开杀戒，让很多猝不及防的青州兵们停止了呼吸。

曹操也几乎停止了呼吸。因为他觉得做人，不能无耻到这个地步——于禁你可以造反，却不可以趁我曹某人落难的时候造反。这是一个关乎做人底线的问题。

望着那些朝他哭诉的青州兵，曹操下定决心，一定要让于禁——

死翘翘。

执行这个光荣而艰巨任务的人是夏侯惇他们。

夏侯惇们无法执行这个任务。

因为于禁把屁股朝向他们——于禁吩咐其所属部队安营扎寨，敌人是前面赶来的张绣所部。

夏侯惇们糊涂了。

曹操也糊涂了。

莫非于禁是想将功补过？

于禁没有给他们一个解释。在接下来的时间里，他只完成了一件事情——打得张绣落花流水，最终逃到刘表那里去了。

那些曾经向曹操哭诉的青州兵们跪下了。为他们的谎言而跪。

事实上在曹操落难的时候确实发生了某些事情——青州兵见大势已去，纷纷人不为己天诛地灭，开始了一系列的打砸抢行动。

很快，他们就为自己的行动付出了代价。

于禁带兵打击了他们。

劫后余生的青州兵见到曹操以后，恶人先告状，抢在于禁赶到之前先向曹操打小报告。这些青州兵以为，凭着曹操多疑的性格，于禁将会死得很惨——

冤死你，没有任何理由。

只是，他们没想到，结果会是这样。

曹操也没想到结果会是这样。

自己差点被利用了。

被那些搞打砸抢的青州兵利用了。之所以没利用成并不是他曹某人突然不多疑了，而是于禁的所作所为。

于禁今天有三个行动出乎他的意料之外：

一、不给他理由就安营扎寨，很有造反派的作风和嫌疑。

二、不为自己辩解。

三、未请示就枪杀青州兵。

曹操希望于禁就这三个行动给他三个解释。于禁却只给了他一个解释——心中有丞相，一切都可以从心出发，做出自己的判断和抉择。

曹操哭了。

为这个人的忠诚。

因为在这个世界上，做任何事情其实都是有风险的，忠诚也一样。很多人的忠诚按照程序慢慢来，一步一步做给别人看，但是于禁不一样。他的忠诚不是做给别人看的，而是做给自己看，做给自己的心看。

问心无愧。

同样能做到问心无愧的那个人曹操以为是典韦。不错，在保护曹操的问题上，典韦是喝酒误事了，但他酒醒之后，还是怀着一颗赴死之心把曹操送出死地，最终自己被剁成肉泥。所以曹操为典韦哭，边哭还边这样说："吾折长子、爱侄，俱无深痛，独号泣典韦也！"

一个女人引发的战争至此以曹操的死里逃生而告终，但是对未来，曹操是愈发地充满信心了。

因为他有人心。

有不止一个人为他慷慨赴死。曹操以为，这就是他的事业能够从胜利走向胜利的坚强保证。那句话是怎么说的，得人心者得天下。

曹操觉得，天下，很快就将是他的天下了。

陈登的新选择

吕布最近有点烦。

因为他得到的好处不够多。

曹操在征张绣之前为了不使吕布有所作为,假借献帝的名义只封了他一个平东将军的称号。吕布不知道这个平东将军是个什么玩意儿。他只知道不能当饭吃。

如果说需要有一个称号的话,吕布希望曹操能够给他那个实实在在的徐州牧。

就像刘备曾经得到过的那样。

于是陈登出现在了曹操面前。陈登是作为吕布的全权特使到许都跑官要官来的。

为了表达吕布跑官要官的诚意,陈登还把袁术的特使韩胤也带来了。

当然,韩特使是坐着囚车来的。他到许都唯一的任务就是在曹操面前让脑袋与身体分离。当然这个任务不是他自己来完成,而是要靠曹操下令来完成。

目的只有一个,表达吕布的立场。或者说,吕布想以此献忠心活动提醒曹操,吕布将永远是他的人,所以,不妨把徐州牧送给他。

曹操很高兴,决定把徐州牧这个光荣的称号送给吕布。

这样的时刻对曹操来说,笼络人心是第一位的任务。

得人心者得天下。他希望得到天下更多的人心。

但是陈登却笑了。

笑得很阴。曹操不明白陈登为什么笑得这么阴,就像他不明白,世界上最熟悉的人往往最陌生一样。

陈登建议曹操,要慎赏。

在这个世界上,赏一个人不仅要看他以前做过什么,还要看他以后会做什么;不仅看他做了什么,还要看他为什么这样做。

陈登说，吕布其实是一个豺狼，赏肉给豺狼，豺狼未必会记得你的好，他该咬你的时候还是会咬你。

曹操不相信自己的耳朵。

有些话从一个人嘴里说出来和从另一个人嘴里说出来，味道大不一样。

如果荀彧和他这么说吕布，曹操一点都不会奇怪。但是陈登这么说，在曹操看来，那是别有用心了。

无间？傻子？神经病？变态狂？脑残？吃错药了？

还是聪明一世糊涂一时？

曹操：其实，你不应该这么说。做人要厚道。

陈登：与厚道无关。我的主公只有一个。他叫陶谦。

曹操：是吗？或许，你要给我一个理由。

陈登：什么理由？

曹操：这么说吕布的理由。

陈登：……为了自己。

曹操：你到底还是说实话了。

陈登：良禽择木而栖。每个人都是为自己。

曹操：很好。我愿意做你的木头。但愿你是良禽。

陈登回去的时候，身份已经变了。曹操封他为广陵太守。

与此同时，他的父亲陈珪也得了曹操的好处——二千石粮食被抬进了家中。

这是曹操与他们做的一个交易：捉拿吕布时，他们必须是内应。

换言之，陈登父子成了曹操安插在徐州城内的眼线和钉子。

只是很快，陈登就为自己如此这般的人生选择付出了代价：吕布将剑架在了他的脖子上。只要轻轻一拉，大汉朝新任广陵太守就将为党国尽忠了。

此时的吕布怒目圆睁，正气凛然，很有几分锄奸队队长的气概。命悬一线的陈登突然间想到了一句话：若要人不知，除非己莫为。难道吕布真的知道我和曹操之间的交易了？

他闭上了眼睛。

无可奈何地闭上了眼睛。

最多疑　最单纯

吕布却让他把眼睛睁开。

因为他不想让他就这么死去。

在这个世界上，一个人不想让另一个人死去，原因其实只有一个——好奇。

吕布对陈登父子的骤然富贵感到好奇。

当然，他更好奇的是自己：曹操为什么只赏陈登父子却不赏他吕布？

所以，吕布要陈登给他一个解释——在求取功名利禄的道路上，为什么如此冷酷自私？

陈登给他做了解释。

毫无疑问，这是个铤而走险的解释。

因为，对陈登来说，这是他最后的机会——必须说服吕布，让他由衷地相信，他陈登没有无间。

但是，这几乎是不可能完成的任务。因为他连自己都无法说服。

就一般人而言，只有先说服自己，才能去说服他人，但是此刻的陈登以为，这条人间真理也是因人而异的。

有两个人不受此限。

曹操和吕布。因为他们的多疑。

多疑的人是无法被说服的。必须给他们更多的疑问。在疑问与疑问之间，多疑之人会自动找到一个平衡点，然后由他们说服自己。

陈登说，不错，我在曹操那里没有为将军求取功名利禄，而是说了这样一些话。我对曹操说，养将军就像养老虎一样，必须要让他吃饱，不饱则会伤人……

吕布疑惑了：这个，我听着怎么好像为我求取功名利禄的意思啊？可你为什么不直接说呢？以老虎做比，曹操怎会给赏？

陈登做一脸委屈状：曹操是不高兴啊。他不认为将军是老虎，而是鹰。

曹操说，他对待将军的态度就像养鹰一样，狐兔未息，不敢先饱。什么意思呢？是说将军不先把那些狐兔给吃干净了，他曹操是绝不会给你好处的……

吕布脸上毫无表情：曹操所说的狐兔都指谁啊？

陈登：袁术、孙策、袁绍、刘表等等这些鸟人……

吕布手中的剑掉地上了。

然后，两行清泪流过他的脸颊。

因为，他被感动了。

被曹操感动了。

曹操明白他的心，知道他吕布的所思所想。

不错，在吕布心中，袁术、孙策、袁绍、刘表等等这些人都是鸟人，而他也确实有让他们全都死翘翘的冲动。在他心中，这才是一个大丈夫所为。

很多人以为，他的心中只有徐州，只有徐州牧。错！他的心中有天下！

和曹操一样有天下！

吕布不顾陈登在场，跪倒在地，长叹一声：曹公知我也！

陈登如释重负。

在他看来，吕布现在做何反应并不重要，重要的是，他入戏了，真诚地相信戏中情景，相信曹操是他的人生知己。

曹操真是吕布的人生知己吗？在这个世界上，有没有可能一个人会是另一个人的人生知己？陈登无法回答。他只知道，曹操跟他是利用与被利用的关系。

谁都不是谁的知己。这样的一个乱世，谁要相信这一点，毫无疑问是心智不成熟。

但是眼前的景象却让他不得不迷惑——吕布相信了。

虔诚地相信了。相信陈登给他描述的臆想中的曹操——一个最多疑的人有时候会变身为一个最单纯的人。这样的发现让陈登心惊不已。

袁术攻过来了。

在他知道韩胤死翘翘之后。

特别是当他知道吕布悔婚之后。

袁术觉得，在这个江湖上混，最关键的一条就是要识抬举。一个不识抬举的人注定要被江湖淹没——袁术的二十万大军兵分七路浩浩荡荡开赴徐州，要淹没这座城池，淹没城中人。

特别是吕布。

世事多乖张

袁术是在大家毫无准备的情况下做了皇帝的。

袁术想当皇帝就像一个内急的人想上厕所一样，那叫一个势不可挡。

袁术手下的主簿阎象试图阻挡他。

阎象是个书呆子。书呆子最大的问题是看问题从书本看起。阎象说，想当年，周文王三分天下有其二，他要做皇帝，根本没人可以拦他。但他自己拦住了自己，死也不做，还一心一意地服事殷。现在明公你家世的富贵，有周文王那么鼎盛吗？汉室的衰微，有殷纣那么摇摇欲坠吗？嗯？！

袁术被雷倒了。

阎象最后的那声"嗯"让他明白这样一个道理：书呆子让人讨厌的地方就是自以为是。一切从所谓的理论出发，不从实际出发。

实际情况是，汉高祖刘邦当年只是一个流氓亭长，如果不是靠武力夺取天下，最多只是一个小地方的黑社会老大而已；而天下一帝秦始皇要论出身也只是个可疑的私生子。他们就那么伟大光荣而正确吗？真要说伟光正，我袁术伟光正着呢——袁姓出于陈，而陈乃大舜之后，真正的根正苗红。最要命的俺手上有传国玉玺。此玺一出，谁与争锋，千秋万代，一统江湖！

便做皇帝。

便征徐州。

袁术之所以要把做皇帝和征徐州二事联合起来，是因为他丢不起那人——吕布悍然拒婚，让他的儿子在天下人面前颜面扫地。

一个太子，怎么可以没有太子妃呢？吕布，做人不可以这么不识抬举的！袁术将愤怒的目光射向徐州，发誓要为尊严而战。

大敌当前，吕布问计于陈宫。

陈宫不语。

世事多乖张。陈宫的沉默不语事实上是委屈加抗议——曾几何时，他被边缘化了。吕布围着陈登父子转,以为功名利禄就在此二人身上,却不知,功名利禄的背面是刀光剑影。现如今,功名利禄没来,刀光剑影将至,陈宫以为,这是吕布自找的。

所以他无语。

当然,陈宫的无语不尽是委屈加抗议,也是无可奈何。二十万袁军分七路压境,徐州城的命运只有一个。

死翘翘。

吕布黯然神伤。他没想到陈宫也无计可施了。

这场大戏该落幕,这个人间该分手。吕布开始收拾心情,准备最后的鱼死网破。

也许,可以不用。

很长时间之后,陈宫这样幽幽说道。

你的意思,是我们有得一拼?

吕布有些期待。

陈宫点头。

区区数万兵马,怎么抵挡二十万袁军?

吕布说到这里,又有些伤感。

陈宫:在这个世界上,以暴制暴是不智的。暴力的归宿不是暴力。

那是什么?

陈宫看上去像个哲学家:人心。

什么人心?

袁术之心。暴力来源于仇恨。袁术恨主公毁婚。那么,是主公毁了吗?

……

吕布不知道该如何回答。

没有,毁婚之人是陈珪父子,是他们提议毁婚的,献媚于曹操引狼入室之人也是陈珪父子。如果他们的人头落地,袁术的仇恨也就消失了。兵祸自解。

陈宫指点迷津。

吕布恍然大悟。

当那把致命的屠刀架在陈登脖子上的时候,陈登对一个成语的理解更深了。

富贵险中求。

他现在和他老爸的遭遇就是富贵险中求。

不错，富贵是得到了，可与此同时，屠刀也得到了。

没有人可以救得了他们。曹操需要的只是让他们做内应，却没有挽救他们性命的义务。这就是做眼线者的命运。

吕布的眼光冷冷地瞟向他们，就像这对父子是他多年来不共戴天的仇敌。

陈登决定自救——虽然，这几乎是不可能完成的任务，但是现在对他来说，必须完成。

信仰经不起质疑

在这个世界上，救他人易，救自己难。

因为救他人，需要伸出的只是援手，但是救自己，光有援手是不够的——有谁能靠自己的一双手将自己拉出沼泽之地的？

所以，陈登先从救他人做起。

陈登要救的这个人是吕布。只有先把吕布救了，他才能自救。

陈登救吕布，路径只有一条：让二十万袁军从哪里来回哪里去，确保徐州和吕布的安全。

没有人相信陈登可以做到这一点。

但是陈登相信。

相信自己，可以有所作为。

韩暹和杨奉比较迷茫。

迷茫的原因是他们不明白，人生的路啊，为什么越走越窄？

他们原来都是献帝手下的官员。献帝的人生一直在路上，所以他们的人生也一直在路上。

在路上的滋味并不好受，一切身不由己。曾经在关中，韩暹和杨奉保过献帝的驾，算是忠于献帝的官员。但是很快，他们就不忠了，或者说不得不离开了。

因为曹操来了。曹操不由分说地代替他们"保卫"献帝，而让他们滚得越远越好。

他们滚了,一不小心滚到了袁术那里,成了忠于袁术的官员。

没有人知道他们心里是不是真的忠于袁术,但他们自己知道,必须忠于。忠于某人就是忠于饭碗。献帝是他们的饭碗,袁术也是他们的饭碗,在上一个饭碗与下一个饭碗之间,他们的人生没有缝隙。

只是没有人知道,他们心里真正的感受。

那是迷茫。

以及迷茫后的痛苦。

这痛苦来自于信仰的丢失。简单地说吧,他们都是没有明天的人。

他们的明天就是一只饭碗。

陈登站在了他们面前。

在陈登眼里,此二人看上去一脸威严,似乎意志坚定,百折不挠,内心极其充实。

但是陈登知道,他们都是极其虚弱的人。

理由是,一个内心真正充实的人不会做一脸坚定状。内心真正充实的人脸上的表情只有两个字。

平和。

就像装满水的瓶子,不再发出任何的声音,那是因为瓶中每一个空间都是水,不再不平则鸣了。

韩暹和杨奉不知道陈登为什么会站在他们面前——现如今,韩暹和杨奉作为袁术七路大军中的两路军指挥官,正驻扎在徐州城外随时准备攻城,所以,陈登的出现对于他们来说是不可思议的。

不错,虽然很久以前,他们是朋友,可现在他们和陈登的关系是敌我关系。

是敌人,就不应该都站着。

必须倒下一个。

但是陈登却以为,未必。

陈登:也许我不应该来。

韩暹:拜托,给个理由好吗?

陈登:一个人出现在他该出现的地方,不需要理由。

韩暹:什么叫该出现,什么叫不该出现?

陈登:心里认为该就该,不该就不该。

韩暹:不明白。

陈登：将军该出现在皇上身边呢？还是该出现在袁术身边呢？给个理由好吗？

韩暹：我……情非得已。

陈登：明天是什么？

韩暹：明天是明天。

陈登：错。明天是自己。自己心里有明天，那就有明天。

韩暹：……其实……我是个有明天的人。难道你怀疑这一点？

陈登：当然。

韩暹：当然是什么意思？怀疑还是不怀疑？

陈登：我怀疑与否不重要。重要的是你自己不怀疑。

韩暹：我当然……不可能……不怀疑啊……

韩暹大哭。

他终于撑不住了。

事实上每一个信仰丢失的人在这一刻都撑不住。

因为，信仰是经不起质疑的。

韩暹决定反水，为了重新找回做一个大汉忠臣的信仰，韩暹和杨奉将自己放置在人生的新拐点上，他们做出了一个影响袁术一生的举动——联合吕布在一个伸手不见五指的夜晚攻击了其他五路袁家军。这场战争最后以袁术的失败而告终。

吕布胜利了。

当然更准确的说法是陈登胜利了。因为他在最关键的时刻救了吕布一把——先他救再自救，陈登的人生有惊无险。

比语言更重要的

韩暹和杨奉的人生则是阳光灿烂。

他们即将失去一个旧饭碗，必将得到一个新饭碗——吕布将要给他们新饭碗，以表彰他们反水有功。

但吕布却颇费踌躇，因为他自己的饭碗都已朝不保夕。虽然吕布是徐州地区事实上的领导人，可官方并不承认这一点。这让他在江湖上的地位显得颇为可疑，很有些丐班班主的意思。

便为封赏名号绞尽脑汁。

陈珪抬头看天。

在这个世界上，总有人一本正经地做旁人看来毫无意义自己却认为重要之极的事情，每当遇到这种情形，陈珪总是抬头看天。

仰望天空。

仰望人生的真谛。

仰望欲望深处，人心的微妙起伏。

陈珪劝吕布别瞎折腾了。徐州城就一个破饭碗，怎么分？分到三个人手里，还是破饭碗。

也许可以搞搞新意思。陈珪如是说。

什么新意思？吕布垂头丧气。

的确，就像陈珪所说的，徐州地区的领导人只能有一个，只能是他吕布。吕布现在要做的最重要的工作不是把一个饭碗分成三个饭碗，而是把那个有些残缺的饭碗修补完整——获得朝廷的认可。

跳出徐州看徐州。为韩暹和杨奉谋饭碗，也为自己谋饭碗，更大的饭碗。

陈珪说得玄乎其玄。

但是吕布的眼神发亮了。因为他听出了新意。

不错，陈珪的话里确实有新意。他建议吕布别在徐州城里打转转，不妨大胆封韩暹为沂都牧、杨奉为琅琊牧，广阔天地大有作为嘛。

吕布听了羞涩地一笑：这徐州城里的官我可以封，徐州城外嘛，好像还不是我说了算的……

陈珪盯着他：徐州城里的官主公真能封，徐州城外真的不能封？

吕布心头一震，哑口无言。

人世间的事情真是经不起多少拷问。如果实力说话，吕布徐州城里城外都可以封官许愿；如果权力说话，那吕布什么都不是，这徐州城还是他名不正言不顺抢来的，没有得到官方的承认。

所以重要的是实力，实力在，饭碗就在，泥饭碗可以变成金饭碗；实力不在，饭碗就不在，金饭碗转眼就成泥饭碗。

这样的江湖，从来就是如此的风生水起，令人期待和——惆怅。

吕布心中那叫一个百感交集。

但他还是想把韩暹和杨奉二人留在徐州。

不为别的,只为他的孤独。大家都是漂一代,有共同语言。

陈珪表示反对。

陈珪以为,两个人能不能在一起,很多时候不是看他们有没有共同语言,而要看他们有没有共同思想。

比语言更重要的是思想。多少有共同语言的夫妻最后都劳燕分飞了,不为别的,就为他们没有共同思想。

所以——还是离开的好,离开了才"距离产生美",离开了才有收获。陈珪对吕布循循善诱:"韩、杨二人据山东,不出一年,则山东城敦皆属将军也。"

吕布想了一下,同意了。

其实,他并没有想明白这样一个道理——既然韩暹杨奉与他没有共同思想,那他二人据山东,对他吕布来说是福还是祸呢?

只是这个疑问吕布并没有对陈珪说出来,因为他知道,人生的问题无穷无尽,不是每一个问题都有答案,很多时候,人们只能一厢情愿地相信他人是可靠的——就像相信命运有善意一样,否则,每一个人都该死。

韩、杨二人去山东"报到"了。

这是一次没有接收人的"报到"——他们自己接收自己。

韩暹和杨奉以武力占据沂都和琅琊,克隆吕布模式,占地为王。他们看上去有些伤感——打破了一个泥饭碗,得到的还是一个泥饭碗。没有人给他们任何保障,除了自己。只是等一切安定下来之后,他们在心里也悄悄想这样一个小问题——

吕布是敌是友?他的心中有戒备,那我们该不该防着他呢?

呵呵,这样的时代真是人心隔肚皮,每一个人看上去都可疑。

孙策与袁术

陈登不明白父亲为什么要劝吕布把韩、杨二人赶到山东去。

陈登对陈珪说,此二人留下来比离开要好——他们如果能待在徐州,他可以想办法诱其杀掉吕布。

陈珪笑了。觉得儿子是在痴心妄想。

因为在这个世界上,一个人杀掉另一个人,有时候易如反掌,有时候难如登天。

不仅要看有没有利益,还要看有没有勇气。

不仅要看有没有勇气,还要看有没有人心。

作为反水之将,韩、杨二人心中最大的阴影是没有归属,不知道自己的主子是谁。所以他们防着吕布,反过来说也一样,吕布防着他俩。

提防心一起,吕布就不容易杀了。

再一个是人心的问题。

徐州最早是陶谦的徐州,后来是刘备的徐州,现在呢,可能还不完全算是吕布的徐州,但和这二位反水之将相比,徐州的士气人心是向着吕布的——人心向背决定着杀吕绝无可能。

既然如此,那韩、杨二人如果留在徐州想生存下来只有一条路。

忠于吕布。真心地忠于吕布。把自己和吕布连成一个利益体。

所以韩、杨二人必须走,绝对不能让他们和吕布连成一个利益体。

陈珪仰望天空,将这一条条道理分析给陈登听。陈登终于明白——原来,让一个人死实在是最高深的学问,需要天时地利人和。

需要一切的机缘巧合。

同时,对于父亲洞察人心之细致入微,陈登佩服得那叫一个五体投地。

领着败军回到淮南的袁术认为自己并没有失败。

失败的是韩、杨二人。袁术以为,韩、杨二人做人太失败了。一个人在一生中反水一次叫弃暗投明,反水两次那就叫弃明投暗,或者说瞎了狗眼!

不错,袁术的自尊心确实受到了打击。

致命的打击。

韩、杨二人如果是向曹操反水去了,袁术还没这么痛苦,现如今,此二人选择的是吕布,这让袁术对自己的人生价值产生了深刻的怀疑——他奶奶的,难道我现在混得还不如吕布吗?

便要报复。

当然了,报复是要讲实力的。对现在的袁术来说,他最缺少的就是实力。

新败之后缺兵少将。

袁术打算借兵。

袁术以为,在这个世界上,任何东西都是可以借的,包括生命。所以他觉得，借兵之举没什么大不了的。

但是谁也没想到，他会向一个最不可能的人去借兵。

孙策。

没有最无耻，只有更无耻。这是孙策现在的人生感悟。袁术让他明白什么叫能屈能伸，什么叫一个人的柔软身段。但是孙策以为，所有这一切都必须在底线的基础上进行。一个没有底线的人，谈不上能屈能伸。

无底线之人永远是弯曲的，不能直立。

比如袁术。

所以孙策狠狠地拒绝了袁术的请求，并表达了势不两立的决心。

袁术怒了。

在袁术心目中，自己这是帝王之怒。不管别人承不承认他是帝王，袁术却是早早地自己承认了。

袁术一向以为，有些东西别人承不承认不重要，重要的是自己承认。

自己认为行，才是真的行。

为了充分体现一个帝王的雷霆万钧，袁术悍然决定，要让孙策死翘翘。与此同时，他还爆了粗口："黄口孺子，何敢乃尔！吾先伐之！"

他的手下长史杨大将乐了。

不错，一个人藐视他人的存在不要紧，要紧的是别意淫自己。

在他看来，袁术现在就意淫自己了。以为光凭一个帝王的名号，全世界人立马就要在他面前瑟瑟发抖。

他力谏袁术认清形势——鸡蛋是不可以碰石头的。打吕布不行，打孙策就行了吗？

袁术不响了。因为有一个事实不言自明：孙策比吕布牛多了。

他只能暂时选择忍耐。

孙策却突然发觉自己无须忍耐了。

这样的时代真是实力说话。从一块传国玉玺起步而能据有江东的孙策豪迈地发现，他现在拥有了叫板袁术的实力。

特别是在袁术新败之后。

更特别是在曹操派特使向他表示亲近之意之后。

曹操的特使是在袁术生闷气的时候抵达江东与孙策进行亲切友好的谈话的。孙策愉快地发现，曹操同志对他很器重，"拜策为会稽太守"，并给他安排了一个光荣而艰巨的任务，起兵攻打袁术。

孙策一时拿不定主意。

不错，能成为会稽太守，是好事，说明自己据有江东的现实得到了官方的认可，但是起兵攻打袁术，这里面却是机关重重。

两虎相争必有一伤？

螳螂捕蝉黄雀在后？

总而言之言而总之，最后的受益人只有一个。

曹操。

其实，孙策对曹操受益并无多大的抵触情绪，毕竟人家玩得大嘛，已然江湖一大佬，没什么可说的。他只是关心自己的利益——

会不会成为替曹某人火中取栗的牺牲品？

要是这样，那就太不划算了。他可不能为了"会稽太守"这样一个虚名做得不偿失的傻事。

张昭无限悲凉地告诉他，没有退路了。

事实上，这不是两难选择，而是别无选择。

在张昭看来，接受"会稽太守"的封赏和出兵讨袁其实是一回事。孙策别无选择，既不能拒绝"会稽太守"的封赏，也不能拒绝曹操"出兵讨袁"的提议。

那叫不识抬举。

所以，没后路可退。

在这个世界上，一般来说，只要你不是最强者，那就没后路可退。张昭无限悲凉地把这条人生真谛告诉孙策，孙策听得一脸凝重。

更要命的问题还在于，张昭认为，袁术并不好打，因为瘦死的骆驼比马大，袁术虽然新败，但多年经营的根基并未摧毁。所以打袁术，结局只有一个，两败俱伤。

当然，改变这种结局的可能性还是存在的，那就是把曹操拉进来，大家一起来做局。

孙策的一脸凝重开始变得有些生动了。他很想知道，张昭所说的"大家一起来做局"是什么意思。

张昭接着往下说，只有曹操进来，才能打破孙袁并峙的局面，确保讨袁成功。即便孙军万一有失，也可指望曹军救援。

孙策想了想，有个问题还是不明白。那就是他的部队万一有失，曹军真的会救援吗？

张昭无法回答。

张昭以为，这不是人回答的问题，而是上帝回答的问题。大家一起来做局，局中人的立场是很重要的。当忠诚遭遇背叛，没有人可以救得了自己。除非上帝他老人家。

团结就是力量

围猎开始了。

这是一场四对一的游戏。四是指曹孙刘吕四方，一是指袁术一方。

作为四方面军的总指挥，曹操心中是有自己的算盘的，那就是以孙策为主打，刘备、吕布敲敲边鼓，自己殿后。不妨这么说，在这场围猎游戏中，曹操和孙策是主角，刘备、吕布是配角。

但是刘备把自己变成了主角——他杀了两个人。

在山东企图称霸的韩暹和杨奉。

当然准确地说此二人是关羽张飞杀的，不过下命令的人是刘备。

刘备以为，一个人在这个世界上存在的标志不在于他所处的地位，而在于有没有做出出位的事情。

要上位，先出位。

刘备此举果然引起了曹操的重视——不请示就杀人，有气魄啊。

但是气魄背后是什么，是不是野心？

曹操不敢肯定。

他也不想肯定或否定。

对现在的曹操来说，团结是第一位的，秋后算账是第二位的。这是成大事者做事的程序，他不想破坏程序。

所以曹操笑眯眯地表扬了刘备为国除奸的壮举，表示自己要向玄德同志学习，努力做到一身正气两袖清风。

麻烦却在这个时候起来了。

吕布想杀人。

他想杀了刘备，以使后者明白目中无人会付出怎样的代价——再怎么说，韩暹和杨奉是他吕布手下的人，刘备说杀就杀，明摆着不把他放在眼里啊。

吕布手里的方天画戟被捏得嘎嘎响。

与此同时，张飞手里的丈八长矛也被捏得嘎嘎响。

当然，关羽也不是吃素的，他手中的青龙刀更是捏得嘎嘎响。

只有刘备闭上了眼睛，安之若素。

事实上，他是最危险的人，随时可能人头落地，但世事就是这么奇怪，最危险的人看上去总是最安详。

因为他不是影响全局之人。事已至此，刘备能做的就是承受。承受命运对他的给予。

这是千钧一发的时刻，血债似乎要用血来还，一场重量级的PK已是不可避免。好在这时，曹操说话了。

对江湖大佬来说，出手和出口是衡量其江湖地位的重要标志。

级别不够的江湖大佬以出手来解决问题；而顶级的江湖大佬以出口来解决问题。

嘴比手更有分量是因为级别到那里了，动嘴之间已是颠倒乾坤。

吕布收手了，在得到曹操给他的许诺之后。

曹操答应封吕布为左将军，战后还都之时马上给换印绶，同时他还代表朝廷承认了吕将军对徐州地区的有效管辖。

一场貌似不可避免的重量级PK烟消云散。曹操在各人各得其所之后再次强调，团结就是力量，团结就是胜利。谁敢破坏团结，谁就是我曹某人的罪人！

便不敢再叽叽歪歪。

便各方协作，一致对袁。

曹操左吕布右刘备，前锋是夏侯惇和于禁，浩浩荡荡17万人马冲向袁术，准备让他立马死翘翘。

一时间，袁术的老窝寿春四面被围。

寿春战役的一个难题

袁术突然感觉自己死期将至。

因为无法突围。

再一个，突围之后往何处去？袁术一筹莫展。

杨大将也替他着急——寿春的形势不是一片大好，而是一片大坏。城内数年来不是水灾就是旱灾，老百姓和士兵很长时间没有吃饱饭了。一座饿得奄奄一息的城，一群饿得奄奄一息的兵，这仗怎么打？

杨大将的建议是不打，袁术能跑多远就跑多远。杨大将以为，对一个统帅来说，最重要的不是敢打，而是知道什么情况下该打什么情况下不该打。

不打注定会死翘翘的战，这应该是统帅的一种战争本能。还有，现在寿春城内，民怨如火，随时可能会燃烧起来。杨大将劝袁术不做惹火烧身之事。

但是杨大将又以为，在战争中，现在不打的目的是为了将来打。

不错，曹军是在围城，但时间在哪一边呢？我们缺粮，曹军更缺粮，就看谁能熬得过谁了。也许机会就在将来的某一天。

袁术惆怅地走了。

带着他的一些部下还有满城的金银财宝。

目的地是——没有目的地，先过了淮河再说。

当然了，寿春也不是空城一座。他留下了李丰等四位将领领着10万兵守城，守不守得住曹军17万人马的进攻，那就全看天意了。

10万对抗17万。

这就是寿春战役的现实。

却没有人可以预测谁输谁赢。

曹操也不可以。

因为曹操痛苦地发现，人多好办事原来不是真理，而是歪理。

人多要坏事。特别是在当前的情况下。17万人马一天要吃掉多少粮食，一个月又要吃掉多少粮食，曹操简直不敢想象。

于是这场旷日持久的战争很意外地演变成节食比赛，看谁能熬得过谁。

谁能吃到最后，谁就能笑到最后。尽管曹军选择了一次次的攻城，希望全军在饿死之前结束战斗，但是战事进行得有气无力，攻守双方都显得拖泥带水——都是饥饿惹的祸。

一个多月后，曹军终于扛不住了。长途作战，粮草供应接不上了。

事实上全国诸郡也没什么存粮了。水旱连年，地主家也没余粮，能有什么办法呢？曹操在半是请求半是强迫地向孙策"借"了10万斛粮米之后，不得不考虑这样一个问题：10万斛粮米，17万曹军究竟可以吃几天？

当然，从算术题的角度来计算，这不是个复杂的题目。

曹操却不想从这个角度来计算。他想从人的角度来计算。

一个人一天正常进食的话应该是三顿，可要是省下一顿甚至两顿的话，那17万人马一天可以省多少，一个月又可以省出多少啊……

曹操激动了。对他来说，时间就是机会。取胜的机会。因为曹军省出来的时间越多，取胜的机会越大。

所以，节省才是硬道理！

不过，曹操还是顾虑重重，不敢立马推广他的节食政策。

曹操害怕啊，怕军心不稳。

17万原本每天可以吃三顿的兵们突然改吃一顿，肯定要闹翻天。一旦兵变起来，曹操将无法面对他们。

所以，此时的曹操急需一个理由，让17万兵们饿肚子却不至于造反的理由。

老实人王垕

王垕一直相信他爸临死前跟他说的一条人生哲理：做老实人，办老实事。

所以很多年来，王垕在曹操手下管着粮仓一直平安无事。

因为他不欺人。

也不自欺。

王垕以为，在这个世界上，不欺人的人赢得世界，不自欺的人赢得人生。如果能做到双不欺，毫无疑问，此人将赢得未来。

王垕自信，他将赢得未来。

曹操便对他很欣赏。

这一天，他把王垕叫到帐中，向他请教走向成功的秘诀。

不欺粮。在小的岗位上，唯有不欺粮才能做到不欺人，也唯有不欺粮才能做到不自欺。

王垕回答得很坦荡。

但是很快，他就不坦荡了。

他看见曹操流泪了。

曹操之所以流泪是羡慕王垕——无忧无虑，凭着唯一的信条就可以将人生活得游刃有余。

可他做不到。他的人生太复杂，无数的人生信条互相矛盾，偏偏又对立统一于他的生命之中。

最关键的一点是，他没有王垕的安全感。王垕的安全感来自于一个巨大粮仓的存在。这个粮仓是曹操提供给他的，王垕每天要做的工作只是秉持自己的良心，将一天三顿粮平均分配到每一个将士手中。

这样的人生，单调，却安全、充实。

但是曹操知道，很快，王垕如此这般田园牧歌式的人生将不复存在。

他要打碎它，亲手打碎它。

曹操告诉王垕，因为兵多粮少，从今往后，粮仓出粮可用小斛量之，总的一个原则是每天进到将士们肚皮里的粮食越少越好。

曹操就是要王垕从欺粮做起，既欺人又自欺。至于为什么要这么做，曹操不说。

王垕只得去执行这个奇怪的政策。

虽然这个来自曹丞相的政策和他的人生信条有冲突，但王垕理解这不是他的冲突，而是曹操的冲突。毕竟，他只是个执行者而已。

一个月后，王垕停止了呼吸。

17万饿得嗷嗷乱叫的将士们哭着喊着要杀死他。对这些群情激昂的将士们来说，这样的时刻是偶像坍塌的时刻。他们不能容忍"公平偶像"王垕的欺骗。

王垕将目光投向了曹操。

这是求救的目光。

他希望曹操站出来解释这一切。

但是，曹操没有。

事实上，自始至终，这只是曹操做的一个局而已——为了让17万将士能够在缺粮的状态下多熬上十天半个月，曹操决定用"公平偶像"王垕的信誉做一次牺牲。

他让此人背了一次黑锅。曹操以为，这是重于泰山的黑锅，王垕同志必将死得其所。

就这样，王垕死了，在曹操信誓旦旦的指责下，他被刀斧手实施了人体分离手术。

一刻钟后，王垕血淋淋的头颅被扔在曹操的脚下。曹操面无表情地看着王垕那张刚刚死去的脸，他看出了内容。

那是对这个世界的绝望。

和惊骇。

王垕死了，对曹操来说，这是旧问题的结束，也是新问题的开始。

新问题其实是旧问题。

没粮了。

王垕以他的一条性命延缓了问题的爆发，可问题就是问题，17万将士缺粮是天王老子也救不了的。

曹操下令攻城。虽然在此之前，他无数次下令攻城，但这一次注定不一样。

曹操给出了三天的时限。三天之后，寿春城拿不下来，大家一起死翘翘。

事实上对城中守军来说，这也是最后的时限。

因为他们也没粮了。

都是置之死地而后生。

都是狭路相逢勇者胜。

只是谜底耐人寻味。谁会是这个历史时刻最后的胜出者呢？

曹操闭上眼睛，开始等待命运的审判。

曹操的变脸游戏

城破了。

曹军冲进了城里。

事实上对他们来说这不是一场战争的胜利，而是生命本能的胜利。当大家伙儿都饿得忍无可忍之时，破城就不再是军事行动了。

它变成了一种冲动。

无坚不摧的冲动。

城内的 10 万人就这样被城外的 17 万人打败了。技战术在此时已是多余，战争到了这个地步，决定成败的唯一关键点是人数。

哪一方人多，哪一方的求生欲望就会压过对方。

所以，曹军胜了。

顺理成章地胜了。

当仁不让地胜了。

但究其实，这到底还是一个人的胜利。

曹操。

曹操大度包容疑心重重杀伐决断阴险狡诈孤注一掷费尽心机，在牺牲了无数人的性命乃至名誉之后，他才有了这样一场胜利。

所以曹操感觉自己胜得不易，就像他之前的每一次胜利一样，曹操为此都付出了沉重的代价。但是他依旧认为，这是必须付出的代价。

值得。

胜利之后事更多。

由于这是一次联合作战，兄弟部队之间的很多矛盾在战争的名义下被暂时掩盖了——战争结束之后，矛盾依旧是矛盾，它们注定要刺刀见红。

比如刘备和吕布的恩怨。

曹操在班师之前做了这样一项工作——把三只手放在了一起。

一只是刘备的，一只是吕布的，最后那只是他自己的。曹操无比恳切地对刘吕二人说，我们三个人，就是一个人。在一起的时候是一个人，分开了，也是一个人。你们地明白？

刘备点点头。他的表情看上去天真无邪，就像和吕布从来没过节一样。

吕布则先看一眼刘备，再看一眼曹操，非常不乐意地点点头。地球人都看得出来，他很勉强。

曹操心里一声轻叹：成大事者，还是刘玄德啊。

所以吕布离开之后，过了一刻钟，曹操又做了这样一个表演。

他把两只手放在一起。一只是刘备的，另一只是他自己的。曹操无比恳切地对刘备说，我们两个人，就是一个人。在一起的时候是一个人，分开了，也是一个人。你地明白？

刘备点点头。他的表情看上去天真无邪，就像和吕布从来就没握过手一样。

这一回，曹操心里没有轻叹，而是惊叹：爷们，你……你……你也太能装了吧，怎么这样的若无其事？如此这般的若无其事，岂是仁慈之人可以做到的?

但他没有说出来。因为曹操知道,在这个世界上,有些话一说出口就是错。他和刘备都是此中高手,一切尽在不言中。

刘备却在等待,等待曹操的下一个举动。从三只手握在一起到两只手握在一起,刘备感觉曹操的心绪起了变化。

曹操有所弃,必有所求。

果然,曹操全盘端出了他的心底隐私:"吾令汝屯兵小沛,是掘坑待虎之计也。公但与陈珪父子商议,勿致有失。某当为公外援。"

自始至终,曹操在他的话里没有提到吕布二字,但是刘备明白,曹操所指的"虎",就是吕布。

一刻钟,颠倒乾坤。一刻钟,吕布从"三个人就是一个人"变成了待宰之虎,人心的微妙多变,曹操在刘备面前做了生动演绎。

刘备没有作声。

沉默。

暧昧的沉默。

但是曹操情愿将它理解为默许。

也难怪,让仁义名声远播天下的刘备在一刻钟时间里完成一个高难度的变脸游戏,他的确做不到。好在曹操比较善解人意——做不到并不代表心里不想。曹操以为,刘备心里不仅想,还想得紧。徐州是谁的徐州?谁现在最想拿回徐州?刘玄德公也……他要不想复仇,那他就枉为男人。

曹操含义复杂地看一眼刘备,呵呵乐了。

再征张绣的一次意外

建安三年的夏天是一个热死人的夏天。

但是曹操依旧在路上。

这其实是一个不甘平庸的男人的宿命。一个男人如果永远在家里,那他的世界就是家里;一个男人如果在路上,那他的世界就是他经过的每一个地方。

曹操就在路上，永远在路上，在上一个征服点到下一个征服点的路上。

将寿春摆平之后，曹操往下一个征服点一路狂奔。

南阳。

南阳永远是南阳，所不同的是这一回，占有它的主人是张绣。

张绣自上次兵败逃到刘表处后，在南阳自力更生艰苦奋斗，让这座古城成了自己的小王国。

更要命的是他还带了个不好的头，号召其他地方跟着造反，一时间江陵的地方行政长官也不听中央的话，改听张绣的话了。

张绣此举，很有和中央分庭抗礼的意思。但在曹操看来，张绣其实不是和中央分庭抗礼，而是和他曹操分庭抗礼。因为现在，眼睛没瞎的人都明白，中央就是曹操，曹操就是中央，二者合二为一。

便再征张绣。

便在建安三年的夏天出现在那块贼著名的麦田之中。

"割发代首"这个成语于此呼之欲出。

因为曹操的马踩着麦田了。

没有人知道曹操的马为什么会踩着麦田，也许在此之前的很多年和在此之后的很多年，无数高官显贵的马都会踩麦田，但这一次注定不一样。

因为曹总司令刚刚下达了谁不长眼踩老百姓的麦子谁立马死翘翘的禁令。禁令刚刚下达，曹操就惊骇地发现，他屁股底下的马没长眼，恬不知耻地站在麦田中间将自己的雄姿展览给众将士们看。

众将士们没有看那匹犯错误的马，而是看向了马的主人。

曹操。

有那么一瞬间，曹操恨不得把他的马给阉了——雄姿英发，我让你站在麦田中间雄姿英发！

但曹操又深刻地明白，今天之事，不是阉一匹马可以了结的，也不是杀一匹马可以了结的。如果严格按照禁令去执行，他应该自裁以践行自己的承诺。

自裁还是不自裁，这是一个问题。曹操有生以来第一次恐怖地发现，禁令锋利如刀，即便是制定禁令的人，也可能被他割到。

所有的人都在等待，等待曹操的下一步动作。

毫无疑问，这是箭在弦上的时刻。

箭在弦上不得不发，曹操下马，取剑，架脖，闭眼，一系列动作一气呵成，堪称完美。

但是最关键的那个动作没做。

自刎。

"自刎以谢天下"这句话说起来容易做起来难，曹操到此时还没有想好到底要不要走这一步。

不是怕，而是觉得冤。

多少雄心壮志有待于自己去实现啊，怎么，就这么完了？终结在这片宿命的麦田里？

曹操在犹豫。他的犹豫就像很多人的人生，走到最关键的时刻僵在了那里，缺乏前进或后退的力量。

郭嘉决定给曹操这个力量。

郭嘉明白，大人物不是在任何时候都强大的。他们有时也虚弱，需要外力的推动，而他愿意做那个推动者。

郭嘉这么跟曹操说："古者《春秋》之义，法不加于尊。丞相总统大军，岂可自戕？"

曹操心里的一块石头落地了。他转过脸去看郭嘉一眼，这一眼，很有知己的感觉。

不错，作为这个时代的顶尖谋士，郭嘉的智商是极高的。但是曹操以为，要做一个一等一的谋士，光智商高是不够的，还要情商高。

郭嘉的情商就很高。在曹操人头马上要落地的时候，为他人头不落地找出理论依据——《春秋》之义，法不加于尊。

这九个字，毫无疑问是史上最强的九个字，它们不仅影响了一个人的生死，也影响了一个时代的走向。

曹操走出了那片麦田。

宿命的麦田。

全体将士也如释重负地走出了那片麦田，向南阳进发。他们不再有不公之感，因为《春秋》之义让他们畏惧。与此同时，曹操也让他们畏惧。这个看上去一脸严肃的男人虽然头颅没有割下来，但他割发代首，传示三军，表达了很强的自责意识。

只是曹操割下来的头发传到郭嘉手里时，郭嘉不动声色地笑了。

笑得很暧昧，暧昧得一如曹操看他时的眼神。

就此，由一匹犯错误的马引发的信任危机经过郭嘉的鼎力公关和曹操的默契出演之后完美落幕，没有留下任何一点后遗症。

曹操再一次败于自信

张先死了。

死于许褚的刀下。

当然,要细说起来,张先是死不瞑目的。

因为太快了。

许褚的刀太快。张先在马上还没看清许褚的刀是以怎样的角度和力度砍过来时,一阵来自脖子上的凉意让一切都结束了。

不过,对张绣来说,这不是结束,而是噩梦的开始——他的手下大将张先和曹操手下大将许褚交手不到三个回合就死翘翘,让他接下来的行动变得别无选择。

除了选择躲在南阳城内当缩头乌龟外。

曹操则黯然神伤。为他的进攻受阻。

关上城门,南阳城的确是不可逾越的——太高太坚固了。

但是,曹操不想像上次攻打寿春一样,在南阳城外熬上一两个月。

因为世上再无王仓官。王垕死了,没有人可以再为他曹操背黑锅,他只能速战速决。

曹操下令,他手下的十万将士人人动手,铸起一座新的城墙。

这是紧挨着南阳城的新城墙。曹操的目的性很明确,他要骑马,"绕城观之"。

当然了,东汉末年伟大的军事家、革命家、阴谋理论家曹操同志不是窥阴癖爱好者,他上城墙不是为了目击张绣的隐私生活,而是要目击另一种存在……

新城墙造好了。在曹操骑马"绕城观之"的三天里,他表情严肃,双目炯炯有神,却什么都没说。直到第四天早上,曹操下得城来,对着全军将士发布了这样一道命令:"教军士于西门角上堆积柴薪,会集诸将,就那里上城。"

张绣的谋士贾诩看到了异动。

南阳城的西门角上，无数的柴薪在堆积。

但是他眯了眼睛，装作视而不见。

贾诩总是这样，不用眼睛看世事，而用心眼看世事。

因为贾诩以为，在这个世界上，眼睛看到的东西总是不可靠的，只有心眼看到的东西才可靠。

心眼是人身上比眼睛更锐利的目击器，它能看到眼睛看不到的东西。就像此时的贾诩。

他看到的是曹操的心机。

曹操骑马绕城三日，一定不是在看，而是在想。

想破城最有效的方法。

什么是破城最有效的方法呢？

贾诩以为，就在一个意想不到的角度或方向上。曹操在西门角上堆积柴薪，大张旗鼓做文章，毫无疑问，这是一个可以首先否定的破城路径。那么，除西门外，东南北三门，究竟哪一门会是曹操的破城之门？

贾诩无法肯定。

毕竟他不是曹操。毕竟每一个人的心眼都有他人无法知晓的秘密，聪明如贾诩者，也不可以卒知。

张绣面无表情。

在贾诩跟他分析了事情的严重性之后。

张绣觉得，用排除法排除曹操不会从西门破城毫无意义——以城内有限的兵力，不足以抵达曹军"攻击一门，不及其余"的进攻。

所以城破，已是不可避免，除非确知曹军从哪一个门发动进攻，然后才能集中全部兵力殊死抵抗。

但是除此之外，另一层更深的疑虑在他心头产生——曹操会不会利用他的怀疑和自作聪明，真的就从西门破城呢？

所谓兵不厌诈，没有人可以知道曹操的心思所在，更何况曹操本身就是个疑心极重的人。

一时间，张绣不知道该如何是好。

好在贾诩知道接下来该怎么办。

他是突然之间知道的。

因为他看到了一个细节。

细节在城东南角。

城东南角有鹿角，而上面的鹿角多半是毁坏的。

与此同时，城东南角的砖土也有问题。

颜色新旧不一。

贾诩的脑子里顿时电光石火——他看到了，难道曹操就没看到吗？这样的发现对曹操来说意味着什么？只有一点：此处是整个南阳城最薄弱的地方。要破城，非选此处不可。

便声东击西。

便故弄玄虚。

便在西门角上堆积柴薪，"诈为声势，欲哄我撤兵守西北。彼乘夜黑，必爬东南角而进也。"

贾诩豁然开朗。

张绣也豁然开朗。

所谓细节决定成败，这话既是对曹操说的，也是对张绣和贾诩说的。他们正是从城东南角的细节中，窥破了天机。

窥破天机只是万里长征走完了第一步，接下去的路更难，任务更艰巨。

张绣不知道该怎么办。

贾诩知道。

贾诩总是比张绣多知道那么一点，早知道那么一点，所以他是谋士，张绣不是。

贾诩告诉张绣，现在最重要的就是不要让曹操知道我们窥破了天机。

必须将计就计。

必须要让曹某人知道，我们比猪还笨。

一个人能成大事，有时不看他的聪明，而看他的笨。笨其实是比聪明更高的智慧。那句话是怎么说的？大智若愚。

张绣点头。

虽然他认的字不多，但是"大智若愚"四个字还是认识的。不仅认识，还知道怎么去做。

因为接下来，贾诩一五一十地告诉了他。

南阳城内的老百姓一夜之间发现自己成了军人，然后他们迈着整齐的步伐，雄赳赳气昂昂地开赴城西北角，表情夸张地做坚守状。与此同时，南阳城内真正的军人一夜之间成了老百姓，然后他们迈着凌乱的步伐，默不作声地于夜间潜入东南房屋内，藏在里面不再出来。

这一切都是贾诩安排的。

贾诩安排这一切只是为了一个人。

曹操。

他要和曹操过招，赌曹操看不透这一切。

这是两个人的赌局，但其实是两个字的赌局。

自信。

自信每个人都有，却不是每一份自信都可以被利用——贾诩现在要利用的，就是曹操的自信。

曹操果然被利用了。

他现在相信张绣和贾诩已经中计，他们将为自己的愚蠢付出代价。

一座城的代价。

无数生命的代价。

二更时分，谜底揭晓了。付出代价的人却不是张绣和贾诩，而是曹操。

当曹操命令他的大部队趁着夜色于东南角上爬过壕去，砍开鹿角时，他们惊奇地发现，城中一片静悄悄。

见不到人。

见不到白天所看到的那些穿军装做坚守状的"军人"。

与此同时，炮响了。这是带有宣判意味的炮声。曹操明白，反攻倒算开始了。无数的伏兵冲出来见人就砍，看上去很黑社会。

曹操只得往城外狂奔。能跑多远跑多远，就像他以前无数次为自己的过度疑心或自信买单时一样，曹操此番的买单方式还是二话不说，拔腿就溜。

当然真正的买单人在他身后。

曹操身后，五万余将士在此次战役中死翘翘。吕虔、于禁则身负重伤。

惊魂甫定之后，曹操一声轻叹："自信"两个字害死人啊！

只是他的轻叹声是如此的低沉，以至于没有第二个人可以听清。

除了他自己。

要不要相信常识？

袁绍喜欢贪小便宜。

在这个世界上，喜欢贪小便宜的人很多。袁绍不是第一个，也不是最后一个。

但袁绍不在乎这个排名。他只在乎，是不是实实在在地贪到小便宜了。

这一回他要贪的小便宜是趁曹操再征张绣之时兴兵攻打许都，逼迫曹操给他实实在在的好处。

曹操很烦这个人。没有远大的志向，只知道贪小便宜，一看就是个猥琐之人。

可不理他还不行。一旦许都被占，那自己可真成孤魂野鬼了。

所以窝还是要的，许都还是要回防的，剩下五万将士还是要星夜兼程的。

目的地是许都。

张绣决定宜将剩勇追穷寇，追击曹操回防许都的五万兵。

贾诩反对。

贾诩的反对无效。只因为张绣官比他大。所谓官大一级压死人。

但更主要的原因是张绣有主见———一定要让曹操输得裤衩都不剩。不为别的，只为他先前被侮辱的婶婶。

贾诩无可奈何，无言以对。

当一个人怀着血海深仇要复仇的时候，任何反对的理由都是苍白的理由。

只能让事实去说话。

事实果然说话了。

张绣垂头丧气地回来了，若有所失地站在贾诩面前。

贾诩明白，张绣同志宜将剩勇追穷寇，一不小心却被穷寇咬了一口，咬得还不轻，奄奄一息了。

这一回可以追了。贾诩轻轻地对张绣如是说。

张绣却不明白这其中的道理：为什么前一次贾诩反对他追击曹操，这一次却可以了。难道前一次和这一次有什么区别吗？

当然有区别？

为什么？

因为人不能踏进同一条河里。

我不知道你在说什么。兄弟，你说得太玄了。

你很快就会知道，主公。

但张绣还是不敢去追。

他不相信人世间有这样的道理：同一支部队，同样条件下，被打得落花流水后，再去打一次，就能打出胜利来。

告诉你，世界，我不相信！

张绣很固执。

只是很快，他就不固执了。

因为贾诩跟他玩狠的了。贾诩请他整兵再追，如若不胜，他将输给他一样东西。

他的脑袋。

张绣害怕了。

不是害怕贾诩人头落地，而是害怕贾诩的头脑。

莫非那里面真的藏着一个真理，可以预测未来？

为了验证这样的一个想法，张绣决定做一次试验——再追击一次曹操，大不了再败一回。目的只有一个，看看他和贾诩之间，究竟有多大的不同。

试验结果让他很沮丧。

胜了。张绣以败军之勇打败了曹操的五万兵。

这是一次沮丧的胜利，也是一次莫名其妙的胜利。张绣知道，这场战争唯一的胜利者只有一个人，那就是贾诩。贾诩料事如神，未卜先知。他掌控胜负之间的密码。

张绣便向他请教这其中的密码。

贾诩告诉他没有密码。

只有常识。

人世间的事靠密码不能胜出，只有靠常识才能胜出。只是很多时候，我们眼睛高高在上，忽略了常识。

张绣脸红了。贾诩对张绣的脸红视而不见。因为他觉得，关注这一点没有意义。接下来，他愿意告诉张绣一些有意义的事。

有意义的常识。

贾诩说，一般人只看见曹操领着五万兵逃往许都，以为窜逃之兵不堪一击，但事实并非如此。因为曹操的逃跑不是无组织无纪律的。是有心机的。

曹操的心机在这支队伍里。

不错，曹军是在窜逃，但殿后的必为劲将，以防追兵。所以这个时候冲上去，结果肯定只有一个，我们死翘翘。这是常识。

张绣点头，为自己不懂常识羞愧点头。

但随即，他又摇头：既然殿后的必为劲将，为什么我们追上去再打时，劲将不在了呢？

贾诩深深地吸了一口气：不是不在，而是殿后任务完成后，前移队首去了。我猜许都肯定有事。有大事。

张绣：难道曹操不再提防我们二次进攻？我靠！这也太藐视我张绣了吧。

贾诩看他一眼：你确定你要二次进攻？

难道不是吗？

确定？

不是先生你教我进攻的吗？

那是我发神经了。

……

一般来说，没有人会在条件不利于自己的情况下发动二次进攻的。那是找死。曹操正是看准了这一点，才命令他的手下劲将迅速前移。他以为这是一个常识。但这一次他输在了常识上……

张绣听了，好像明白了，又好像没明白：贾先生，你能不能告诉我，到底要不要相信常识？

要信的时候信。不要信的时候不信。

贾诩回答得很玄乎，语气却很肯定。

一种感觉

曹操回到许都后，事情起了变化。

袁绍不打他了。

其实，袁绍本来就没想打他。他要的只是小便宜。

袁绍给曹操写信，说他真正的敌人是公孙瓒。他老人家准备出兵攻打公孙瓒，特来向曹丞相借粮借兵。

曹操笑了。

是冷笑。

因为从这封信中，曹操看出袁绍骨子里的"小"来。借粮借兵打公孙瓒？不错，借粮借兵是真，打公孙瓒那就是天晓得了。

曹操打定主意：粮和兵绝对不借。这样的乱世，粮和兵是什么，是称霸天下的根本啊，我把这根本给了你袁绍，那我不如把天下拱手送给你老人家呢……

曹操决定对这个鸟人置之不理。

但很快，他发现不能置之不理。

这封信事实上是一个烫手的山芋。曹操若肯借粮借兵，那此信就是袁绍留给他的借据；曹操若拒绝，这封信则成了袁绍的战书。

所以，非此即彼。

没有第三条道路。

曹操也不想走第三条道路。他和袁绍的恩怨总要有个了断，现如今袁绍找上门来，那就不妨一决雌雄。

只是一决雌雄的决心曹操一下子拿不出来。

这不是最好的时刻，也不是最坏的时刻，这是不尴不尬的时刻。对曹操来说，他再征张绣新败，损兵折将灰溜溜地回来，正是需要调整生息的时刻。

打袁，没有绝对的把握。

所以，打还是不打，是一个问题。

一个生死攸关的问题。

郭嘉的建议是，打。

郭嘉从来就以为，打仗，打得不是武力，而是世道人心、天时地利人和。

打的是未来，不是现在。

遥想刘邦项羽当年，刘邦是何等的虚弱，项羽是何等的强悍，但最后，开大汉四百年江山的是看上去不堪一击的刘邦。所以战争从来就不是武力对决而是高智商游戏。

郭嘉站在曹操面前，以一代谋士的范儿为曹操指出打袁有"十胜"，所谓的"十胜"是：绍繁礼多仪，公体任自然，此道胜也；绍以逆动，公以顺率，此义胜也；桓、灵以来，政失于宽，绍以宽济，公以猛纠，此治胜也；绍外宽内忌，所任多亲戚，公外简内明，用人唯才，此度胜也；绍多谋少决，公得策辄行，此谋胜也；绍专收名誉，公以至诚待人，此德胜也；绍恤近忽远，公虑无不周，此仁胜也；绍听谗惑乱，公浸润不行，此明胜也；绍是非混淆，公法度严明，此文胜也；绍好为虚势，不知兵要，公以少克众，用兵如神，此武胜也。

曹操听了郭嘉的"十胜"论，心里感慨不已。做谋士真是不容易啊，要整出这么多词说服我，这……这得牺牲多少脑细胞啊……

当然了，无论牺牲多少脑细胞都是次要的，重要的是曹操没被说服。

因为曹操不相信文字的力量。

他只相信感觉。

主要是他自己的感觉。现在，这感觉没在曹操脑子里。曹操脑子里反复盘旋的是这样一个念头："十胜"论是不错，整得挺全面的，可袁绍没听见啊，他要不照这十条来怎么办？

便沉默。

在沉默中寻找答案。

荀彧附和了郭嘉一把。

一般来说，荀彧是不主动附和其他谋士的见解的。因为这只能意味着他没有独立见解。

作为一流谋士，要么卓尔不群，要么不置一词，绝不附人骥尾——这是衡量一个谋士是不是一流的重要标志。

只是这一回，荀彧忍不住要附和郭嘉一把。

因为郭谋士说得太牛了。荀彧由衷地要放下身段，表示一下他的敬意。

荀彧是这样说的："郭奉孝十胜十败之说，正与愚见相合。绍兵虽众，何足惧耶！"

曹操听了，依旧沉默。

依旧在沉默中寻找答案。

毫无疑问，他没有被说服。

有的时候，曹操需要的只是一种感觉。被说服的感觉。

这样的感觉，千金难求。因为曹操以为，在这个世界上，能够说服他的人，寥寥无几。

心思与转机

却还是被说服了。

郭嘉。

郭嘉在曹操最需要的时候，给了他最需要的那种感觉。

事后回想起来,曹操这时候最需要的是,没有后顾之忧。

不错,袁绍是一只纸老虎,但吕布不是。吕布是真豺狼。曹操怕自己在打虎过程中遭到豺狼的撕咬。所以郭嘉接下来给他的建议是,袁绍是要打的,但不是马上打。马上要打的人是吕布。

先扫除徐州吕布的后顾之忧,才能放开手脚消灭袁绍。

曹操同意了。

打心眼里同意郭嘉的见解。在他看来这个见解很科学,符合"饭要一口一口吃,仗要一个一个打"的道理。

曹操喜欢这样的道理。

袁绍一夜之间发现自己成了大将军、太尉,兼都督冀、青、幽、并四州。

他觉得这样挺好,很有平步青云的感觉。

其实人生有的时候就需要这样,在莫名其妙的时候,狠狠地得一好处。

好处是曹操给他的。

曹操给他好处的时候向他提了一条件——攻打公孙瓒。

曹操答应,老袁若打公孙,他老曹绝对出兵相助。

袁绍答应了。

答应得很豪迈。

这时的袁绍觉得自己的人生是快意的,攻城略地、拜将封侯,玩的都是彪炳千秋的大业。

但是曹操却没有心思陪他继续往下玩。曹操的心思都在徐州,在吕布这个男人身上。对袁绍,他使的是缓兵之计。

仅此而已。

陈宫的心思也都在吕布这个男人身上。

吕布却心不在焉。

因为陈珪父子的存在。

陈珪父子现在每天的重要工作就是对着吕布歌功颂德,这让吕布的心情好极了。

如沐春风。

陈宫便幽怨。因为他幽怨地发现,他和吕布最好的时期已经过去。由来只有新人笑,谁会记得旧人哭?旧人陈宫感受到了他的人生危机。

于是,在一个没有第三者的夜晚,陈宫悄悄对吕布说::"陈珪父子面谀将军,其心不可测,宜善防之。"

但是陈宫的小报告没有收到预期效果——吕布怒叱了他。

吕布义正词严地告诫陈宫,对待革命同志,要光明磊落,不要搞阴谋诡计。尤其不要打小报告。因为这样的行为只能产生一个结果——我鄙视你!

受到鄙视的陈宫只得外出散步,以消解心头的郁闷。毫无疑问,这是一次没有目的的散步,但历史的伟大之处往往在于,转机往往出现在没有目的之时。

一个人被逮住了。

这样的时代,一个人被逮住是正常的,没被逮住是不正常的。

并且,在一个被逮住的人身上搜出东西是正常的,没搜出东西是不正常的。

果然,心情不好的陈宫在这个被逮住的匆匆赶路的士兵身上搜出了东西。

一封信。

一封刘备写的信。

一封刘备写给曹操的信。

信是这样写的:"……奉命欲图吕布,敢不夙夜用心。但备兵微将少,不敢轻动。丞相兴大师,备当为前驱,谨严兵整甲,专待钧命。"

陈宫笑了。为一个转机恰到好处地到来。

也为自己成为这个转机的发现者而心情大好。

不错,这封信将改变很多人的关系。

曹操和吕布的关系。

刘备和吕布的关系。

最重要的,是他陈宫和吕布的关系。

他们将重回蜜月期,为一个共同的目标——抗曹而呕心沥血,同心协力。

相视一笑。

谁成气候

吕布果然大怒。

怒曹操和刘备的互相勾结。

不过,最让吕布惊骇的那个人还是刘备。

义字当头，号称天下第一仁的刘备竟然也跟他玩起了小李飞刀，这让吕布对人间到底还有没有伦理底线深感绝望。

尽管吕布对自身的道德品质不是很恭维，但他坚信这样一点：红的就是红的，黑的就是黑的，红的不能不打招呼就变成黑的！

做人，不可以雷成这样！

所以，他出兵了。史书上说吕布先大骂一声："操贼焉敢如此！"然后"将使者斩首，先使陈宫、臧霸结连泰山寇孙观、吴敦、尹礼、昌豨东取山东兖州诸郡，令高顺、张辽取沛城攻玄德，令宋献、魏续西取汝、颖。布自总中军，为三路救应。"

刘备的心情很不好。

不是因为高顺、张辽兵临城下，而是他被侮辱了。

曹操。

曹操在几天前派特使找他，告诉他围歼吕布是其人生中别无选择的选择。

刘备于是很受伤，很有被迫做小人的感觉。

虽然在他眼里，吕布就是个小人，但他不愿同他一样做个背信弃义的小人。总而言之一句话——刘备不愿意暗地里捅刀子。

但是现如今，刀子非捅不可了。曹操已经咄咄逼人。所以刘备也只能极其哀怨地向曹操发出那封求援信，一方面表明自己的政治立场，一方面请求曹操出兵。

只可惜一封信引发的战局变化竟是神鬼莫测——曹兵没来，高顺、张辽兵临城下了。

刘备只得想办法再派人去请曹操来救火——小沛现在的确是火烧眉毛了。

曹操不愿意来。

非但不愿意来，还在心里把刘备骂了个狗血喷头：什么搞的嘛，合歼不成，自己却要被歼，都是你那封矫情信惹的祸。

当然了，曹操毕竟不是个意气用事之人。他之所以不愿出兵救刘，最主要的原因还在于害怕。

不是怕吕布，是怕刘表、张绣趁机打他。

因为现在的刘备刘家军不是一支有生力量，是待救的鱼腩，也是将使曹操深陷其中的泥坑。曹军一旦出动，后面会引来多少只狼啊，曹操简直难以想象。

所以，曹操便有撂挑子的想法——就让刘备在小沛自生自灭吧，阿门！

谋士荀攸则认为，输不丢人，怕才丢人。

他曹操是谁,他曹操又怕过谁?笑话!

最重要的是,荀攸认为曹操出兵不会输——他赌刘表、张绣不会趁火打劫。

不是他们变善良了,而是他们被打怕了。

所以打吕布基本上是一简单的算术题——一对一。

弄得不好是二对一,只要刘备能杀出城来。

曹操不为所动。

他觉得荀攸有些理想化了——刘备杀出城来?那公鸡都可以下蛋了。

当然关于这一点,荀攸没有坚持。因为他也不看好谦谦君子刘备会有如此勇猛的举动。他只是担心,曹操如果不出兵,吕布和袁术勾结起来,干掉刘备拿下小沛后,会纵横淮、泗,成一时气候,到那时麻烦真是大大地。

郭嘉也认为到那时麻烦真是大大地。

因为世界上的事情不成气候是好办的,一旦成了气候,就不好办了。他建议曹操,一定要趁着吕布和袁术还没有勾搭成奸的时候,火速出兵,快刀斩乱麻。

曹操在考虑了四分之一炷香之后,同意了。

不错,刘备的生死可以抛在一边,吕布和袁术却是绝对不可以成气候的。在这个世界上,曹操以为,唯一可以成大气候的那个人是自己。

这一点,没商量。

心领神会是圈套

大部队出发了。

这是曹操的大部队。由夏侯惇与夏侯渊、吕虔、李典领着五万兵先行,曹操自己领大军随后压上。

没有人怀疑这是气势汹汹的一压。曹操自己更不怀疑。

因为他不是别人,他是曹操。

专门压别人的曹操。

但世事多意外。曹操这回被压了。

他的手下大将夏侯惇失去了一只眼睛。

被曹性用箭射瞎的。曹性当然不是曹操的弟弟，而是高顺手下的将领。曹性用这致命一箭宣告了这个战局的拐点——

曹兵败退了。

不仅曹兵败退了，刘备也败退了。

小沛不再是刘备的小沛，他重新回复到在路上的状态。

好在战局很快就扭转过来了。毕竟曹操要复仇。曹操觉得，自己可以败于一时，不能败于一世。一只眼睛，绝对影响不了整个战局。

他令曹仁引三千兵打沛城，自己带着刘备去战吕布。

当然，从历史的现场看过去，刘备的表情和曹操的表情是截然不同的。一个失魂落魄，另一个依旧豪情万丈。

在曹操的性格特点中，永远有着革命的乐观主义。不像刘备，不管是在革命的高潮还是低潮，都是一副半死不活的表情——尤其是处在革命低潮时，刘备的表情基本是死鱼的表情，整个被侮辱与被损害的形象。

所以，每当曹操看到刘某人的这番表情，他都要对自己由衷地佩服一番：不容易啊，同样都是人，差别咋这样大呢？！

往往，曹操在佩服自己的同时，也会深刻地怀疑自己是不是人。

事实上，曹操是不愿意做人的。

他愿意做英雄。

甚至他已认定自己就是英雄。这样的认定让他在很多时刻都对自己沾沾自喜，觉得太非同凡响了。

历史的伏笔总是在最不经意的时刻埋下，在最危难的时刻显现。

现在，陈珪父子粉墨登场了。这两个曹操的眼线第一次惊喜地发现，自己的作用是如此的至关重要。

倒向谁，谁就领一时风骚。

他们决定，倒向曹操。

不错，曹操在头战时是败了，可现如今，这个地球人都知道的胡汉三又回来了，而且是雷霆万钧地回来了，这让陈珪父子心中颇有期待。

事实上在此之前，他们和曹操曾经有过密切接触。曹操诱之以利晓之以理，殷切期盼在将来的某一时刻，他们能够承担起反水的重任。

现如今，陈珪父子觉得，这样的时刻已经到了。

于是，他们开始密谋，怎样让吕布死翘翘。

当然，此时的吕布还不知道此二人的心是一颗骚动的心，还以为他们三个人就是一个人。吕布自我感觉良好地让陈珪守徐州，自己准备领着陈登去救小沛。

陈登便告诉父亲，吕布一旦离开徐州，这徐州就是父亲的徐州了。

因为吕布再也回不来了。即便战败逃回来，他也不可能入城。

陈珪心领神会。

不错，他只要不开门，吕布怎么可能入城呢？

但问题的关键是，陈珪的身边，有吕布的妻小和心腹。他们，可以拿走陈珪手中的城门钥匙。

甚至包括他的脑袋。

这个问题毫无疑问是致命的问题，所以，陈珪必须是一个人在战斗。

必须如此。

好在他终于做到了这一点。

准确地说是他的儿子陈登帮他做到了这一点。

陈登老谋深算地告诉吕布，"徐州四面受敌，操必力攻，我当先思退步：可将钱粮移于下邳，倘徐州被围，下邳有粮可救。主公盍早为计？"

陈登的话在吕布听来那就是金玉良言，是未雨绸缪的良策。所以他完全同意把钱粮都转移到下邳去。

不仅如此，吕布还命令宋宪、魏续保护妻小到下邳去。这让陈登深深地叹息——吕布实在是太聪明了，把他接下来想说的话都心领神会了。

因为陈登跟吕布说这番话的目的是人不是粮，粮是铺垫，人是他要重点达成的目标——就是要吕布的妻小和心腹离开徐州，离开陈珪。而现在，这个目标毫无悬念地达成了，陈登觉得，胜利的到来已是喷薄欲出的朝阳，天王老子也挡不住了。

当然对吕布来说，这是他人生中最重要的一次失败，也是置其于死地的失败。这样的失败不要多，一次就够了。若干日子以后，当他的脑袋即将离开他的身体时，吕布忍不住开始懊悔他生命中的这一次心领神会。

的确，在这个世界上，不是所有的心领神会都是顿悟。有时候，心领神会也可能会是一个圈套。

失去徐州的吕布

萧关。

曹军和吕军对决的第二战场。

现在,站在萧关城头的那一个人是陈宫。

陈宫以为,守住了萧关就守住了小沛,守住了小沛也就守住了徐州,而他,正是守住萧关的绝佳人选。因为他没有别的,有的只是守护萧关的忠诚。

对吕布的忠诚。

不错,做任何一件事情,第一要义是忠诚。

但是陈登觉得,仅有忠诚是不够的。并且仅有忠诚也是最容易被击溃的。而击溃忠诚的武器就是欺诈。

陈登对陈宫欺诈了。他赶在吕布之前气喘吁吁地跑到陈宫面前说,陈宫不进攻,吕布很生气。

陈宫听了,不为所动。

事实上,他不是不想进攻,可曹兵势大,不可轻敌。这样的情况下,进攻不如不进攻。

陈宫告诉陈登,对一个人忠诚,不仅仅是在他欢喜时忠诚,更应在他生气时忠诚。不为一时的意气用事所左右,这样的忠诚,才是大忠诚。

陈宫说这番话时,气定神闲,充满了战无不胜攻无不克的意味。

陈登只得离开了他,重回吕布身边。

应该说,这样的时刻是他的挫败时刻,他在陈宫的"大忠诚"面前败下阵来。

但是,陈登并不认为自己失败了。他只是败给了陈宫,并没败给其他人。

比如吕布。

更何况,吕布是不需要对谁忠诚的,吕布身上有的是猜忌。

对所有人的猜忌。

陈登让他对一个人猜忌了。

孙观。

和陈宫一起站在萧关城头守萧关的孙观。这个孙观是泰山寇,在这场战役中,他最多是吕布的同盟军,协防萧关而已。陈登觉得,这样的身份是很暧昧的,暧昧到随时可能让吕布起疑的程度。

吕布果然起疑了,在陈登对他说了如下一句话之后——"关上孙观等皆欲献关,某已留下陈宫守把,将军可于黄昏时杀去救应。"

事实上陈登对吕布说这样一句话是有选择的。

为什么是孙观献关而不是陈宫献关,这是基于人心的一种可能性和利益选择做出的合理推断。

因为陈宫是不可能和曹操走到一起的。

曾经不能,现在不能,将来也不能。

他们的不妥协不苟且来自于信仰的冲突与对立。所谓"道不同不相为谋"。

但孙观就不一样了。孙观是泰山寇,寇者时刻奔利益而去,所以他的献关不仅可能而且必然。

陈登以一个人心观察师的身份对世事详加洞察。最重要的是他准确理解和把握了吕布的那颗心,从而让吕布果断做出了这样一个决定:杀进萧关,救出陈宫,并且夺回萧关。

一场夜幕下的混战就这样开始了。

萧关城头,没有人知道吕布为什么要自相残杀。

吕布当然不会告诉他们原因的。吕布一直以来是这样一个人,杀了再说。

他总是杀了再说。

丁原他杀了。董卓他杀了。再杀几个人又怎么样呢?

但是让他搞不明白的是曹军也在和他一起厮杀,并快他一步冲进了萧关。

吕布只得接应了陈宫离开。此时的萧关,已不是他们的萧关,而是曹操的萧关。

吕布和陈宫这两个在战火中重逢的男人宿命般地往徐州赶去。他们把那儿看作是自己最后的庇护地。

毕竟陈珪父子还是可靠的——吕布如此以为。

意外却再一次发生。

站在徐州城下的吕布绝望地发现，任何人都不可靠，除了他自己。

因为城上有很多东西争先恐后地飞出来，想和他亲吻。

乱箭。

这是乱世的乱箭。这是人心的乱箭。吕布避无可避。

他终于明白，一切都结束了，结束于自己对这一对父子的托付之时。有些东西交出去容易，收回来却是万难。吕布无限幽怨地看一眼乱箭纷飞的徐州，然后就领着陈宫直奔下邳去了。

那里，有着他最后的落脚地。

人生落脚地。

下邳人事

曹操站在了徐州城头，一时很有快慰平生的感觉。

虽然在这个世界上，每个站在徐州城头的主人都有快慰平生的感觉，可曹操不一样。

他在这里看到了天下。

这个城头陶谦站过，刘备站过，吕布站过，最后的站立者却是他曹操。

只能是曹操。

所以曹操豪迈地认为，得徐州者得天下。

欲得天下，从哪里起步？

下邳。

曹操准备起兵攻下邳。

程昱却认为天下事，有时欲速则不达。不错，吕布现在是惊弓之鸟，但惊弓之鸟往往能啄瞎进攻者的眼睛，特别是当他和袁术结合之时。

曹操不以为然：吕布现在只有下邳一城，他能有什么选择？

程昱的回答是，他如果有两城，那还可以选择，正因为他只有一城，所以别无选择。人是不能把他人逼急了的……人，是要有退路的……

曹操呵呵笑了。

他觉得程昱说出了真理：人，是要有退路的。但是这个真理对他不成立。因为他做事，从来就是不留退路。

不给自己留退路，更不给别人留退路。

曹操以为，这样的生存哲学紧张刺激，有看头，是他所向往的人生。所以他决定，将革命进行到底。进攻下邳。

当然，在进攻下邳之前，曹操是做了一项工作的。

堵死吕布的退路。

他命令刘备挡住淮南径路，防止吕布逃窜。曹操给刘备下命令时，表情是严肃的，口气是威严的，身份是丞相的。他要测试一下刘备的反应。

刘备没有反应。

或者说没有抵触反应。

刘备说了这样一句话："丞相将令，安敢有违。"

在这个世界上，有一种人其实是以不变应万变的。他们的表情是温和的，但内心却无人知晓。

愤怒、委屈、抵抗、消极、绝望、哀伤。没有人知道。除了他自己。

有一个词是形容这种人的。

城府。

不错，他们都是有城府的人。

但刘备是有城府的人吗？

曹操不能肯定——刘备的表情看上去是如此的安详、安之若素、波澜不惊、逆来顺受，他要是有城府那也是极深的城府。

深不可测。

曹操无法测量。

人心到底是世上最难测量的东西。曹操贵为丞相，也拿它没办法。他只能接受这样一个事实——刘备是听话的。

是愿意为其驱使的。

起码在表面上，起码在现在。

作为一个明证，刘备接下来采取了这样一个行动：留麋竺、简雍在徐州，自己带孙乾、关、张引军驻守淮南径路，兢兢业业做好曹操的后勤保卫工作。

曹操也出发了。他的目的地是下邳。

吕布在下邳突然很有安全感。

有两样东西让他产生了如此感觉。

粮食。

泗水。

粮食是足备的。

下邳城外的泗水是可以阻挡曹军的。

所以吕布就很有安全感。

就对陈宫的建议不以为然——陈宫是这样向他建议的:"今操兵方来,可乘其寨栅未定,以逸击劳,无不胜者。"

吕布则以为,人生很多时候重要的工作不是进攻,而是防守。人生说到底是个且战且退的过程,防守好才是真的好;而陈宫以为,防守绝不是闷头大睡,或者把希望寄托在一两样东西上。进攻就是积极的防守,没有进攻,哪有防守?!

两个人争执不下。

争执不下的时候吕布就不争执。对他来说,争执没有任何意义。他已经过了被人说服的年龄。现在的吕布觉得,在这个世界上,真正能说服他的人,只有自己。

任何时候相信自己,坚信自己的判断,是吕布一以贯之的人生信条。

缩头乌龟吕布

曹兵来了。

从容地安营扎寨来了。

在吕布一以贯之的人生信条指导下,下邳守军熟视无睹。

陈宫着急了。

一以贯之地着急了。

这么多年,他一直追随吕布。为吕布急,也为自己急。

他们两个人的命运,其实是同一个命运。从徐州到小沛再到下邳,曾经得到的在不断失去,只是这一回,陈宫发现,他们不能再失去了。

失去下邳就意味着失去一切。失去他们曾经拥有的，失去他们将来可能拥有的——他们再也不可能有将来。

所以陈宫着急了。他向吕布再次进言说："曹操远来，势不能久。将军可以步骑出屯于外，宫将余众闭守于内；操若攻将军，宫引兵击其背；若来攻城，将军为救于后；不过旬日，操军食尽，可一鼓而破；此乃掎角之势也。"

这一回，吕布没有反对陈宫的建议。

因为陈宫的建议听上去很美。不仅如此，最重要的原因是吕布自己就想这么干。

他把这，看成是自己高智商的表现。

不过，他老婆严氏不同意这么干。

严氏不愿意吕布抛头露面的原因是她不想成为寡妇。严氏没什么智商，更别说高智商了。她只知道一个朴素的道理：城里比城外安全。为了什么掎角之势让吕布与曹兵面对面，在严氏看来，那是找死。

三天之后，陈宫才知道，吕布不想抛头露面了。

他不仅没有出城诱敌，甚至没有走出宫中，彻彻底底地做了一回缩头乌龟。

陈宫找上门去，苦口婆心地对吕布说：出城有可能是找死，但待在城里绝对是等死。

吕布不语，认为陈宫在危言耸听。什么找死、等死，在吕布看来，活着是容易的，死去是最不容易的。

他决定再等等。为了使"再等等"显得煞有介事，吕布还冠冕堂皇地给出了一个理由："吾思远出不如坚守。"

陈宫却不想再等待下去，多少事，从来急。他又建议吕布去截粮。陈宫说，最近曹操派人去许都运粮，如果将军能引精兵断其粮道，那取胜就有希望了。

吕布无限哀伤地看着陈宫，觉得他还是没有理解自己刚才自己所说那句话的意思。

"远出不如坚守。"

事实上现在的吕布不仅仅属于他自己，还属于两个女人。

严氏。貂蝉。

一个大老婆，一个小老婆。这两个吕布生命中最重要的女人从来没有像现在这样令他牵肠挂肚。

他不愿意自己出什么意外，以至于让她们失去保护。

只是吕布的这一番似水柔情无人可诉。即便对陈宫也不能说。

他跟陈宫，是男人之间的恩怨情仇。

他跟严氏与貂蝉，是男女之间的恩怨情仇。

尽管吕布自己不愿意承认自己"重色轻友"，但事实上在陈宫眼里，吕某人就是这样做的。

此时的吕布突然变得表情夸张，做一脸豪迈状，对着陈宫连拍自己的胸脯说，你也别咸吃萝卜淡操心，俺有画戟、赤兔马，谁敢近俺！俺就在下邳城里住下来了，俺怕谁！

陈宫心凉了。

心凉是因为失望。这是一个男人对另一个男人的失望，也是一个被保护者对保护者的失望。

陈宫心里的幽怨可以说是致命的——毫无疑问，在吕布心中，他的命不如吕布两个老婆值钱。这样的冷酷现实让他突然明白：当年，曹操不可靠，今天，吕布不可靠。这个世界上真正可靠的人，没有。

也许，自己是可靠的。可细究起来，这个命题又是很可疑的——自己要是可靠，为什么还要去依靠别人呢？陈宫惆怅地离开吕布回家，一时间心中顿生人生如梦之感。

因为他感觉，自己将死无葬身之地。

很快地。

嘴皮子和刀把子之间

酒。

红酒。

像血一样红的酒。

比血还要红的酒。

捧在吕布的手上，也捧在严氏、貂蝉的手上。

人生有的时候可以豪情万丈，有的时候却只能饮酒解闷。

吕布现在只能饮酒解闷。

事实上，他希望饮酒解闷的日子越长越好。如果有一天，这样的日子结束了，对吕布来说，有可能一切都结束了。

那应该是曹兵攻进来的日子吧。醉眼朦胧中，吕布做如是想。

许汜、王楷不做如是想。

许汜、王楷是吕布的谋士。作为谋士，他们对饮酒解闷日子的结束有两种想象：

曹兵攻进来了。

吕布冲出去了。

当然，从私人感情上说，他们更愿意是后一种情况。

为了达成这样的一种理想状况，许汜、王楷向吕布建议，必须要联合袁术，内外夹击曹操，否则，这日子是过不下去了。

吕布同意了他们的建议，但有一个条件：他不出城门。送信的事，你们去，我不去。

许汜、王楷勉为其难地出发了。

作为谋士，他们擅长的是嘴皮子而不是刀把子。现在的情况，能不能说服袁术是一回事，冲不冲得出去是另一回事。

好在终于冲出去了。

因为张辽不是吃素的。

张辽以他的一千兵保证了许汜、王楷出城的安全。他目送这两个以嘴皮子闯荡人生的人消失在前往寿春的小路上，心头一阵茫然。

人生是什么？

人生就是在嘴皮子和刀把子之间谋生存的一段过往。即便有雄心壮志如他张辽者，亦不过如此。

寿春。

袁术看着出现在他面前的许汜和王楷，眼神飘忽。

许汜和王楷明白，那是蔑视。

袁术有斗鸡眼。一般来说，斗鸡眼蔑视一个人不容易，因为，要使劲地将拢在一起的眼球翻上去——翻而不得，便飘忽了。

但是许汜和王楷在袁术的蔑视面前，整个没脾气。

不仅仅是他们有求于人，而是在这之前，吕布做事确实不像话。

赖婚。杀了袁术的婚使以向曹操献媚。现在曹操兵临城下了又向袁术求援，这个……做人也太没有底线了吧……

事实上所有这一切情况，许汜和王楷来之前都很明白。

但他们还是来了。

原因有两个。

一是别无选择。

在这个世界上，一个人别无选择的时候是不需要什么底线的，生存至上。袁术肯不肯出兵那是后话，先上门跪求再说。

二是袁术也需要联合作战。

袁术此人牛是牛了，但和曹操比，还是不够牛的。不错，他是可以对吕布坐视不管，但吕布死翘翘以后，曹操迟早要去收拾他。既然这样，为何不现在就全世界无产者联合起来呢？毕竟，唇亡齿寒啊……

袁术动心了。

准确地说，四个字让他动心了。

唇亡齿寒。

吕布的生死他可以不管，但自己的生死不能不管。袁术同意出兵。

许汜和王楷大喜过望。

袁术以一个坚决的手势制止了他们的大喜过望。他给吕布开出了一个出兵条件：先送女儿，然后发兵。

袁术并且指明吕布要亲自把女儿送过来成亲后再出兵。做不到这一点，其他一概免谈。

毫无疑问，对吕布来说，袁术的如此要求是在报复。

甚至是侮辱他吕布。

吕布准备接受这样的侮辱。

他把这，看作是大丈夫能屈能伸。

事实上不屈也不行了。谁都知道，袁术是他最后的那根稻草。

救命稻草。

严氏也原则上同意老公送女出嫁。她甚至为袁术此时还不退婚的义举感激涕零——能做皇帝的人，心胸就是不一样啊。

严氏把女儿里一层外一层地裹在吕布背上，然后扶吕布上了赤兔马。

吕布坐在马上，背上是女儿的重量，马下是严氏的期盼，不远处是貂蝉幽怨的目光，一时间万丈豪情涌上心头——三个女人的人生压于他一身啊……

他决定突围。

无论如何也要突出重围。

最柔软的东西最锋利

却突不出去。

下邳城外，关羽、张飞、徐晃、许褚将他四面围住。

当然，最重的重压来自于吕布自身。

来自于背上的女儿。

如果不是女儿压身，吕布想自己万丈豪情，鬼挡杀鬼，佛挡杀佛，漫说眼前这四个人，就是天下所有英雄都围定他，他也能突出重围。

大不了鱼死网破。

可现如今，背上的女儿……唉，很多时候对一个人来说，最大的压力不是来自于外部，而是来自身边最亲近的人。吕布一身长啸，黯然回城。

从此再不能出城，直至身首异处。

曹操却萌生了退意。

因为僵持的时间太久了。从吕布一声长啸，黯然回城之后，曹操攻城，两月不下。

双方僵持住了。

僵持其实也是一种力量。一种极可怕的力量。

因为看不到未来。

一个人可以什么都没有，却不能没有未来。这样的道理对曹操来说也成立。

所以他想退兵。

当然，从现实的层面上说，曹操退兵还基于这样的一种担忧：北有袁绍之忧，东有表、绣之患，下邳久围不克，危险大大地。不回去，许都可能不保。

荀攸却认为曹操不智。

不错，退兵可以是一种选择，却不是当下的选择。

因为吕布已是强弩之末。现在需要的，就是给吕布心口再捅上一刀，以尽快让他死翘翘。如果此时瞻前顾后、半途而废，那以后想再让吕布死，就要从头再来了。

曹操笑了。

笑荀攸把问题看得很透。

只是很快曹操又不笑了。因为他不知道该如何给吕布心口捅上一刀。吕布闭门不出，那是百毒不侵啊。

郭嘉抬起了头。

郭嘉在想到一个好主意的时候总是抬头。

这一次，他就想到了一个好主意。针对吕布的好主意。

他看到了两条河。

沂水。泗水。

在常人眼里，这两条河以天险的形式保卫着下邳城。但郭嘉不是常人，他看到的不是保卫，而是伤害。

因为在这个世界上，水是这样一种东西，既柔软又锋利。

一般人看到的是水的柔软，郭嘉看到的是水的锋利。所以曹操不知道该如何给吕布心口捅上一刀，可郭嘉知道。

他要水淹下邳。

曹操闭上眼睛，为郭嘉的计谋而激动，也为一个新发现而激动：原来最柔软的东西是最锋利的。

比如水。

比如人心。

下邳成了水城，除了东门无水外，其余各门，都被水淹了。

吕布看上去却不慌张。

他看到的不是被淹的其他三门，而是没被淹的东门。这样的时刻，他是一个乐观主义者。

乐观主义者最重要的特征是永远只看到希望，看到有利于自己的一面。

所以在吕布眼里，下邳无水。

即便有水，他也不怕——还有赤兔马呢。

因此在被水淹的日子里，他最重要的工作就是和他的大老婆、小老婆对酒当歌人生几何。

直到有一天，这样的生活彻底结束。

其实，吕布也知道这样的生活有一天会彻底结束的，只是他没有料到结束这种生活的人不是曹操，而是自己最信任的手下——宋宪、魏续等诸将。

人生就是这样，最信任的人最陌生。

当某个醉意朦胧的早晨，吕布被宋宪、魏续等诸将绑在白门楼上的柱子上时，他才突然惊觉这个人生真谛。

只是为时已晚。因为宋宪在城上把吕布的画戟掷下去，同时大开城门，让曹兵一拥而入。

吕布之死

曹操站在了吕布面前。

刘备也站在了吕布面前，以一个胜利者的姿态。

吕布狼狈不堪，他甚至狼狈不堪到向曹操乞求，希望将绑他的绳子稍微松一松，因为绑得实在太紧了，他难受得要命。

曹操没有下令松绑。他只送此人六个字："缚虎不得不急。"

吕布怒了。但他此时的愤怒是苍白的愤怒——没有人理会他。吕布只得迁怒于侯成、魏续、宋宪等人，因为这些鸟人此刻正站在曹操身边，一副汗马功臣的样子。吕布责问他们，说我待你们不薄，你们为什么要背叛我?!

很快，吕布就发现自己的责问是自讨没趣。因为侯成、魏续、宋宪等人反问了他。

"听妻妾言，不听将计，何谓不薄？"

反问是有力的。吕布默然。

当然，人生有很多时刻是默然的时刻，只是没有人知道默然的真正意义之所在。

忏悔、惆怅、无奈、心酸、不服、不屑、茫然……

一切尽在默然中。

陈宫也默然。

这样的时刻对他来说除了默然不能有别的什么作为了。所有的计谋都已献尽，只是人定不能胜天，甚至不能胜人——陈宫别说胜曹操，就是胜吕布也不能啊。

吕布是被女人打败的。在某种意义上说，陈宫也是被女人打败的。

似水柔情打败了铁血计谋，陈宫无话可说。

曹操却有话说。

曹操站在一脸冷漠的陈宫面前，心情复杂地说了这么一句话："公台别来无恙？"事实上曹操有很多话想和陈宫说，但是要说的话互相矛盾，恩怨交加，曹操不知道该如何说。

所以他只能说一句不痛不痒的话——别来无恙？

这是一句不用回答的话。陈宫知道，曹操关心的不是他有病没病，而是他的——头颅。

在杀与不杀之间，曹操似乎很犹豫。

不错，曹操是在犹豫。因为陈宫的身份很特殊，既是他的恩人，也是他的敌人。在恩怨交集之间，曹操需要一个取舍。

但是陈宫知道，曹操其实不需要取舍。一个以天下人为敌的人，杀人是不需要理由的。否则他会被所谓的理由活活累死。

陈宫知道，曹操不会那么傻。

曹操果然杀心起来了。曹操的杀心其实来源于两个字。

幽怨。

他对陈宫那是相当的幽怨——为什么弃他而追随吕布？始乱终弃者，杀！所以曹操觉得，杀陈宫其实不是杀一个人，而是杀天下人心——千万别跟错人站错队，否则再回头已百年身。

陈宫准备引颈就戮。

引颈就戮之前，曹操突然觉得有一个问题没有解决。

陈宫他爸他妈及一家老小的人身安全。所谓的后事问题。

事实上曹操此时提出这个问题并不完全是要威胁陈宫，而是想给他一个机会——如果以后肯效力他曹某人，那既往还是可以不咎的嘛。

陈宫笑了。为自己先前一个错误的认识。他原以为曹操是卑鄙的人，没想到竟如此卑鄙。笑完之后陈宫就想跟曹操打一个赌。赌注是他一家老小的人身安全。陈宫这样对曹操说："吾闻以孝治天下者，不害人之亲；施仁政于天下者，不绝人之祀。老母妻子之存亡，亦在于明公耳。吾身既被擒，请即就戮，并无挂念。"

这番话其实是把曹操放在火上烤——你如果想做一个高尚的人，一个脱离低级趣味的人，那就别害我一家老小。

曹操默然了。

在这个世界上，所有的默然都是一样的：忏悔、惆怅、无奈、心酸、不服、不屑、茫然……

一切尽在默然中。

默然之后，曹操给了陈宫一个承诺——"即送公台老母妻子回许都养老。怠慢者斩。"

陈宫引颈就戮了。

他死得很轻松。因为所有的恩怨都已了断。他和吕布的。他和曹操的。他和这个世界的。这个下海闹革命的前公务员死在乱世的屠刀之下，没有看到未来，只看到了自己的结局。

未来他其实是不想看了。他已经厌倦了这一切，就像这个世上大多数理想破灭的人一样，生死只是一口气的事，没什么本质的区别。

吕布却还想活着。

因为吕布喜欢这样一句格言：好死不如赖活着。

所以当曹操送陈宫下楼往西方极乐世界而去时，吕布向正襟危站的刘备投去幽怨的一瞥。

吕布希望这个刘善人要识相一点，千万不要忘记当年他的辕门射戟之功。吕布难以想象，当年如果没有他的一射，刘善人怎么可能活到今天，又怎么可能在这里正襟危站？！

但是刘备却视而不见。

吕布心里不由得涌上来两个字——伪善。

从来就没有什么救世主，一切都要自己救自己。吕布决定放下脸面，亲自向曹操求情。

事实上事到如今吕布也没什么脸面好拿着了。因为在曹操眼里，吕布本来就没有脸面。所以吕布主动请求做其副手帮助曹操夺天下的建议被他断然否决。

不是吕布能力不强，而是没有忠心。

曹操以为，忠心永远是比能力更强的东西。但是吕布不具备。

吕布只得最后求一把刘备。尽管此人伪善，可吕布觉得，伪善也是善的一种。吕布不相信，大庭广众之下，刘备会不念他辕门射戟之功。

吕布打出了悲情牌："公为坐上客，布为阶下囚，何不发一言而相宽乎？"

吕布说这话时眼里还有泪水——他就是要逼出刘备的恻隐之心。

曹操似乎也被感动了。他突然觉得，应该给刘备一个发言权，或者说报恩权的。这样一来，刘备会对他更加忠心耿耿。

曹操鼓励刘备大胆说话。说什么都没关系，重要的是说出自己的心里话。

刘备说话了。他的原话是这样的："公不见丁建阳、董卓之事乎？"

刘备的这句话震惊四座。吕布心寒了——这个大耳贼，果然是天下第一伪善之人。恩将仇报之举做得如此绝情……

吕布死的时候骂骂咧咧。他是带着对刘备的刻骨仇恨离开人间的，并且眼睛都没有闭上。吕布想以如此的行为艺术完美地诠释那个世人皆知的成语——死不瞑目。

曹操的心则惊骇不已。刘备这个人在多情与绝情之间切换自如，出手够狠，又善于伪装自己，能成大事，能成大事啊……

他不由得再次对刘备刮目相看。

第六章　刘备们的蛰伏：从青梅煮酒到千里走单骑

杀人易，听心里话难

刘备跟着曹操回到了许都，因为献帝要论功行赏。

献帝在论功行赏之前习惯性地和刘备寒暄了一下，问他老爸老妈是哪里的，祖宗十八代又是干吗的。

献帝在寒暄的时候眼神是呆滞的，表情是漠然的。一方面他继位以来被董卓、曹操压得太久了，一个原本活蹦乱跳的年轻人就这样被活活压成抑郁症患者；另一方面要论出身，天下没有人比他的出身更高贵。所以献帝问刘备话的时候姿态是居高临下的。

刘备回答得不卑不亢："臣乃中山靖王之后，孝景皇帝阁下玄孙，刘雄之孙，刘弘之子也。"

事实上，刘备的不卑不亢是装的。自从他出来闯荡江湖的那一刻起，他就期待着有这样一次回答。虽然在此之前，他曾经无数次回答过他人对他出身的询问，但那些都是无关紧要的。

重要的是献帝询问。因为在这个世界上，只有这个年轻人才可以改变他的命运。

曹操不能。

他自己也不能。

可献帝看上去不想改变刘备的命运。

献帝的眼神依旧是呆滞的，表情依旧是漠然的。

因为在他的身边，充满了太多的谎言与大话，多少人试图以谎言与大话谋得富贵前程啊，所以他不相信这一次会是真的。

但是刘备看着他。

不卑不亢地看着他，满怀诚意地看着他，让他第一次觉得，这事可能是真的。

真与假其实不难辨别，只要有参照物。只要参照物足够权威。

献帝拿出了足够权威的参照物。

宗族世谱。

他百度了一下之后终于惊喜地发现,刘备的皇家身份竟然是真的。与此同时令他伤感的是,这小子的排名竟然比他还靠前,按辈分他得叫他一声叔。

献帝叫了。

不仅叫了,还拉刘备去偏殿行叔侄之礼。

没有人知道献帝为什么要这么郑重其事——即便刘备是他亲叔叔也没必要当着文武百官的面这样秀啊,何况这个刘皇叔实在是疏远得可以。

但是献帝自己知道,必须要郑重其事。

他要利用这个人来对付曹操。

在这个世界上,亲缘关系有的时候就是生死关系。你是我的人了,那咱们就要生死与共。

跟原则无关,跟利益相关。

没有人知道刘备是什么反应。献帝虽然知道,但是一般人献帝不告诉他。

打死他也不说。

百官们只知道一个时辰后,献帝拉着刘备的手从里面走出来,红光满面,让人惊叹不已。与此同时,他高调宣布,刘备同志从即日起荣升左将军、宜城亭侯,以后大家就都叫他刘皇叔吧。

曹操不以为然。

尽管曹操回府后,荀彧等一班谋士忧心忡忡,要他正视天子与刘备狼狈为奸的事实,未雨绸缪,尽早做出应对,曹操却是呵呵一笑,大有万事不过尔尔的架势。

曹操说,不错,刘备现在是刘皇叔了,那又怎么样呢?皇帝现在都在我手里控制着,皇叔又怎能逃出我的手心?我以天子之诏对付刘备,可以高枕无忧了。

曹操说得很轻松,但心里却在担忧。

担忧一个人。

太尉杨彪。

太尉杨彪是袁术的亲戚,曹操担心他如果与二袁为内应的话,那叫一个为害不浅。所以要立刻除掉他。

对曹操来说,除掉一个人,并不是难事,难的是要给被除者一个理由。

曹操给了太尉杨彪一个理由——和袁术勾结,妄图颠覆朝廷。

这基本上是个要人命的理由。一般来说,一个人倘若被扣上颠覆xx的罪名，在任何时代都是要死翘翘的，更何况当时那样一个乱世。

太尉杨彪准备死翘翘了，虽然他不想死。

有一个人挺身而出，为杨彪鼓与呼。

议郎赵彦。

议郎赵彦有点人大常委的脾气，虽然不能改变什么，却还是要有所作为。

他上书了，弹劾曹操不奉帝旨、擅收大臣之罪。

很快议郎赵彦的议案就有了结果。

该同志死翘翘了。

曹操杀的。曹操这辈子最恨打小报告的人。更何况议郎赵彦将小报告打到了献帝那里。在曹操看来，此人很有些不知好歹了——献帝要能管住我曹某人，他还认个皇叔干什么？所以，议郎赵彦，杀！

议郎赵彦身首异处之后，朝廷上不再有人说什么。

但是曹操以为，嘴上不说不代表心里没说。他想听听大家伙的心里话。

却是个很难做到的事。

的确，杀人容易，要听心里话却很难。因为很多时候要想让他人说出自己的心里话，真比杀了他还难——事关隐私，没有人愿意拿出来与曹操分享。

曹操却以为，要做到这一点，其实不难，只要给足压力。

他现在就想给同志们一些压力，看看哪些同志可以挺住，哪些同志会立刻变节。他需要好好观察一下，以便区别等待。

曹操与天子挨得太近

田猎，是一项优雅的活动。

很多时候，它不是力的较量，而是智的角逐。在猎物与猎者之间，谁智商高，谁就可以胜出。

曹操喜欢这项活动。他觉得，自己的智商还是很高的。

起码比天子高。

天子献帝也参加了这项活动。被迫的。虽然在这个世界上，一个天子不可能被迫行事，但对献帝来说是例外。因为他不是个有自己独立意志的天子。他的意志，在很多时候，被曹操鸡奸了。比如这次。

田猎场上，曹操踌躇满志，献帝郁郁寡欢，百官神情复杂。

田猎场外，良马、名鹰、俊犬、弓矢齐备，曹操陈兵城外，一切尽在掌握。

事实上，这是一个人的猎场。猎者是曹操，其他都是猎物。包括献帝，包括百官。

曹操与那个最著名的猎物——献帝并马而行，俩人只差一马头。

两个各怀心思的男人背后，是曹操的心腹将校，而文武百官，则远远地跟在后面，谁都不敢近前。

毕竟，那里不是名利场，而是生死场。当然，这话细究起来就是一句话——名利场其实就是生死场。自古以来，有名利的地方就有机锋，有机锋的地方就有生死，百官们怎么可以逃避得了呢？

但曹操的兴趣一时间还不在百官身上——在献帝身上。

献帝表面威武，坐逍遥马，带宝雕弓、金鈚箭，排銮驾出巡，内心却茫茫然不知所之。就像这个世上的很多人，天天一副煞有介事的表情，其实无事可做。

一只鹿在田猎场上顾目四盼。

它是注定要死的。悬念是死在谁手里。

献帝向它连射三箭，结果引来该鹿对它的深情凝望。

曹操拿过天子的宝雕弓、金鈚箭，一箭射出，正中鹿背，从而结束了该鹿对献帝的深情凝望。

欢呼声开始此起彼伏。那是百官发出来的。百官们目光短浅，离献帝、曹操他们远，看见了死鹿身上的金鈚箭，都以为是天子射中的，纷纷踊跃向献帝山呼"万岁"。

山呼"万岁"声中，曹操做出了一个惊世骇俗的动作。史书上说"操纵马直出，遮于天子之前以迎受之。"

刘备大惊失色。因为他是少数几个真相目击者之一。他清晰地知道曹操在欺世盗名。

不错，射中大鹿是值得庆贺，但接受"万岁"的称呼那就等同于谋反。

刘备大惊失色之后却没有采取下一步的举动。采取下一步举动的是关羽。他拍马向前，立马要取了曹操的狗头。

刘备叹一口气。为关羽的不成熟。

因为，在这个世界上，成熟之人都有一个重要标志，不过度反应。

过度反应往往意味着过度风险，是注定要付出代价的。刘备拉住了关羽的蠢蠢欲动，在心里告诉后者要忍耐。

更要等待。

能忍，能等，才能成大事。明白这个道理的人很多，身体力行的人很少。刘备是其中一个。

关羽事后向刘备请教其中的道理。刘备说道理很简单。四个字。投鼠忌器。

因为曹操与天子挨得太近了，就差一马头。

一马头的距离让天子在某种意义上成了曹操的人质。

所以，想伤曹操不易，误伤天子则很容易——曹操在防卫中如果顺势让天子龙头落地，世人就不可能知道真正的凶手是谁。

曹操会有办法让关羽成为替罪羊的。不仅如此，刘备也将成为替罪羊——这是曹操的拿手好戏，也是他混世界的独门暗器。在这一点上，关羽注定斗不过曹操，虽然他武功高强。

那句话是怎么说的，武功再高，也怕菜刀。曹操的菜刀，那端的是天下第一刀，锋利无比，砍人头如稻草。

更何况，曹操是有防火墙的，百毒不侵。曹操的防火墙是那些在其周围拥侍的心腹之人，很阴很暴力。关羽即便杀曹成功，也绝难全身而退。曹操的防火墙会让其粉身碎骨。

刘备向关羽分析这一切时心平气和，像极了一个谦谦君子。当然，在关羽眼里，他的大哥刘备就是谦谦君子。否则，他怎能将事物的本质看得这么透。透得让关羽心碎，为自己的蠢蠢欲动。

和莽撞。

仇恨的重量

献帝哭了。

事实上在这样的时代，他哭是正常的，不哭则是不正常的。

因为献帝的人生至此已是危如累卵。曹操图穷匕见了。

皇后她爹伏完劝自己的这个女婿别哭。伏完对献帝说，世界，不相信眼泪。

相信暴力。

这个世界诞生于暴力，也必将终结于暴力。曹操施暴其实不可怕，因为没有一种暴力是不能征服的。有一个人，将是我们以暴制暴的绝佳人选——车骑将军国舅董承。

献帝的眼泪不见了，可他涌上心头的依旧是忧伤。

他不是不相信董承以暴制暴的能力，他的忧伤来自于自己竟然无法向其面授机宜。

周围都是曹操的人。献帝已然没有了自己的隐私。他的一举一动只能导致两种结果：或安然无恙，或人头落地。但是皇后她爹伏完认为，这不重要，重要的是献帝有没有以暴制暴的决心。

人生的很多事情，有决心就有一切，至于其他的，都是技术层面上的问题了。

锦袍玉带。

看上去很美的锦袍玉带。

从献帝手里，交到了董承手里。

这是在太庙功臣阁内，周围有无数的眼睛注视献帝的馈赠之举。与此同时，无数双耳朵开始竖起来，想倾听从献帝嘴里吐出的每一个字。

忧伤就在此间四处弥漫。献帝不能说什么，但又必须说清楚什么。功臣阁内，汉高祖的画像栩栩如生，看上去那叫一个虎虎有生气。董承开始在献帝面前追述此公的丰功伟绩："高皇帝起自泗上亭长，提三尺剑，斩蛇起义，纵横四海，三载亡秦，五年灭楚：遂有天下，立万世之基业。"

毫无疑问，这样的追述对献帝来说不是一次愉快的体验。先祖如此雄武，自己却越混越背，抚古思今，肝肠寸断啊……

但又不能不追述。

因为他要给董承一个暗示：抚古是为了思今，这交到你手里的锦袍玉带，它其实不是锦袍玉带，而是血海深仇，里面大有文章，你拿回去好好瞧个明白吧！

董承当然不是傻瓜，他知道献帝在玩曲径通幽那一套。只是一个致命的问题还没有解决——他能把这套锦袍玉带拿回家吗？

或者说，曹操会让他拿回家吗？

曹操一千个不答应一万个不答应。

他在半路上拦截了董承。

作为一个疑心之人,曹操怀疑一切。很多年来,怀疑一切构成了曹操的生存哲学。在怀疑一切中,曹操虽然失去了很多,但同样,他也得到了很多。

这一次他也想得到什么,从献帝赐给董承的锦袍玉带中。

锦袍玉带质地柔软,曹操捏上去,手感那叫一个舒服。但曹操要的不是舒服,而是发现。

发现非同寻常之处。

董承的心跳得很快。因为他觉得曹操的手捏的不是锦袍玉带,而是他的心。

他的心和锦袍玉带一样柔软,一样经不起细捏。

因为,他们都是有破绽的。

在这个世界上,有破绽的东西看上去往往没有破绽,总是镇定自若,总是完美无缺。但要命的是,破绽处总能在第一时间被发现。

事实上,董承的担心是有道理的——锦袍玉带的确经不起细捏。

献帝血书的密诏被伏皇后缝于玉带紫锦衬内,一旦被曹操捏出来,那是要人头落地的。

不是一个人头落地,是无数人头落地。

董承头上的细汗出来了——曹操正看着他。

死死地看着他。

瞪着一双死鱼眼死死地看着他。

没有人知道这是为什么,但是董承知道。

因为曹操不捏了。他的手停在玉带的某个部位,不再有所动作。董承心里一声轻叹:这老家伙,还是发现了……

你在出汗?曹操问。

是。董承答。

为什么?

热。

可我不热。

您是丞相,心宽。

你的心不宽?

没丞相宽。

是心虚？

不是。

给我一个出汗的理由。

没有理由。

在这个世界上，出汗是需要理由的。

也许吧，但有些人出汗不需要理由。

为什么？

因为他们天生异禀。

曹操笑了。曹操之所以发笑是因为他觉得董承很幽默。他喜欢这样的幽默。

曹操以为，一个幽默的人注定是放松的人。他把锦袍玉带扔还给董承。

董承也笑了，为自己的从容应对。曹操其实没发现什么，刚才他的设问只是一道考题——不甘心自己一无所获的考题。对于一个疑心之人来说，在一无所获的情况下依旧保持对世界的一份怀疑，这说到底只是他们的本能罢了。

好在董承通过了曹操对他的考试。接下来，董承要通过自己对自己的考试。

发现衣带诏。

董承密室。

玉带静静地地躺在案上，看上去完美无瑕。

史书上说它"白玉玲珑，碾成小龙穿花，背用紫锦为衬，缝缀端整，亦并无一物"，董承拿它没办法。

这不奇怪。

因为曹操都拿它没办法的东西，其他人基本上也就无解了。

董承至此只能由衷地佩服一个人——献帝。保密工作做得太到家了，敌人发现不了，自己人也发现不了。可这样的保密工作还有什么意义呢？

董承想不通。

但很快，他就想通了。为了保命。

不错，自己人发现不了可以慢慢发现，要命的是不能让曹操发现了。

曹操现在废帝，其实只差一个理由。献帝不能自己把理由送上门去。

献帝，实在是聪明得可以。

在这个世界上，人发现不了的东西并非就无解。

还有天机。天机是这样的一个存在——以某种隐秘的方式向世人洞悉事物的真相。

这一回，天机显现，在董承昏昏欲睡的时刻。

一点灯花落在带上，将玉带背衬烧出了一个小洞。这是天机乍泄的小洞，因为董承看到了里面的素绢。

素绢上有血迹，像极了某人的冤屈。董承忙取刀割带抽绢——天子手书血字密诏历历在目："朕闻人伦之大，父子为先；尊卑之殊，君臣为重。近日操贼弄权，欺压君父；结连党伍，败坏朝纲；敕赏封罚，不由朕主。朕夙夜忧思，恐天下将危。卿乃国之大臣，朕之至戚，当念高帝创业之艰难，纠合忠义两全之烈士，殄灭奸党，复安社稷，祖宗幸甚！破指洒血，书诏付卿，再四慎之，勿负朕意！建安四年春三月诏。"

……

在这个世界上有一种文字是可以痛彻心扉的。

在这个世界上还有一种文字是可以感动人心的。

但是以上这两种文字董承不需要。他需要的是既痛彻心扉又感动人心的文字。现在，这样的文字正以血书的形式在他面前触目惊心地存在，令他忍不住涕泪交流，一夜寝不能寐。

他开始准备复仇。

为献帝。也为自己。

当然，复仇是需要一个团队的，董承不可能一个人去战斗。他的对手是曹操，不是逞匹夫之勇就可以拿下的。

便有人相继加入。

他们是——工部侍郎王子服、长水校尉种辑、议郎吴硕、昭信将军吴子兰、西凉太守马腾。加上董承，一共是六个人。

六个人说多不多，说少不少，要看做什么事情了。打麻将，绰绰有余；吃酒席，稍微嫌少了一点。复仇？不知道。

也许一个人就够了，也许六十万人都不够。因为复仇是世上最难量化的事情——要取一个人的性命，究竟需要投入多大的力量呢？

董承不知道。也没有人知道。

在这个世界上，仇恨的重量是最难称量的。

它是人心，是生命中难以承受之重。董承只能尽力而为。

但是有一个人，董承认为非加入不可。

刘备。刘皇叔。

只是他的心中没底——刘备的政治倾向究竟如何。那天田猎场上的一幕他也看到了：关羽要快意恩仇，挥刀向曹，刘备却拦住了他。这一拦，暧昧得很啊，他心中究竟是有曹还是有汉，无人知晓。

马腾却以为，自己知道刘备的政治倾向。不错，刘备是出手拦关羽了，可那一拦，却是出于对天子的爱戴和保护——关羽一人，能敌曹操的万千爪牙？笑话！

董承恍然大悟。因为他突然明白这样一个人间哲理：人世间的事情，从另一个侧面去看，往往别有洞天。

他需要的就是这别有洞天。别有洞天里好做文章。

刘备纳了投名状

董承出现在了刘备面前。

这是在黑夜，在刘备的公馆里。

刘备笑眯眯地迎接董承的到来，却不问他为什么深夜到访。事实上，这是刘备的成熟。

一个成熟的人，就是知道什么事该问，什么事不该问。

一个成熟的人，还知道有些事就是不问，对方也会告诉自己——而自己要做的，只是等待而已。

董承果然告诉刘备自己的来意。他来是要问刘备一件事：那天在田猎场上，关羽挥刀向曹，刘备为什么要拦住他？

不错，这个问题的答案马腾虽然已经告诉了董承，但是董承却以为，人世间的很多答案不在他人嘴里，只在当事人心里。

他要知道刘备的心。

刘备却没有给他看自己的心。虽然董承是国舅、车骑将军，但是这样的时代，人人心怀鬼胎、个个暗度陈仓，没有谁可以保证谁的政治立场。

和人品。

刘备做出了他的第一反应："公何以知之？"——你怎么知道的？

刘备在做出这个反应时一脸委屈与忠厚，给人感觉他很无辜。董承却笑了，笑刘备太"作"。他搂着刘备的肩膀说，哥们，你和关羽的举动其他人都没看见，就我看见了，你就别瞒了。

董承说这话时也是一脸笑眯眯的，一如刘备此时的神情。

刘备不知道接下来该怎么办。

因为董承没有给他一个暗示。董承脸上的笑眯眯仅仅是笑眯眯，并没有实质性的内容，而刘备想看到的，是在董承笑脸背后，他的政治立场。

向曹操？还是向天子？

董承没有给他答案。两张笑脸就这样僵持着，互相对望。这是穷根究底式的对望，也是徒劳无功的对望。双方都想知道对方的谜底，但他们能够看到的，却只是谜面。

刘备决定暂不揭开谜底。他义愤填膺地告诉董承，曹丞相治国劳苦功高，关羽不懂事，他做大哥的能不懂事吗？

董承怒了。

他之所以愤怒是因为他看出来刘备在装。什么曹丞相治国劳苦功高？劳苦功高会把天子逼得躲在家里抹眼泪？再有，刘备这个皇叔是怎么当上去的？没有天子的大力提携，别说刘备这个远房叔叔，就是亲叔叔那也当不上皇叔啊！

做人，不能太刘皇叔！

董承开始对刘备进行革命家史教育。一个是国舅，一个是皇叔，咱俩都别装了哈，奉诏讨贼，不仅是国舅的事，也是皇叔的事，来来来，过来一起把投名状纳了。

董承将衣带诏取出来，让刘备在上面签名。

刘备一看见衣带诏就哭了。和董承一样，他被献帝的文笔感动了——"朕闻人伦之大，父子为先；尊卑之殊，君臣为重。近日操贼弄权，欺压君父；结连党伍，败坏朝纲；敕赏封罚，不由朕主。朕夙夜忧思，恐天下将危。……"这文采，那叫一个催人泪下。刘备便想，献帝要是不做天子，也可以做作家的，甚至是畅销书作家。

因为他知道怎么煽情。

这个夜晚的结局应该说毫无悬念——刘备纳了投名状。

纳了投名状的刘备开始行动起来。

在后园种菜。

他种菜的姿势非常诚恳，那叫一个心无旁骛，好像他眼中的世界就是这一块菜地，不复他图。

没有人知道他是在韬光养晦。

在这个世界上，韬光养晦实在是一门高深的学问。因为冲锋陷阵易，韬光养晦难，后者需要的是压抑和忍耐。

怀着希望的压抑和忍耐。

这其实是两难，在希望与忍耐之间找到一个平衡点，每天都要真诚地骗自己，明天会更好，然后怀抱理想入梦，的确不是寻常人等可以做到的。

关羽和张飞就做不到。他们觉得刘备的所作所为没意义。关羽和张飞认为，人活着就是要做有意义的事。有意义就是好好活，好好活就是有意义。总之不能闷头种菜。

刘备没法跟他们解释。因为在刘备心中，所谓的天下大事其实就是些小事。

是细节。

细节决定成败。把每一个细节做到位了，天下大事也就水到渠成了。

比如这种菜。种菜不容易啊，要有收获，要看上去煞有其事。最重要的不是为了种菜而种菜，而是一颗心为菜而生为菜而长，真正做到世界即菜菜即世界。

总之菜要种得毫无破绽，这样曹操才不会起疑。

可以说，这是个高难度的活。要技术，更要心境。

当然对刘备来说，这些还都是次要的。他要面对的真正困难是误解。

以及误解带来的孤独。

关羽和张飞误解了他。由于他和此二人的人生阅历及天性禀赋不同，这样的误解事实上是很难消除的。另外，为了曹操的不起疑，刘备也不想冒着天大的风险让关羽张飞弄明白他的良苦用心。

便不消除。

便独自承受孤独。

直到有一天，许褚、张辽的到来。

许褚、张辽不是代表自己的意志来的，而是代表曹操的意志来的。

曹操有请。请刘备过去聊聊。

刘备心里一声轻叹：看来这菜还是没有种好，惊动了曹操。在刘备看来，把菜种好的重要标志是曹操对他不屑一顾，可现如今，曹操对他另眼相看，说明他种菜出问题了。

很可能出大问题了。

青梅煮酒

果然出大问题了。

因为曹操的脸色很冷。

曹操不仅脸色很冷，口气也很冷。

"玄德在家做得好大事！"

曹操说这句话时握上了刘备的手。曹操发现，刘备的手很冷。

没错，刘备的手的确很冷，一如他的心。因为在那一瞬间，刘备的心里只有四个大字。

过犹不及。

自己"作"的痕迹太重了，让曹操怀疑他种菜的目的。

当然，另一个让他心冷的原因更可怕——曹操会不会发现他纳了投名状！？

如果是这个原因，那结果只有一个。

死翘翘。

他和所有反曹操的联盟。包括献帝。

好在曹操没有发现。接下来的一句话曹操自曝谜底——"玄德学圃不易！"学圃是学种菜的意思。曹操说刘备兄啊，你在家学种菜，那可是一件大事，很不容易。曹操以其曹式幽默耍了刘备一把，让刘备着实出了一把冷汗。

他误解了曹操的机锋。

曹操看上去很闲适。他请刘备上门，目的仅仅是请他喝酒。

青梅酒。

青梅煮酒。

小亭。枝头。梅子青青。这是午后的时光。这是人生的闲暇。偷得浮生半日闲，曹操兴致勃勃。

刘备则惊魂甫定。对他来说，浮生哪有半日闲，岁月常为机锋磨，他的人生，常常处于心惊肉跳的状态，哪像曹操，还能跟他玩玩青梅煮酒的套路。

小亭石桌，盘置青梅，一樽煮酒，两个男人。曹操开始忆往昔峥嵘岁月稠。他很大佬地跟刘备说一件陈年往事。和青梅有关的陈年往事。

"去年征张绣时，道上缺水，将士皆渴；吾心生一计，以鞭虚指曰：'前面有梅林。'军士闻之，口皆生唾，由是不渴。"

曹操哈哈大笑，刘备嘿嘿陪笑。在含义不同的笑语声中，一个著名的成语就此降临人间。

望梅止渴。

但曹操却是意不在此。

因为那是陈年往事，他也不是语言学家，不会对一个成语感兴趣。

这样的话语，用来暖场是可以的，却与他真正想表达的主题相去甚远——曹操今天想与刘备探讨一下与"英雄"有关的主题。准确地说，青梅煮酒论英雄，是他请刘备来此的主要目的。

云。

阴云。

阴云漠漠。

雨。

骤雨。

骤雨将至。

一条龙挂，在这奇异的自然景观中产生了。它远挂天边，天机万重，吸引了两个男人的眼睛。

一双眼热烈，充满了急切的欲望；一双眼温和，温和到看不出什么欲望。曹操和刘备凭栏远望，各怀心思。

曹操突然向刘备请教龙的变化。刘备无言以对。因为他知道，机锋又来了。

什么龙的变化，龙有变化曹操会不知道？无非是试探。

试探他刘备是龙还是虫。

事实上这样的问题刘备也不知道该如何回答——就像我们中间的很多人，一辈子怀才不遇郁郁寡欢，以为自己是龙，却到底没有出头之日，于无数次的奔波追逐后才惆怅地发觉，只是一小虫罢了。

所以是龙是虫，有时候需要的不是判断，而是等待。等待岁月把谜底揭开。

曹操看上去却有些急不可耐。他现在需要的不是等待，而是判断。他要刘备给他答案。刘备依旧沉默。

雅趣的开头　惊悚的结局

刘备总是这样,遇到问题绕着走。在刘备看来,这是一种人生智慧。不与命运对抗,不与棘手的问题纠缠,有时候胜算往往就在自己这一边。

曹操微微一笑,自问自答:"龙能大能小,能升能隐;大则兴云吐雾,小则隐介藏形;升则飞腾于宇宙之间,隐则潜伏于波涛之内。方今春深,龙乘时变化,犹人得志而纵横四海。龙之为物,可比世之英雄。玄德久历四方,必知当世英雄。请试指言之。"

刘备一听,头就大了。曹操这哪是自问自答,他是边答边问,或者反答为问。在答案中包含着新问题——当世英雄,到底是谁?说!坦白从宽,抗拒从严!快说!

刘备当然知道曹操要他把自己招出来,但刘备却是"打死我也不说"。他继续采取"遇到问题绕着走"战略,跟曹操玩捉迷藏。

刘备说,淮南袁术,兵粮足备,算是个英雄吧。

曹操笑,狗屁,他这个冢中枯骨,我早晚要把他捉来。

刘备说,河北袁绍,四世三公,门多故吏;今虎踞冀州之地,部下能事者极多,算是个英雄吧。

曹操笑,你忽悠我?袁绍这鸟人色厉胆薄,好谋无断;干大事而惜身,见小利而忘命,哪算什么英雄?

刘备说,刘表名称八俊,威镇九州,算是个英雄吧。

曹操笑,你提那个人渣干什么,他虚名无实,不是英雄。

刘备说,江东领袖孙策血气方刚,算是个英雄吧。

曹操笑,孙策他爹算,他不算。

刘备说,益州刘璋,算是个英雄吧。

曹操笑,你把我雷到了。这是条狗,看家狗,连人都算不上怎么是英雄?

刘备说,那么张绣、张鲁、韩遂这些人怎么样,是英雄吗?

曹操笑,他们要是英雄,我曹字倒着写!

刘备不再说了。因为无话可说。

最后一个答案只能是他自己，但他不会说出来——这是致命的答案，刘备不会傻到那个地步。

曹操却在等待。施施然地等待。

他不急。因为曹操知道，人世间所有的问题都有一个答案。这是这个世界的规则——你必须给我一个答案。或者我给你一个说法。除此之外别无选择，他对刘备蔫蔫乎乎的举动很是不屑。

刘备继续逃避，践行"遇到问题绕着走"的人生哲学。

曹操开始自言自语："夫英雄者，胸怀大志，腹有良谋，有包藏宇宙之机，吞吐天地之志者也。"

曹操说这番话时，分明看见天边的龙挂跟他心有戚戚焉。

他是英雄。

他是天下英雄。

他是人人侧目的天下英雄。

他是无人喝彩的天下英雄。

但是，没有人承认他是英雄。人人戒备他，对他敬而远之，畏而远之。包括眼前的刘备。他想引以为同类的刘备。

刘备坐在他身边，离他很近，曹操却觉得，此人离他甚远，一如世人跟他的距离。

他叹一口气。

为自己，也为刘备。

在这个世界上，有一些话说出来比不说好。有一些话主动说比被动说要好。曹操真诚地希望刘备能做到这一点。但同时他也真切地知道，刘备是不会说的。

既是天性使然，也是其明哲保身的需要。这一点，让曹操感到——

孤独。

这是一个英雄的孤独。

也是一个英雄对另一个英雄的孤独。

暴风雨马上要来了，有些话看来也是不得不说了。曹操站起来，面对天边的龙挂，心情无限复杂地说道："今天下英雄，惟使君与操耳！"

万籁俱寂。

有些话真是不说比说好，因为刘备惊呆了。

刘备没想到曹操会说出这样的话来。他明白，这是试探。

而现在，刘备需要的，是做出一个反应。对曹操试探他的反应。

"惊觉"此言大谬的反应。

可能，人世间最难做的事情大约就是"惊觉"了，因为它需要表演天赋。到位的表演天赋。

刘备开始表演了。

他的一双筷子掉到了地上，同时脸上的表情是鸭听天雷。

而老天也很配合，一声惊雷在此时恰到好处地炸响了，与刘备的鸭听天雷状形成极好的逻辑关系。

曹操莫辨真假。刘备的一系列表演流畅自然，水到渠成，看上去不像是装的。

曹操只得一声叹息，叹世间英雄难觅。

除了他自己。

但是这样的一个判断曹操下得并不斩钉截铁。如果没有那一声惊雷，曹操以为，刘备符合他心目中关于英雄的全部想象。能屈能伸，能仁能狠，能笑能哭，能直能装。能忍耐，能等待。这样的一个人，怎么会被一声惊雷炸回原形呢？

曹操百思不得其解。

这个下午，三国历史上最著名的桥段"青梅煮酒论英雄"在惊雷连连中暧昧地结束了。它有一个雅趣的开头和一个惊悚的结局，曹操以迷惑始至茫然终，似乎有所得又似乎一无所得。只有刘备看上去依旧浑浑噩噩，一副毫无心机的样子。没有人知道他到底是英雄还是狗熊。曹操现在希望，在未来的某个日子里，还有机会对刘备进行考察。

他相信，这样的机会一定会有的。

输不丢人，怕才丢人

公孙瓒与袁绍打起来了。

这一回的打法却是与以往不同。因为公孙瓒筑城围圈，建了一个楼。

楼很高，有十丈；楼中粮食也很多，公孙瓒积粟三十万以自守。

袁绍望楼兴叹。因为他既攻不进，也饿不死公孙瓒的部队。

袁绍以为，公孙瓒是不可战胜的。公孙瓒也以为，自己是不可战胜的。但事实上，公孙瓒很快就败了。

他不明白这样一个道理：在这个世界上，真正不可战胜的不是高楼，而是人心。

公孙瓒失去了人心。

人心的失去从一群被围的士兵开始。公孙瓒所部有一群士兵被袁绍围攻，他却坐视不管。

因为公孙瓒心中有这样一个逻辑：优胜劣汰，被围攻的士兵是不能救的，他们必须靠自己的力量去获得胜利。如果每次被围就指望他人出手相救，那这支部队就不会死战，人人想着"等靠要"了。

公孙瓒的战争逻辑很奇怪，也很冷血，所以伤了众人的心。

他的手下开始争先恐后的大逃亡。即便是那些没有被围，在楼中安然无恙的兵们。

不错，表面上他们是没有被围，但事实上却已被团团围定。

被公孙瓒的战争逻辑团团围定。

十丈高楼一夜之间就破了。袁绍惊恐地发现，失去人心，也就失去了一切——公孙瓒死了。

死于走投无路。他先杀妻子，然后自缢，最后全家都被大火焚烧殆尽。

当然对曹操来说，公孙瓒的死不可怕。可怕的是袁绍的胜利。

要命的是袁绍不仅胜利了，还团结了。

团结了他弟弟，袁术。

袁术因为在淮南骄奢过度，不恤军民，混不下去了，便拿了传国玉玺哭着喊着要投奔他哥去。

准确地说，他是希望袁绍做皇帝，自己可以有个保护伞。

曹操怕就怕这一点。正所谓兄弟同心，其利断金。他不能允许这种状况的出现。

刘备就是在这样的时刻出现在曹操面前的。

他来请战。刘备说，袁术如果要投袁绍，一定从徐州过，徐州这地方我熟啊。丞相如果给我一路军马在徐州布阵，我保证，袁术将一命呜呼！

曹操看着刘备，没说话。

他不明白刘备在说什么。虽然从字面上听，刘备的话浅显易懂，但曹操要听话外音。

打袁术？

为什么要打袁术？

为什么要在此时提出打袁术？

为什么要跑到徐州去打袁术？

刘备是英雄吗？

是舍我其谁的英雄还是惺惺相惜的英雄？

或者，只是个伪英雄？

所有的问题，曹操都没有弄明白。

也弄不明白。

因为人世间有些问题，一定是要发生了才可以弄明白的。在此之前，任何的预测都毫无意义。

曹操深沉看着刘备，就像看着一个世纪的不解之谜。

最后，他点头了。

曹操之所以会点头，原因只有一个。

他自信。

自信世间英雄，舍他其谁？！

也许，刘备可能是英雄，是他看走眼的英雄，但充其量只是个潜在的英雄，未成气候的英雄。而现如今，截击袁术，阻断袁绍兄弟俩的合作是当前最紧迫的政治任务，这个任务的完成，看上去非刘备莫属。所以曹操思前想后，最终点头。

刘备吁了一口气。

长长地吁了一口气。

在心里。

献帝则怅然若失。因为刘备要走了。

他曾经寄厚望于刘备，又寄厚望于董承，但他们看上去都难担重任。

也许，不是他们太软弱，而是曹操太强悍——统天下兵马，岂是一两个人可以撼动的。

但献帝依旧有期待。对刘备。在刘备临走前，他希望这个皇叔给他一个暗示——去徐州是战略转移，而不是逃跑。

刘备没有给他暗示。

这样的时局，是自顾不暇的时局，没有谁可以保证谁的将来。刘备此番去徐州，老实说，还真是逃跑，不是冠冕堂皇的什么战略转移。

他是跑路去了，在曹操没有对他起疑前。或者说在曹操没有对他痛下杀手前。

你走了，我怎么办？

在宫中，献帝向他发问。

献帝的发问毫无疑问是幽怨的，因为有气无力。

我会回来。刘备的回答不卑不亢。

什么时候？

在你需要的时候。

我现在就需要。

需要什么？

你的保护。

董承可以。

董承不如你有力。

也许吧。有力无力试过才知道。

可不可以不走？

不可以。

为什么？

没有为什么。

为什么没有为什么？

因为人世间有些事，本来就没有为什么。

我怕。

怕谁？

曹。

曹不可怕。可怕的是自己。

什么意思？

输不丢人，怕才丢人。你是天子，不能怕。

……

刘备上路了，领5万人马，直奔徐州而去。他是在献帝的眼泪中出发的，也是在董承的幽怨里出发的。

董承怪他不够哥们。说好要成立敢死队与曹操血战到底的，这战还没开打呢，堂堂刘皇叔就赶紧寻一个机会溜之大吉了。所以，董承要刘备给他一个理由。

刘备对他当头棒喝：是留下来等死还是冲出去搏一个杀回来的机会要

曹操死，你定。

董承不敢定。因为刘备的话听上去也有道理：曹操太强大了，区区几个人组成的敢死队是不能解决问题的。不错，他们是敢死，但要死得其所啊……

所以，要在发展中寻找未来，在未来谋发展。总之，杀曹不是一朝一夕的事。要迂回曲折，百转千回……

一句话，董承现在只能让刘备走，以图将来。

刘备却是走得很急。他告诉关羽张飞，在许都，我们是笼中鸟、网中鱼，这一走就如鱼入大海、鸟上青霄，不受笼网的羁绊了。

关羽张飞不以为然，觉得曹操这鸟人，也是个混世魔王，怕他做甚。大家都是在江湖上混的，拜托，别赶尽杀绝好不好？便满不在乎地跟着刘备，三心二意地往徐州去。

能哭　敢哭　善哭

但刘备是注定走不了了。

因为郭嘉、程昱向曹操进言了。

郭嘉、程昱以为，在这个世界上，有两种人是不可以继续呼吸下去的。

与曹操势均力敌的人。

将来有可能与曹操势均力敌的人。

很显然，刘备属于第二种。别看这小子屁股后面没几个兵，脚底下也没有根据地，但他有人脉，有江湖名声。更重要的是他具备成大事者的心理素质和过人手段。

刘备能哭、敢哭、善哭，是其混世的不二法宝。假以时日，此人必成大器啊。

郭嘉、程昱最后呼吁："一日纵敌，万世之患。望丞相察之。"

曹操的心开始慢慢动摇了。准确地说，他对自己不那么自信了。

毕竟，藐视一个人是要付出代价的，特别是这个人有可能在将来的某一天打败自己时。

"今天下英雄，惟使君与操耳！"这是曹操给刘备的评价，现如今再次品味，诚哉斯言！

曹操悍然决定，命令许褚领兵五百去追刘备回来，人要不回来，人头也要回来。

许褚横刀立马挡住了刘备的去路。他的身后是五百兵。

但是刘备毫不在意。因为刘的身后是五万兵。

最重要的，刘备身后站着关羽张飞。

在那一瞬间，许褚突然觉得自己的底气很虚。如果光靠武力，曹操给他下达的"人要不回来，人头也要回来"的任务是不可能完成的。

所以只能智取。

许褚一本正经地对刘备说，曹丞相请他回去有要事相商。

刘备笑了。

被许褚的智商逗笑了。因为地球人都知道，所谓的要事是什么。刘备不想死，他还想搏一个未来。刘备冠冕堂皇地告诉许褚，自己是和献帝正儿八经告过别的，出兵徐州也是曹操同意的。所谓的要事都已发生，未来的要事当在徐州。军情紧急，他是不可能回去的。

但是许褚依旧挡路——他的任务还没完成。在许褚看来，今天的结局无非是两个：或者他的人头回去，或者刘备的人头回去，总之，必须要对曹操有所交代。

刘备后退了。

刘备后退并不是怕了许褚，而是关羽张飞挺上来了。他们冷冷地睥睨许褚，然后吐出一句名言：将在外，君命有所不受。

关羽张飞这句话是替刘备说的。

也是替许褚说的。他们想给许褚一个暗示：杀不了刘备，空手而回也没关系，可以用这句话来顶罪。

四分之一炷香之后，许褚走了。回去见曹操。

事实上他并不怕死，是怕死得不值得。死在关张的刀下，悲壮是悲壮了，但是意义呢？意义在哪里？另外一个原因还在于，许褚迷糊了——为什么要杀刘备？

虽然在这个世界上，很多时候杀人是不需要理由的。但是许褚以为，杀刘备需要。

因为刘备是带着五万人马赴徐州袭击袁术的，毫无疑问这是一件对曹操有利的事情——曹操为什么阻止这件有利于自己的事情发生呢？

许褚想不通。他要回去向曹操问一个明白。

许褚总是这样，做一件事情，必须给他明明白白的理由。否则他的刀砍不下去。

曹操没有给他明明白白的理由。

当许褚垂头丧气地回来，一脸迷惑地站在曹操面前时，曹操明白，杀一个人，有时候靠命令是不行的。

但是理由他又不能给许褚。因为——没什么用了。

五百人杀五万人，天大的理由也无济于事啊。

好在曹操还有一副牌。一副绝好的底牌。

在这五万人当中，有两个人曹操以为是值得期待的。

朱灵、路昭。

他们相当于这支队伍的监军。不听刘备指挥，直接听命于曹操。

当然，此时的曹操不会天真地相信光靠这两人就可以干掉刘备，而是他认为这两人的存在可以让刘备心存忌惮，不至于直接谋反——"谋反"这个词曹操用得心安理得，因为他在心里已经把自己等同于天子了——顺我者昌逆我者亡。

与此同时，曹操也在心里安慰自己，做大丈夫就要言而有信。刘备是自己派出去的，怎么可以在半路上杀了他？如此一来，天下贤士能不寒心？现在一时杀不了刘备，成全自己礼贤下士的名声也不错……在如此这般的自慰中，曹操抵达了他人生的又一次高潮。

虽然这高潮来得有些勉强。

有些自欺欺人。

徐州的战斗进行得一点都不艰苦。刘备愉快地发现，来袭的袁术已是强弩之末。他的手下先锋纪灵被张飞挑于马下，而嵩山的雷薄、陈兰又劫去了袁术所剩无几的钱粮草料。袁术想回寿春，被群盗所袭，竟回不去，只得狼狈地领着一千多残兵败将，在江亭苦苦厮守。

这场战争打到这个地步事实上已经没有任何悬念。

唯一的看点是袁术的死法。

袁术死得很惨。

吐血死的。

吐血之前，袁术对生活还抱有美好的想象——他想喝蜜水。在此之前，他已经过了好些天粗茶淡饭的生活，袁术十分怀念蜜水的味道。

很可惜，没有。

不仅没有，他的厨师还服务态度很差地对他说，蜜水没有，血水要不要？

这基本上是一个穷途末路的厨师所能想到的最恶毒的语言。这个委屈的厨师此时已深切地明白，一切大势已去，跟着袁术，这辈子算是倒了血霉了……

史书上说这时候"术坐于床上，大叫一声，倒于地下，吐血斗余而死。时建安四年六月也"。

建安四年六月可以说是个喜忧参半的月份。袁术死了，徐州现在又成了刘备的徐州，刘备觉得，他可以有所作为了。刘备接下来做了两件事：一、留下军马保守徐州；二、给曹操写了一封信，令朱灵、路昭带回许都去。

温柔地杀你

当朱灵、路昭拿着信一脸忠厚地出现在曹操面前，曹操差点为之气塞。

在这个世界上，人有很多种死法，最差的一种是笨死的。曹操以为，朱灵、路昭就是笨死的——叫你送信就送信，你们两个笨蛋出徐州易，再回去就难了。

唉，这个刘备，太精明。

当然了，精明之人并不可怕，可怕的是精明到貌似憨傻之人，这就可怕了。曹操此时才真切地感觉到，青梅煮酒的那一声惊雷帮了刘备的大忙，以至于让他对这个鸟人看走眼了。现如今刘备在徐州扎下根来，要与他分庭抗礼啊。

曹操无可奈何，迁怒于朱灵、路昭，要杀了此二人出气。

荀彧拦住了他。

荀彧以为，世界上最傻的事情就是事后懊悔。

因为于事无补。

荀彧说，刘备对五万兵有最高掌控权，朱灵、路昭怎么制衡他？能活着回来就不错了。如今之计，必须要另外利用一个人，暗度陈仓。

荀彧说的那个人是徐州太守车胄。车胄同志是好同志，起码在政治立场上是心向曹操的。曹操决定写信给他，让他做好里应外合工作，共抗刘备。

车胄也积极行动起来，请了陈登密商此事。

车胄之所以会和陈登一起搞阴谋诡计是因为他知道，陈跟他一样，也是一个线人。

心向曹操的线人。

在此之前，曹操曾给陈登父子封官许愿，以推翻吕布的黑暗统治。现在，吕布是不黑暗统治了，徐州又来了刘备的军政府，曹操便希望，陈登父子能再卧底一次，推翻刘备的军政府。

陈登看上去很卧底，因为他向车胄献计献策了。陈登说，现在刘备出城招呼难民回来，过几天将回徐州。到时候将军可命军士伏于瓮城边，只作接他，待马到来，一刀斩之；我呢在城上射击刘备的后续部队，这样一来，大事可成啊。

车胄也觉得这样一来，大事可成。因为他和陈登同心协力。

在这个世界上，凡是同心协力的事，没有成不了。不仅车胄这么认为，陈登也是这么认为的。

只是这一回，陈登想同心协力的那个人不是车胄，而是刘备。

因为陈登看好刘备的未来。

不错，在陈登心中，曹操也是有未来的，可陈登以为，刘备的未来更加值得期待。

作为一支潜力股，陈登把宝押在刘备身上。不仅陈登把宝押在刘备身上，他老爸陈珪也把宝押在刘备身上。

这是一个人的胜利，也是仁义的胜利。刘备三让徐州之举让陈登父子觉得，此人大气。

成大事者，大气为先。陈登父子决定改弦易辙，跟着刘皇叔混。

所以接下来，陈登的行为逻辑变成了这样：他告别车胄后，转身上马奔向刘备，告诉后者千万不要回城，否则危险大大地。

刘备执意回城。

因为关羽献计了。关羽不轻易献计的，毕竟他不是谋士。

但是一个不轻易献计的人一旦献计，却是不容小视。

关羽的计谋是这样的，乘黑夜扮作曹军回城，引车胄出迎，然后袭击徐州。

刘备认可了关羽的计谋，所以执意回城。

只是很快，刘备就后悔了——他觉得，关羽太狠了，在袭击徐州的过程中,把车胄杀死了。

在刘备的性格当中,永远有优柔寡断的成分在。曹操是要反的,反抗却是要温柔的。温柔地杀你,这样才能很刘备很刘备。

刘备要的只是破城,却不是杀人。

特别是杀车胄。车胄是谁,他是曹操的心腹啊,杀了曹操的心腹,只能引来曹操的疯狂反扑,刘备为此忧心忡忡。

但是让刘备更加忧心忡忡的一件事发生了:张飞也杀人了。

张飞是有杀人癖的。特别是在关羽杀了车胄后,张飞的手也痒痒的要杀人。

他杀了车胄全家。

刘备几乎昏倒。因为他彻底失去了将事情转圜的余地——想到曹操的百万大军,刘备不知道自己该如何招架。

站在徐州城头灿烂的阳光下,出来闯荡江湖已有一些年头的刘备感觉自己将很快失去这个原本就不牢固的根据地——徐州。从上一个漂泊地到下一个漂泊地,刘备的人生一直没有着落,一直以这个江湖上最温柔的反抗者而著称。现如今,从青年飘到中年的愤飘刘备先生,不知道接下来人生的路,该怎么走。

史上最强的谋士辩论赛

陈登知道接下来的路该怎么走。

陈登总是这样,在他人人生的关键时刻,站出来指点迷津。

他对刘备说,首要的问题是分清谁是我们的朋友,谁是我们的敌人。这个说起来容易做起来难。因为很多时候,朋友就是敌人,敌人就是朋友,全看你以什么眼光去看待了。比如曹操,当时大家一起讨董时是朋友,现在却成了敌人。

我现在不需要敌人,需要朋友。刘备说得很凄怆。

朋友在敌人中找。陈登说得很玄乎。

刘备却不知道怎么找。

他有太多的漂泊，有太多似是而非的朋友和敌人。分清他们，真是太不容易。

陈登举例说明。

袁绍。

刘备被雷到了。他刚刚让袁术停止了呼吸，袁绍怎么可能成为他的朋友？

陈登的眼睛眯上了。眯得很自信。因为陈登觉得，没有永恒的朋友，也没有永恒的敌人，只有永恒的利益。当利益受损时，朋友立刻变敌人；当存在共同利益时，敌人也可成为朋友。现在，曹操成了袁绍和刘备共同的敌人，他们应当也只能团结起来，共同抗曹，才能确保自己的利益不受损失。这一点对刘备来说是这样，对袁绍来说更是如此。

刘备答应了。答应得很委屈，似乎自己的底线被突破了。

因为他很有认敌为友的感觉。

但是，陈登的心思已不在他身上，而在袁绍身上。

不错，袁绍可以没有底线，答应出兵，可如何出兵却是大问题——原因是，袁绍手下能人太多了。

在这个世界上，能人太多和没有能人一样，容易误事。

因为凡是能人，大多自信。相信自己的判断，睥睨他人的判断，这样的人济济一堂，凡事就议而不决。

袁绍就身陷其苦。在他那大得令人恐惧的超豪华办公室里，袁绍一边看着刘备托人给他送来的求援信，一边目睹着史上最强的谋士辩论赛正进行得如火如荼。

著名谋士田丰痛心疾首地说，同志们啊，现在天天打仗，老百姓们连吃的都没有了。仓廪无积，不可复兴大军。所以我建议，要玩虚的，不要玩实的。可以兵屯黎阳虚张声势，却不可和曹操直接对着干。这样耗上三年时间，大事可定也。

著名谋士审配冲上来很不屑地瞥了田丰一眼，然后说，糊涂！我们明公是什么人，那是一牛人！以我们明公之神武，抚河朔之强盛，兴兵讨曹贼，易如反掌，何必要等上三年时间呢？三年之后，多少花儿都谢了啊老弟！

著名谋士沮授看上去比较沧桑。

因为他走路比较慢。一般来说，一个沧桑之人最重要的表征就是慢条斯理地走路。他现在就慢条斯理地走到审配面前，然后将他慢条斯理地看了一遍，最后慢条斯理地说，我觉得啊，要打败敌人，重要的不是自己强盛，而是自己比对手强盛。审配同志，扪心自问一下，我们比曹操强盛吗？曹操法令既行，士卒精练，与公孙瓒不可同日而语啊。公孙瓒那是坐受其困，可曹操呢？唉……这个这个我原则上同意田丰同志的意见，要玩虚的，不要玩实的。那句话是怎么说的，要论持久战嘛。

有人笑了。笑得很狂。那是著名谋士郭图发出的笑声。

郭图总是笑。莫名其妙地笑。那是我笑他人看不穿的笑法，相当的刺耳。

当然了，他说的话也是相当的刺耳，郭图说，打曹操，干嘛要这么拖泥带水、鬼鬼祟祟。曹贼，天下人皆欲诛之。现在我们是替天行道啊。咱们明公是能人，刘备是仁人，能人仁人共仗大义，剿灭曹贼，上合天意，下合民情，正其时也！

辩论很热烈。辩论没结果。

当然硬要说有结果的话也不是不可以。

袁绍不见了。

他滑到了桌子底下。因为他再也支撑不住了。袁绍此时真切地明白，人世间最具打击性的武器不是暴力，而是高谈阔论。

好在两个人的到来终结了这一切。

许攸、荀谌。他们从外面赶进来，一锤定音地说：明公以众克寡，以强攻弱，讨汉贼以扶王室，起兵正是时候啊……

袁绍也立刻豪情万丈起来，当下拍板起兵。于是令审配、逢纪为统军，田丰、荀谌、许攸为谋士，颜良、文丑为将军，起马军十五万，步兵十五万，共精兵三十万，望黎阳进发。历史的车轮滚滚向前，袁绍作为此间不可忽视的重要人物，终于披挂上阵，激情出演一段武打大戏。

辱骂与恐吓才是战斗

当然了，人世间的事，讲究师出有名。袁绍打曹操，也要师出有名。

因为曹操现在是丞相，是皇家威权的代言人。曹操想打谁，那是替天行道；袁绍想打谁，却要颇费思量。

便让书记陈琳写战斗檄文。

战斗檄文不好写，它难就难在要将自己比作正义的化身，把对手视作跳梁小丑。只有写到这个程度，打起仗来才能信心满满，真把自个当作正义的化身了。

陈琳一挥而就，一文成名："盖闻明主图危以制变，忠臣虑难以立权。是以有非常之人，然后有非常之事；有非常之事，然后立非常之功。夫非常者，固非常人所拟也。……司空曹操：祖父中常侍腾，与左棺、徐璜并作妖孽，饕餮放横，伤化虐民；父嵩，乞匄携养，因赃假位，舆金辇璧，输货权门，窃盗鼎司，倾覆重器。操赘阉遗丑，本无懿德，犭票狡锋协，好乱乐祸。……"

客观地说，陈琳写的这个战斗檄文已经涉嫌人身攻击了。不仅骂了曹操，还骂了曹操的祖宗十八代。但陈琳觉得自己必须这么写。

因为——解气。

作为大汉官场几经浮沉的人物。陈琳素有才名，在灵帝时就已是资深主簿。到了献帝时代，陈琳的战斗檄文都已经写油了。所以，陈琳写的每一篇战斗檄文都遵循这样一条原则：辱骂与恐吓才是战斗。

我就骂你曹操了，怎么着吧？

没把曹操怎么着，相反，倒把他的头风病治好了。

当时的曹操正卧病在床——他得头风病已经好几天了，头疼欲裂。就是在这样的当口，陈琳版的气死人檄文传到了许都，传到了曹操的手里。曹操看完之后，毛骨悚然，出了一身冷汗。

见过会骂人的，没见过这么会骂人的。

冷汗过后，头风顿愈，曹操呵呵一笑，开始点评此篇檄文之不足：文笔是不错，武略差了一点。

因为会骂人并不是正义的化身。就像搞政治的人骂人不带脏字一样，曹操觉得，陈琳还是嫩了一些。他轻轻地把这篇檄文以一个优美的角度扔到墙角，一时间很有天下英雄舍我其谁的感觉。

孔融却是忧心忡忡，他认为袁绍势大，不可与战，还是讲和算了。

孔融总是这样，行谨小慎微事，做四平八稳人。原因却不是胆小，而是他看到了袁绍的强大。

因为袁绍部下如许攸、郭图、审配、逢纪等都是智谋之士；田丰、沮授都是忠臣；而颜良、文丑勇冠三军；其余的像高览、张郃、淳于琼等都是世之名将。这简直是文韬武略的梦之队啊,仗还怎么打?

荀彧也看到了袁绍的强大,但与此同时,他还看到了袁绍的不强大。

作为顶尖谋士,荀彧看事看人喜欢正反两面都看。荀彧以为,只有这样去看,才能把人事看透。不错,许攸、郭图、审配、逢纪、田丰、沮授这些人是很牛,可田丰刚而犯上,许攸贪而不智,审配专而无谋,逢纪果而无用。这几个人,谁看谁都不顺眼。他们在一起,所起的作用不是建设性的,而是破坏性的。时间一长,袁绍集团必生内变。颜良、文丑则逞匹夫之勇,一战可擒。其余皆碌碌等辈,怕他个鸟!

曹操豁然开朗。是啊,怕他个鸟!人世间的事说到底都是鸟事,"不怕、不悔"才是正途。他决定出兵。兵分两路。一路由前军刘岱、后军王忠引军五万,打着丞相旗号,挂羊头卖狗肉去徐州攻刘备。另一路曹操自引大军二十万,进黎阳,拒袁绍。

出来混,就不是为了和平

黎阳。

泾渭分明的黎阳。引而不发的黎阳。

一切都被荀彧不幸言中——袁绍集团内讧了。从八月到十月两个月时间里,袁绍手下的谋士将领们只干了一件事。

勾心斗角。

许攸看不惯审配领兵,沮授又恨袁绍不用他的计谋,所以各不相和,不图进取。要命的是袁绍自己也心怀疑惑,不想进兵。这仗打得无趣。准确地说是没打起来。曹操等得不耐烦,叫弟兄们先盯着,自己竟回许都过冬去了。

在徐州战场,刘岱、王忠则开始了猜拳游戏。

猜拳的目的只有一个:谁先进兵。刘岱说,你先去。王忠说,你先去。刘岱说,我是主将,怎么先去?王忠说,那这样,我们一起领兵去攻。刘岱说,好了好了,抓阄好了,谁抓着谁去。

于是这场战争在轻松愉快的氛围中由王忠打了头炮。因为他不幸抓着了"先"字。

王忠很快就成了关羽的俘虏。因为要论武功,关羽实在比他强出了好多。

事实上,关羽是可以让此人停止呼吸的。但他没有。关羽活捉了王忠——这从一个侧面印证了关羽的武功,也从另一个侧面反映了刘备的焦虑与担心。

他不敢得罪曹操太深。

难得的是,张飞这一回也善解人意。在接下来某个伸手不见五指的夜晚,张飞智勇双全地活捉了刘岱。

刘备跟已然成了俘虏的刘岱、王忠摆事实讲道理,希望他们回许都好好转达他刘某人的善意。刘岱、王忠一听自己可以死里逃生,忙信誓旦旦地拍胸脯,声称愿为世界和平事业贡献自己的力量……

曹操却不想和平。

曹操以为,出来混,就不是为了和平。当然,真要和平,也不是不可以——必须满足一个条件。唯一的条件。

他要拥有天下。人人都臣服于他。只有在此条件下,曹操才真心希望世界是和平的。

是充满爱的。

但此时,毫无疑问,他的心里没有爱,只有恨。

他把刀架在这两个回来报信或者说求情的人脖子上,随时准备让他俩离开人间。

孔融拦住了他。

孔融认为,在这个世界上,最重要的工作不是解气,而是权衡利弊。孔融说,此二人本非刘备敌手,如果杀了他们,恐失将士之心。

因为,大部分将士都不是刘备敌手,他们会物伤其类的。

曹操认可了孔融的判断。

这是一种悲伤的认可。曹操本来想豪情万丈,一举拿下刘备的。没想到战事竟这般不顺。当然,即便如此,曹操的万丈豪情也没有消失,他要亲征,让刘备死翘翘。

孔融再次拦住了他。

不错,曹操亲征是很可怕,可现在时节不对。天寒地冻的。孔融建议不如先派人招安张绣、刘表,等来年开春再打徐州比较好。

曹操一声叹息，为老天的不合时宜。

张绣没想到自己一夜之间成了绩优股。

左边是曹操的特使刘晔盛情邀请他加盟曹操共图大业，右边是袁绍的特使呈上书信要招安他。

这是一个两难选择。此二人，究竟谁的明天会更好呢？坐在襄城内愁眉苦脸的张绣茫茫然不知所之。

他拿不定主意。

谋士贾诩替他拿定了主意。贾诩拿主意的方式比较粗暴。他当着袁绍特使的面将其呈上的书信撕得粉碎，然后叱责他说，你回去告诉袁绍，自己的兄弟都不能相容的人，怎么可以容天下人？

袁绍特使面红耳赤地走了，张绣则目瞪口呆——他理解不了贾诩的决绝。

张绣以为，世间事留有余地比不留余地要好，因为可以周旋，可以给自己以退路。但是贾诩却认为，世间事不留余地比留有余地要好，因为置之死地而后生。

贾诩的人生观是：给自己以退路的人，注定首鼠两端，成不了大事。

张绣不解。他说，现在袁绍在兵力上比曹操强，手下谋臣武将很多，我们选择曹操，是不是一个错误？另外，曹操先前和我们有仇，他到底能不能容我等呢？

贾诩摇头，为张绣的患得患失。

和鼠目寸光。

贾诩说，看一个人的强大不能看现在，要看将来。同样，看一个人的强大也不能看兵力，要看人心。曹操挟天子以令诸侯，这叫名正言顺。我们从了他，那叫明媒正娶；另外，袁绍强盛，我们以少从他，他必然不以我为重，这样，我们就很鸡肋。曹操虽弱，意外得我，那重视程度肯定超过袁绍。至于曹操先前和我们有仇，他到底能不能容我等的问题，其实不是问题。

为什么不是问题？张绣不解。

因为——贾诩忧伤地说——在这个世界上，没有永远的仇恨，只有永远的欲望。人人跟着欲望跑。曹操是这样，我们也是这样。大家都别装，将自己装成圣人。

张绣听了，一时默然无语。但是默然之后是默许。他，同意降曹了。

狂人祢衡

几天之后，已然降曹的张绣成了扬武将军，贾诩则被封为执金吾使。这听上去很有些黑色幽默的味道，但是当事人却不觉得黑色幽默。因为这样的时代，幽默是生活的常态，一本正经反而不正常了。

曹操继续志存高远。他的下一个目标是刘表。

降服刘表。

像降服张绣一样降服刘表。

这几乎是不可能完成的任务，因为刘表不是张绣，他比张绣牛多了。不动一兵一卒仅凭口舌之利让刘表归顺曹操，非非常之人不可为。

祢衡就是非常之人。

这个山东临邑人很有个性。恃才傲物，胆量过人。和孔融的关系是好哥们。

当孔融向曹操推荐祢衡去说降刘表时，曹操并不以为然。非常之人他见多了，何况他自己就是非常之人。

所以，曹操安之若素。

但是很快，曹操就不安之若素了。原因是祢衡太非常了。

祢衡见到曹操时仰天长叹：天地这么阔，为什么我见不到一个人呢？

曹操震惊了。

曹操身边的人也震惊了。他们是荀彧、荀攸、郭嘉、程昱、张辽、许褚、李典、乐进等。

他们都活生生地站在祢衡面前，祢衡却视而不见——什么叫目中无人，这就叫目中无人啊⋯⋯

曹操阴沉着脸问他，我手下有几十人，都是当世英雄，什么叫见不到一个人呢？

祢衡：他们是英雄吗？我怎么不觉得？

曹操呵呵冷笑：荀彧、荀攸、郭嘉、程昱，机深智远，虽萧何、陈平不及也。张辽、许褚、李典、乐进,勇不可当,虽岑彭、马武不及也。吕虔、满宠为从事,于禁、徐晃为先锋;夏侯惇天下奇才,曹子孝世间福将。这些人,怎么不是英雄?

祢衡也呵呵冷笑:这些人确实是英雄,因为他们都有用武之地。荀彧可以吊丧问疾,荀攸可以帮别人看看坟墓,程昱可使关门闭户,郭嘉可使白词念赋,张辽可使击鼓鸣金,许褚可使牧牛放马,乐进可使取状读招,李典可使传书送檄,吕虔可使磨刀铸剑,满宠可使饮酒食糟,于禁可使负版筑墙,徐晃可使屠猪杀狗;夏侯惇称为完体将军,曹子孝呼为要钱太守。真是各有妙用不同啊,哈哈……

曹操继续阴问,那先生你呢?你是英雄吗?

祢衡睁大双眼,一脸无辜:我靠,这还用问吗?我祢衡那是天文地理,无一不通;三教九流,无所不晓;上可以致君为尧、舜,下可以配德于孔、颜。是天地间一圣人啊!

满座哗然,每一个人都愤怒了——见过狂的,没见过这么狂的!

只有曹操不愤怒。他只有杀机。就是在这一刻,曹操对这个叫祢衡的狂人起了杀机。

但是曹操不会亲手杀他。

一般来说,曹操亲手杀的那些人都不够让他愤怒,因为还有心情去杀。对于祢衡,他觉得自己亲手杀了此人并不解气。

他要慢慢消磨他。

祢衡成了曹操宴请宾客时的鼓吏。

曹操宴请宾客时,需要有人击鼓助乐。祢衡就成了这样的一个击鼓人。

祢衡似乎很乐意担当这样的角色。在曹操宴请宾客时,他倾情出演,将《渔阳三挝》击打得"渊渊有金石声",令座上人听了感动得眼泪一把鼻涕一把的。

这是艺术的感染力,是祢衡个人才华的杰出体现。但曹操却觉得,此人败兴。

我请人吃饭,你故意把大家弄哭了,想报复我啊?!

更让他看不顺眼的是,祢衡故意衣衫褴褛,宛如一个乞丐。

便有曹操的手下叫祢衡换新衣——做人不要太败兴嘛。

祢衡这一回竟然听话换新衣了。

只是换的场合不对,在大庭广众之下换的。裸体而立,小弟弟都露出来了。

曹操的脸红了。那些他请来的尊贵宾客们的脸也红了。曹操觉得，现在大庭广众之下裸体而立的那个人不是祢衡，是他自己。

祢衡丢尽了他的脸。曹操找这么一个行为艺术爱好者给大家击鼓逗乐，这不等于暗示曹操脑残吗？

曹操怒了，忍不住呵斥他：庙堂之上，你不要太无礼了！

祢衡跟他斤斤计较，欺君罔上才叫无礼。我露出健康而清白的身体，怎么是无礼呢？

曹操跟他辩论：什么叫清白，什么叫污浊？你给我说清楚。

祢衡侃侃而谈：你不识贤愚，是眼浊；不读诗书，是口浊；不纳忠言，是耳浊；不通古今，是身浊；不容诸侯，是腹浊；常怀篡逆，是心浊！我是天下名士，却被你用为鼓吏，你这不是浑浊吗？

曹操几乎被雷倒。雷倒之后竟发现自己不是祢衡的对手。祢衡太有才了，这几个"浊"铺天盖地砸过来，让他不知道该如何应对。

但曹操到底是天下枭雄。他找到了应对的方法。

你祢衡不是怀才不遇，常恨英雄无用武之地吗？可以，我今天就给你这块地，你用去吧！

曹操派祢衡往荆州为使，说服刘表来降。成功了，什么都有；失败了，什么都没。

包括他的性命。

事实上曹操这一招里暗含了借刀杀人的意思。一向自诩为礼贤下士的他都不能容祢衡的存在，心胸狭窄的刘表会让祢衡在这个世界上继续存在下去吗？

所以，祢衡注定要死。死得巧妙，死得有价值。这个价值对曹操来说，就是继续成全他礼贤下士的名声。曹操相信，刘表肯定会杀了这个人。

这个狂人。

祢衡出发。

这是一次寂寞的出发。却有人送行。

荀彧等人。他们是奉曹操之命在东门外整酒送行，为一个狂人最后的离去高唱挽歌。所以这送行，就有了幸灾乐祸的味道。祢衡知道他们的幸灾乐祸，但他不以为然。

习惯了。

祢衡的一生，就是在幸灾乐祸中昂首挺立的一生。幸灾乐祸于他如浮云。

所以祢衡的心态是放松的。他一到现场就放声大哭,一如他曾经在曹操面前放声大笑一样。众人讶异于他的哭,祢衡说行于死柩之中,如何不哭?——我走在一片死棺材当中,怎么不哭?祢衡如此这般的比喻再一次激起众怒。这些曹操手下的高级人才纷纷自嘲说,我们是死尸,那你就是无头狂鬼!

无头狂鬼的意思已然很明确了,说的是祢衡去刘表处送死,将身首异处。但祢衡心态极好,不以为意。他甚至在此时又大秀了一把口才——我是汉朝之臣,不是曹瞒之党,怎么会无头呢?!

不妥协的战斗精神真是处处坚持。

只是祢衡这一回没有料到,他攻击一大片的战斗风格彻底惹了众怒。这个时代人人争做曹瞒之党,不妥协者是要付出血的代价的。

便有人拔出刀来,要让祢衡现在就做无头狂鬼。荀彧制止了他们。

不是荀彧不想杀这个狂人,而是一切为了战略价值。祢衡的战略价值就是成全曹操不杀名士的美名。

不错,祢衡是个狂士,但狂士也是名士。出位的名士。

荀彧轻慢地看着祢衡说:"量鼠雀之辈,何足汗刀?"——你小小一个鼠辈,怎么配得上我用刀杀你呢?

荀彧没想到,他的轻慢只延续了三秒钟。因为三秒钟之后,祢衡轻慢了他。祢衡说,我是一个鼠雀,还有人性,可你们只能做虫子!

说罢狂笑而去,很有"我辈岂是蓬蒿人"的气概,只留下荀彧们站在那里傻半天。

一个不合时宜的人死了

刘表被侮辱了。

或者说他被祢衡冷嘲热讽了。但是刘表没有杀祢衡。

因为祢衡是曹操的特使。倒不是刘表怕了曹操,而是他和曹操一样,爱惜自己的羽毛。毕竟在这个世界上，杀一个人是容易的，不杀一个人是很难的。特别是在这个人得罪自己的情况下。特别是得罪自己的这个人地位卑微时。

杀他只是举手之劳，不杀需要修为和忍耐。刘表认为自己很修为，很忍耐。因为他不是别人，他是刘表。

自视甚高的刘表。

刘表把祢衡打发到江夏黄祖那里——和曹操一样，刘表也玩了一把借刀杀人。不错，他是不想亲手杀死祢衡，但这并不代表他没有仇恨。刘表也要祢衡死。刘表认为祢衡是人世间不受欢迎的怪物，是个麻烦制造者，所以他需要一个终结者。

刘表以为，这样的终结者非黄祖莫属。原因是黄祖很粗很暴力。

祢衡的人生果然被黄祖终结了。

黄祖是带着醉意终结祢衡性命的。当时，两个人都喝醉了。对祢衡来说，喝醉酒不是一件好事。他在清醒的时候就经常口出狂言，喝醉后情况变本加厉。

黄祖问他，在你心目中，许都都有哪些人物啊？祢衡狂傲道："大儿孔文举，小儿杨德祖。除此二人，别无人物。"呵呵，他连曹操都不放在眼里。

这下黄祖心里嘀咕了：我靠，不知道我黄某人在他心里是什么分量，不妨让他说来听听。

事实上事情走到这个地步，祢衡已命悬一线。当然，转机也不是没有，只要祢衡说一句软话就成。但祢衡这辈子是注定不会说软话的，何况还喝了一些酒。祢衡指着黄祖的鼻子嘲讽道，你啊，就像庙中之神，虽受祭祀，恨无灵验！意思是指黄祖只是一个土人罢了，根本没有生命。

祢衡在说完这句话之后再也不能说上更多——他失去了生命。黄祖用一把带血的刀血淋淋地告诉身首异处的祢衡：在这个世界上，有一个成语叫"祸从口出"。

一个不合时宜的人死了。一个乱糟糟的时代还要继续轰隆隆向前。

刘表却陷入了两难选择，因为袁绍也向他派出特使诱降。左袁右曹同时向他伸出橄榄枝，刘表陷入了先前张绣式的困惑。

刘表手下的从事中郎将韩嵩却觉得大可不必烦恼。他以为，一切取决于刘表有没有雄心壮志。有雄心壮志者，当以天下为念，趁着袁曹相争积蓄自己的力量，正所谓鹬蚌相争渔翁得利；无雄心壮志者择其善者而从之。

现在曹操比较能用兵,天下贤俊多归于他,其势必先取袁绍,然后移兵向江东,到那时恐怕将军不能抵挡;既然如此,还不如趁早归顺曹操。曹操肯定会重用将军的。

刘表听了,面无表情地说,就按你说的办。

韩嵩糊涂了。按我说的哪一条办啊?我给你的可是选择题,二选一。你倒好,给我来个模糊回答。

终于,在韩嵩的进一步追问下,刘表红着脸告诉韩嵩,按"重用"那一条办。韩嵩恍然大悟:刘表刘大将军,原来心中没有天下只有江东啊……

刘表的"芳心"

刘表的"芳心"需要有人传递给曹操。他准备派韩嵩去。

韩嵩却不敢去。

不是怕曹操,而是怕刘表。因为,他不知道刘表的心。在这个世界上,人心是最微妙的东西,电光石火,瞬间万变。韩嵩担心,现在的刘表虽然心向曹操,但他真去了曹营时,刘表却又改了主意。那样的话他的下场会很惨。

刘表向他拍胸脯保证,说他这颗心刚刚的,芳心已暗许,怎么可能会变呢?

韩嵩半信半疑地出发了。这次的出发为他的人生带来了高潮——史书上说,曹操"拜嵩为侍中,领零陵太守。"韩嵩一夜之间成了韩太守。

当然了,曹操这么厚待韩嵩并不是因为后者建立了什么丰功伟绩,而是要给刘表一个暗示——心向红太阳的人,一定会得到温暖。未有微功的韩嵩暂且如此,你老人家那更是前途不可限量。

可惜,曹操表错了情。

因为刘表误会了。当平步青云的韩嵩兴高采烈地回来向刘表讴歌曹操的丰功伟绩时,刘表的心里只有两个字。

怀疑。

虽说怀疑是人的天性，人人都有怀疑他人的权利和本能，但刘表的怀疑却是"深刻"得一塌糊涂。

他竟然怀疑韩嵩和曹操里应外合，要顶了他的位置成为江东之王。

刘表的剑拔出来了，它带着刘表深入骨髓的怀疑，像条毒蛇一样要取了韩嵩性命。幸好这个时候蒯良站出来说了一句公道话，这才救了韩嵩的性命。

韩嵩的性命是保住了，刘表的怀疑却挥之不去。

作为挥之不去的一个证据，刘表拒绝降曹。当然刘表的拒绝比较暧昧。不说同意，也不说不同意，就像他的人生，从来蔫蔫乎乎，一刀不肯两断。

曹操愤怒了，准备兴师问罪。荀彧说，兴师问罪没什么，主要是时机问题。世界上的事，说到底是要讲时机的。时来才能运转，时运不济，干嘛嘛不成。现在袁绍未平，刘备未灭，而要用兵江汉，那就像舍心腹而顺手足，主次颠倒。可先灭袁绍，后灭刘备，江汉可一扫而平矣。

荀彧的话说得很正确。这种正确不是政治正确那种，而是确确实实具有现实指导意义。曹操听进去了。

虽然他心有不甘，到底意难平。但人不可与时运争，那样太不济。这个道理，曹操还是知道的。

要野心，更要秩序

董承很郁闷。

刘备走了以后，他的郁闷就开始了。

这是一个男人对另一个男人的郁闷。但董承郁闷的对象不仅仅是刘备，还包括马腾。因为马腾见事无望，也屁颠屁颠地跑回西凉去了，只留下董承与王子服等几个少数派在那里壮志未酬、长吁短叹。

有一个人陪他们一起长吁短叹。

吉平。

吉平是当时名医，治病那叫一治一个准。但他觉得这没什么。吉平真正在意的是治人心。治天下人心。

他觉得这个世道，人心大大地坏了。真正心好的人不多。

董承算一个。

他决定加入董承的团队，致力于让曹操死翘翘的事业。应该说，吉平作为名医，在技术手段上让曹操死具有得天独厚的条件。

他精通生，更精通死。事实上，生死在他眼里就是一回事。不知死，焉知生，名医吉平在生死之间游刃有余，胜券在握。

但是曹操没有死。曹操之所以没有死缘于他的一个特殊品质。

多疑。

一个多疑的人可能会失去一些东西，也可能会得到一些东西。这一回，曹操就得到了一件东西。

情报。

情报来自于董承的家奴秦庆童。应该说，秦庆童刚开始并不想背主求荣，如果董承不痛打他一顿的话。但细究起来，董承打秦庆童也是事出有因。

因为他偷情了。

被偷者是董承的小老婆云英。世间事就这么诡谲难言，一连串貌似互不相干的事件连在一起，将一个天大的阴谋暴露在曹操面前。

曹操不动声色，看阴谋煞有其事地出演。他谎称自己头风病又犯了，痛入骨髓，令吉平汤药伺候。

吉平的汤药里有毒，曹操不喝，而是平易近人地告诉吉平这样一个人间礼仪：君有疾饮药，臣先尝之；父有疾饮药，子先尝之。你为我的心腹之人，为什么不先尝一下呢？

吉平当然不敢喝，于是阴谋败露。于是吉平被抓。不过对曹操来说，抓住吉平只是抓住了阴谋的尾巴，他要的是整个阴谋。

董承开始浮出水面。

建安五年的正月，吉平在被曹操严刑拷打之后惨死在董承面前。

虽然吉平像个共产党员一样誓死不招，但曹操并不需要他的口供。

很快，董承也死了。因为有物证。衣带诏被搜出来了。董承因了这份衣带诏的面世不仅自己失去了性命，他的全家老小包括王子服在内的七百余人也一起停止了呼吸。

当然对曹操来说，最大的猎物此时还没有死。他，就是汉献帝。

汉献帝看上去一脸无辜，即便曹操将衣带诏抖在他的面前，他也装作不认识自己的字一样，一脸茫然。但是这个同志心里明白，一切，大势已去。

刘备走了。

马腾走了。

其他的都死翘翘了。他空顶着天子头衔，其实不过曹操案板上的鱼肉罢了。

曹操也动了废献帝、更立新君的念头。这个念头倔强地占据他的头脑，令其蠢蠢欲动。

但是程昱劝其不要骚动。程昱以为，任何时候，不要让自己成为众矢之的。现在遽行废立之事，天下必起兵端。这样对曹操来说，其实是不智之举。程昱对曹操说，称霸天下，不仅需要野心，更需要秩序。不要乱了秩序。饭要一口一口吃，天下诸侯要一个一个收拾，让天子像个泥菩萨一样供着，对我们来说只有好处没有坏处。

曹操只得依计而行。天子依旧是那个天子，但曹操却不再是原来的曹操了。他变得更加能忍，不图虚名，只要实惠。

哪怕这个实惠是预期的，是一张不知何时可以支付的支票。

但是，刘备却不可以放过。

如果说曹操曾经放走刘备让他站稳了脚跟，那他现在加倍的后悔。

今天下英雄，惟使君与操耳！真是如此吗？不可能。因为天下英雄，从来是舍我其谁，独一无二。曹操准备出兵徐州，力克刘备。

程昱却觉得，事情没那么简单。刘备现在徐州，呈掎角之势分布，易守难攻，不可轻敌。况且袁绍屯兵官渡，心里常常想着许都。曹军一旦东征，刘备势必会求救于袁绍。袁绍乘虚来袭的话，怎么办？

曹操也不知道该怎么办。但曹操知道一点，刘备是世之英雄，羽翼未丰的英雄。如果待其羽翼丰满再去攻他，那就不容易了。至于袁绍则不足虑，因为这个人优柔寡断首鼠两端，对我曹某人构不成威胁。

郭嘉赞成曹操的见解。郭嘉说，袁绍这人又笨又多疑，是把好事做成坏事的个中高手，而他手下的谋士又各相妒忌，确实不足忧。至于刘备，就像丞相说的，是世之英雄，羽翼未丰的英雄。既然这样，丞相不妨趁他新整军兵，众心未服，引兵东征，则一战可定矣。

曹操豁然开朗。是啊，对待羽翼未丰者，就是要及早出拳，稳准狠地出拳。

有条件　好商量

二十万大军分兵五路浩浩荡荡下徐州。

刘备没有抵抗。

因为他知道，现在最重要的任务不是抵抗，而是求援。

向袁绍求援。

袁绍却很忙，忙得形容憔悴，衣冠不整——他最心爱的儿子得病快死了，所以当刘备的特使孙乾出现在他面前希望袁大将军出兵相救时，袁绍一脸忧愁地说，天快要塌了，我的心快碎了。

的确，在这个世界上，每个人都有自己特别在意的东西。

财富。女人。名声。

或者像袁绍一样，在意自己的亲人。

但是田丰以为，有些东西可以在意，有些东西不可以在意，因为袁绍他不是一个人，是一群人希望之所寄。田丰言辞恳切地对袁绍说，主公啊，现在曹操东征刘玄德，许昌空虚，如果乘虚而入的话，那我们的人生将是非同寻常的人生。

袁绍听了没有反应。

袁绍也以为，在这个世界上，有些东西可以在意，有些东西不可以在意——与霸业相比，他更在乎亲情，在乎他小儿子的性命。

这是多么崇高而伟大的人性光辉啊，袁绍几乎自己被自己感动。

田丰没有被感动，而是失望。

同样都是人，同样都是男人，差别咋这样大呢？田丰对"人"这个动物深深失望。史书上说，田丰以杖击地曰："遭此难遇之时，乃以婴儿之病，失此机会！大事去矣，可痛惜哉！"跌足长叹而出。

这基本上是两个男人价值观对决所产生的结果，没有谁对谁错。因为历史没有裁判者，只有牺牲者和目击者。孙乾目击了这一切，失望而回小沛报知刘备。

刘备只得独自抗击曹操。

毫无疑问，这是一场没有悬念的战争。尽管张飞自告奋勇地要夜半偷袭曹营，可偷袭的结果是，他被曹操来了个反包抄，刘备只得匹马投青州，日行三百里，慌慌忙忙投袁绍去了，张飞则不知下落。

曹操当夜取小沛，随即进兵攻徐州。徐州也毫无悬念地丢了。糜竺、简雍弃城出走，陈登献了徐州。曹操大军浩浩荡荡入城，昭示着一种暴力美学的胜利。

然后就剩下下邳了。

下邳是关羽的下邳，也是岌岌可危的下邳。一个关羽，挡不住曹操的二十万大军。

曹操却不想让关羽死。

不是他喜欢这个男人，而是要他为其所用。关羽是人才啊，任何时候，曹操都是喜欢人才的。前提条件是——要听话。

没有人看好这一点。让关羽听曹操的话，这比杀了他还难。但曹操却以为，世上无难事，只怕有心人。关羽是人，是人就有破绽。一个正人君子其实最容易被攻破。因为有底线。

在曹操看来，有底线的人不可怕，怕就怕无底线之人。

关羽的底线是个"义"字。有义之人就有顾忌，就不能全身而退。曹操破城手里捏着刘备的大老婆和小老婆，关羽想打，能放手去打吗？关羽想跑，能扭头就跑吗？

呵呵，不可能。更何况曹操有手下大将张辽。张辽知道关羽的命门，知道他所在乎的一切，而不仅是刘备的两个老婆。

因为关羽要保护的东西，远不是两个女人可以概括的，它包括信念。关羽式的信念。

张辽出现在关羽面前，和他共谈人生。

关羽说他想死，为忠义而死。事实上这是他在当前情境下的本能选择。打又打不得，跑又不能跑，保护两个嫂嫂已成天方夜谭，只能一死以尽忠了。

张辽呵呵冷笑。张辽说，关羽身上有原罪，即便死，也有不能解脱的原罪。

原罪有三：一是当年桃园三结义时，刘关张要誓同生死，可现在的情况是刘备生死未卜，关羽此时找死，万一刘备过两天哭着喊着来找他，关哥躺在地下是复活好还是不复活好呢？二是刘备以家眷付托关羽，关羽为求个人解脱一抹脖子了之，二夫人却无所依赖，负却使君依托之重，这不是做兄弟的本分。三是关羽武功高强，世所罕见，现在天子整天哭哭啼啼，急需关兄与刘备大展手脚，匡扶汉室，要是贸然死了，岂不罪大？

关羽一声长叹，为人世间找死不易。

不错，死是容易的，活着是艰难的。特别是有责任地活着。在世人的误解与鄙夷中活着。而这样的误解与鄙夷是关羽生命中不能承受之重。

是他的极限。信仰的极限。

能不能突破这个极限对关羽来说至关重要——不仅关乎他的生死，也关乎很多人的生死；不仅关乎生死，更关乎世道人心。

张辽继续做思想政治工作。他说，关羽如果不寻死，有三大好处。一者可以保二夫人，二者不背桃园之约，三者可留有用之身。所谓留得青山在不愁没柴烧。

关羽同意了，同意自己继续苟活。

但是他为自己活下去提了三个条件。三个曹操必须答应的条件。

条件一是只降汉帝，不降曹操；条件二是二嫂处请曹操给皇叔俸禄养赡，一应上下人等，皆不许到门；条件三是一旦知道刘备的下落，那是要千万里追寻的。

三者缺一，断不肯降。关羽把话说得很绝。

张辽笑了。为关羽的松动。在张辽看来，世界上的事情有条件比没商量要好。有条件代表着好商量。代表着交易。而曹操现在需要的就是交易。

曹操也笑了，为关羽提出的这些匪夷所思的投降条件。

只降汉帝，不降曹操？呵呵，这不是玩文字游戏吗？这样的时代，人人都知道吾为汉相，汉即吾也。你逃脱得了我的魔爪？

刘备的两个老婆给予皇嫂待遇？那没得说，不就是钱嘛，我的钱就是大汉的钱，大汉的钱就是我的钱，给皇后的待遇也没关系。

但是第三条曹操不干了？什么意思，刘备找到了就跟他走？玩我啊？嫌我魅力不够？！

曹操断然拒绝。

张辽劝他不要拒绝。张辽以为，这个时候必须要坚信这样一个人间哲理：世界是变化的，人也是变化的。关羽现在哭着喊着要刘备不等于他将来会哭着喊着要刘备。只要曹操能感动他。

关羽为什么死跟刘备，说到底是刘备于他有恩，可恩情这个东西不是独占性的，如果丞相之恩大于刘备之恩，关羽会做何选择呢？

我赌他不会见异思迁。曹操半信半疑。

我赌他会见异思迁，否则他就不是关羽。张辽坚信不疑。

为什么？曹操疑惑了。

因为他是个义字走天下的人。不错，关羽和刘备是讲义气，却不能对不起丞相您的恩义，您有厚恩于他，关羽会一走了之？张辽如是说。

曹操仔细想了想，笑了。

曹操之所以发笑是他在此时想到了一个网，人世间最密不透风的网。这个网用"恩义"为材料，任何人都无法突围，只要他是人。

有底线的人。

曹操手中的关羽

关羽降曹了。

曹操开始施恩于他。但是曹操却不知道如何施恩。他送给关羽的美女金帛都被拒绝了，曹操不知道关羽要什么。

事实上不是曹操不知道关羽要什么，而是他不知道怎样施恩。

在这个世界上，恩情其实有两种给法。一种是用手给，一种是用心给。曹操只会前者，所以关羽不要。

好在有一样东西，关羽还是要了。

战袍。

某日，曹操看见关羽所穿的绿锦战袍已破旧不堪，就命人按其身长为关羽定做了一件。

非常的好，非常的名贵，是用顶级云锦做的。

关羽收了，并将他穿在身上。只是穿法有些怪异。在新绿锦战袍上以旧袍罩之。

曹操以为关羽节俭，关羽却说，不是节俭，是这旧袍乃刘皇叔所赐，我穿之如见兄面，不敢以丞相之新赐而忘兄长之旧赐，所以才这么穿。

曹操愣住了。他这才知道，原来人世间最高的境界不是左右逢源逢场做戏，而是坚持与——

执着。

还有一日，曹操见关羽的战马瘦弱不堪，就送他一匹赤兔马。

吕布骑过的赤兔马。

关羽接受了。关羽之所以接受不在于它是一匹名马，而在于它跑得快——如果有朝一日，刘备找到了，关羽想在第一时间见到他。

你知不知道想见一个人的滋味？早一点见到他其实就是最大的幸福。关羽这样对曹操说。

曹操无言以对。

因为他绝望了。这样的一个人，怎么可能被他的恩义所感动？他要张辽给他一个答案。

张辽当然不知道答案在哪里。他找到关羽，要关羽给他一个答案——为什么在他心中，刘备始终重于曹操？曹操应该付出怎样的努力，才能在关羽心中超过刘备？

关羽摇头。

对关羽来说，人世间有些恩情是无法替代的，虽说处世不分轻重，非丈夫也，但他宁愿不做这样的丈夫。

但张辽固执地要关羽给他一个答案——假如刘备已不在人世，他会不会从了曹操。

关羽说"不"。他似乎认定自己生是刘备的人死是刘备的鬼，如果刘备归天，他只能选择追随他而去。

这样的回答让张辽脸色煞白：在这样的一个乱世，关羽已然不是人，是圣人了。

曹操则哀叹："事主不忘其本，乃天下之义士也！"

毫无疑问，曹操的哀叹是酸溜溜的。因为这个天下义士不肯追随他。他退而求其次，关羽既然不能为他所用，那也不能留给刘备。

曹操不是要杀了他，毕竟杀义士不祥，毕竟他要顾及礼贤下士的美名。曹操的想法是，让关羽留在他身边，哪怕不肯效力，也不能回刘备那儿去效力。

这样的想法听上去很玄，张辽不知道有没有实现的可能，但荀彧却以为，我能，我可以。

他抓住了关羽的一个心理弱点：报恩曹操，找到刘备后立功才去，这样关羽才会没有心理负担。

可要是不让他立功，不给关羽这个机会呢？他就永远走不出这个心理怪圈，就不会离开曹操了。

这真是一个天才的想法。曹操心里一动，觉得人世间的事，到底相生相克，没有解不开的谜底，没有破不了的魔咒。他决定一试。

坚持的代价

袁绍蠢蠢欲动了。

一般来说，春暖花开的时候，袁绍就要蠢蠢欲动。

这一回，春暖花开了，他的小儿子也安然无恙了，袁绍准备动一动。

目标是许都，要打的那个人是曹操。

田丰却深深地叹了口气，为这个人的不识时宜。此前，曹操攻打徐州时，许都空虚，袁绍不及时进兵。现如今徐州已破，曹操的兵马在许都养得肥肥的，袁绍却想冲过去和他PK一下，田丰以为，这种行为无异于找死。

袁绍却执意找死。因为刘备要陪着他一块去。

刘备大义凛然地对袁绍说："曹操欺君之贼，明公若不讨之，恐失大义于天下。"刘备的这句话等于是把袁绍放在火上烤，"失大义于天下"搁谁身上都是重于泰山的，袁绍这下出兵的心更加坚定了。

田丰阻拦的心也更加坚定了。但在袁绍看来，田丰却是在找死，因为让他失大义了。

田丰为此付出的代价是失去自由。他被袁绍关进了牢里。

没有谁会想到田丰会走到这般田地，田丰自己知道——他坚持了某些东西。在这个世界上，坚持一些东西注定是要付出代价的，除非不再坚持，选择左右逢源。

沮授预见了田丰的命运。只是这样的预见是一种悲伤的预计：沮授也不打算选择左右逢源。他尽散家财，与袁绍踏上出征的不归路。

沮授有一个感觉，此次出征，袁绍如果胜利，其实也是他和田丰的胜利，因为这样的胜利势必雄辩地证明，袁绍的智商不是一般的牛。袁绍会在自己高智商的自我陶醉中,大度地宽赦那些目光短浅的人们,如沮授、田丰人等;但是一旦失败,事实上也是这些人的失败,因为袁绍会恼羞成怒。作为恼羞成怒的一个副产品,就是沮授、田丰人等的人头落地。

战争开始了。

袁绍派大将颜良作先锋,进攻白马。沮授劝他说,颜良这个人性急,虽然骁勇,却是不可独任。袁绍白他一眼,道:他奶奶的,吾之上将,怎么是你这样的人可以预料的?

沮授被雷倒。

不过,客观地说,颜良还真不是吃素的。在平川旷野之地,颜良将十万精兵排成阵势,很好很强大。

曹操骇然。

更要命的是颜良不仅排兵布阵很有一套,杀起人来也是手起刀落。

两个人身首异处了。

现已归顺曹操的原吕布部下猛将宋宪和魏续。他们不仅死的姿势很难看,而且死的速度非常快。和颜良战不了三个回合就死翘翘了。似乎死得毫无价值。

但是对关羽来说,他们的死还是有价值的。因为衬托了他的盖世武功。

在宋宪和魏续死后不久,颜良死在了关羽的青龙刀下,甚至用不了一个回合。关羽手起刀落,就像切西瓜一样,将一场战争戛然而止了。

曹操看得心情复杂。

原本,他是不给关羽立功机会的。可宋宪和魏续前赴后继地死去让关羽浮出了水面。当然,程昱对他说的一番话也起了关键性的作用。程昱说,刘备现在若在,肯定投袁绍去了。假使我们让关羽破袁绍之兵,袁绍必定怀疑刘备而杀了他。刘备既死,关羽又能到哪里去呢?只能留在丞相身边了。

曹操被说服了——这听上去是一个丝丝入扣的逻辑关系,每一根逻辑链条都有利于曹操,曹操决定放手一搏。

很多时候,曹操的人生都在放手一搏中有所得。这一次似乎也不例外。

不但劲敌颜良死了,袁绍也生气了。生刘备的气。

袁绍这才恍然大悟,觉得刘备当时大义凛然所说的"曹操欺君之贼,明公若不讨之,恐失大义于天下",原来是那样的居心叵测。

一切都是为了和关羽里应外合,干掉他的爱将颜良。

袁绍决定,血债血还,让刘备一命偿一命。

不再见不走

最关键的时刻，刘备救了自己的性命。

不是靠武器，而是靠舌头。

在刘备看来，比武器更锋利的东西其实是舌头，因为它柔软。世界上的东西至柔才至刚——多少人在舌头底下送了性命，又有多少人在舌头底下起死回生？

刘备愿意做后者。

他流着泪对袁绍说，我和关羽自徐州失散，至今生死不知，怎么可能内外勾结起来对付袁公你呢？再说天下同貌之人不少，难道赤面长须之人都是关羽？这……这也太搞了吧？

袁绍这么一听，也觉得自己证据不足，只得暂且存疑，派了大将文丑渡黄河，继续挑战曹军。

但是文丑很快也死翘翘了，死在关羽刀下。

这一回袁绍之所以确认是关羽，是因为他和刘备都清晰地看见，杀文丑的那个人身后有一杆旗，旗上写着"汉寿亭侯关云长"七字。

刘备悲喜交集。

喜的是终于找到关羽了，悲的是自己的性命很快就会失去。因为袁绍这回是真的生气了。袁绍认为，刘备这小子骗了他，所以他大骂："大耳贼焉敢如此！"

刘备没有办法，只得再次求助于眼泪和舌头。

基本上，他的眼泪在此时只是道具罢了，重要的是舌头。

舌头一定要搞搞新意思，吐出的话语必须绝对一定而且百分百要镇住袁绍，否则，他就不叫刘备，只能叫刘备的尸体。

刘备是这样说的，明公啊，你容我伸一言再死：曹操向来怀恨我刘备，现知我在明公处，怕我助公，所以故意让关羽诛杀二将，以惹公怒。地球人都知道这是借刀杀人之计。明公千万不要上当啊。

袁绍不知道自己该不该上当。起码到现在为止，袁绍还不能肯定这是曹操的计谋——听上去更像是刘备的计谋。

他犹豫不决。

有的时候，犹豫不决昭示了事情变化的新方向。刘备在死之外，看到了一线生机。他趁热打铁，继续给袁绍上眼药。刘备建议，现在不妨派一心腹之人持密信去见关羽，让他知道刘备的消息，这样他肯定会来辅佐明公，共诛曹操，以报颜良、文丑之仇……

袁绍不犹豫了。因为这样的建议让他心动。

袁绍喜欢这种实用型的建议。另外，从验证学的角度上说，关羽能不能弃曹投袁是检验刘备忠诚度的唯一标准。他立即着手这方面的工作，让刘备修下书札，派人秘密送去。

关羽得信后立即起了归意。因为刘备的信写得那叫一个直指人心："备与足下，自桃园缔盟，誓以同死。今何中道相违，割恩断义？君必欲取功名、图富贵，愿献备首级以成全功。书不尽言，死待来命。"

关羽发誓千万里要追随着刘备，不管付出多大的代价。关羽封金挂印，只等与曹操说再见。曹操却不给他再见的机会。因为曹操知道，有些人不再见是不会走的。

比如关羽。

他要关羽欠他一个告别。

关羽果然走不了了——他被自己的人生信条拦在了许都。关羽的人生信条是，人生天地间，无终始者，非君子也。他要做到来时明白，去时也明白。关羽数次登门找曹操，曹操都避而不见。关羽困在许都，困在他的人生信条里，欲出城而不得。

千里走单骑

但关羽到底还是走了。

他给曹操留了一张便条，告诉他人生很多时候相聚是为了再见，就像他和他。这是为了告别的聚会，但自己似乎没有遗憾——

斩颜良诛文丑是关羽对曹操的报恩，所以他走得心安理得。

曹操不心安理得。关羽的出走让他心情复杂：这个人，到底还是留不住。

将军蔡阳建议追上去杀了他，程昱也说，关羽不辞而别，很不给丞相面子，再说他此行投奔刘备而去，今后必定会报效袁绍，这是与虎添翼之举啊……

但曹操还是不敢。

不舍。不忍。不能。也不愿。

曹操沉吟半晌，说了这样一句话："不忘故主，来去明白，真丈夫也。汝等皆当效之。"

没有人知道曹操如此这般的夸奖是不是出于真心，曹操自己知道，但是一般人，曹操不告诉他答案。

曹操接下来做了这样一个举动：追上关羽，大张旗鼓地为他送行，以使其欠他一个人情。

这是一个性命攸关的人情。很多年后，在华容道，生死悬于一线的曹操终于明白这个人情的巨大价值。但此时，他只有一个朦朦胧胧的认识：在这个世界上，人情是债。

是债就要还。不管是现在还是将来。

关羽领了这个人情。在这个乱世的半道上。

两个马上的男人各怀心思演一场貌似与恩情有关的离别戏，表情真挚，却内心空洞，没有多少艺术感染力。

曹操开始念台词了："云长封金挂印，财贿不以动其心，爵禄不以移其志，吾深敬之。"

关羽没有做出反应。

曹操锦袍相赠，关羽用青龙刀尖挑披于身上。曹操又念道："云长天下义士，恨吾福薄，不得相留。锦袍一领，略表寸心。"

关羽抱拳一谢，无言离去。

曹操远望良久，无言而返。

关羽开始奔跑，由此跑出了三国历史一个著名的桥段——千里走单骑。他护送着两个嫂嫂不怕牺牲，排除万难去找刘备。

千里走单骑走的是信念和责任，也走出了关羽的凛凛威风。

有一个人死了。

韩福。

韩福是洛阳太守,也是一个极其严重的官僚主义者。他拦住了关羽的去路。理由是这个姓关的没有给他看护照。

出城护照。

从程序上说,出城护照应该由曹操核发给他,可曹操只给了关羽一件锦袍,没有给他那玩意儿。是忘了还是有意不给,关羽不知道。

事实上也没有知道的必要了。因为韩福打过来了。韩福将关羽视作流窜犯,准备将他就地正法。

关羽手起刀落,先韩福一步将他咔嚓了。

第二个被咔嚓的人是汜水关的守将卞喜。

卞喜比韩福聪明,知道搞暗杀。但卞喜的悲哀是他不知道这样一个人间哲理:搞暗杀者绝没有好下场。

他就没有好下场。

卞喜事先在汜水关前镇国寺中,埋伏下刀斧手二百余人,诱关羽到寺里,准备击盏为号,大家伙儿一起冲出来乱刀砍翻关羽。

却是被关羽给砍了,因为事机不密,关羽看到了壁衣中有刀斧手,于是苍天冥冥当中救了关羽一把。

当然苍天出手救了一次肯定还会出手救第二次。荥阳太守王植准备火烧关羽,令人四面围住馆驿,约于三更放火。但是吉人自有天相,关羽还是被人救了,救他的这个人是王植的从事胡班。原因仅仅是关羽长得帅。史书上说关羽左手绰髯,于灯下凭几看书。班见了,失声叹曰:"真天人也!"

当然这样的原因是不可靠的。世界上长得帅的人多了去了,胡班为什么独救关羽一人?所以最重要的原因还是关羽心好。他千里送信,替胡班老爸把信交到他儿子手里,胡班这才良心发现,浪子回头金不换再回头是百年身,毅然决然地从火坑里救出关羽。关羽安然无恙出得荥阳,还从容不迫地将太守王植给一刀两断了,从而完成了他千里走单骑过程中的另一个传奇。

最后的传奇发生在黄河渡口。这一次的传奇与水有关。

关羽过不去了,需要船只。

秦琪没有给他船只,而是给他大刀。秦琪是夏侯惇部将,据守黄河渡口关隘,一向目中无人。这一回,他的眼中就没有关羽。

当然他不是不知道关羽的厉害,但秦琪这个人办事古板,关羽拿不出出关护照，他只有大刀伺候。

关羽干脆利落，和头几次一样，让他面前的挡路者停止了呼吸。

秦琪死翘翘了。由此关羽所历关隘五处，斩将六员，圆满完成了过五关斩六将的人生传奇，渡过黄河，直奔他的大哥刘备而去。

但是关羽不知道，此时的刘备已悄然离开袁绍，逃到了汝南。河北袁绍正恼羞成怒，要捉拿关羽解气——颜良文丑之死在袁绍看来是奇耻大辱，他不可能就此忍气吞声。关羽此番自投罗网，正合了袁绍的心思。

袁绍开始磨刀霍霍，为一场即将进行的杀戮做准备。

——《最三国》第1卷完——